Dieter Wellershoff

Einladung an alle

Roman

Kiepenheuer & Witsch

Umschlag Manfred Schulz, Köln
Gesamtherstellung Clausen & Bosse, Leck
ISBN 3 462 02259 8

Über das Buch
Zwei Jahre lang jagten sie ihn, den Einbrecher und »Moormörder« Bruno F.. Hundertschaften der Polizei und die Bevölkerung selbst machten mobil gegen einen Einzelnen, der sich immer wieder in die Wälder zurückzog. Dieser authentische Fall aus den 60er Jahren liegt Wellerhoffs Roman zugrunde. Er zeigt das Verbrechen als einen einsamen Existenzkampf und die Verbrecherjagd als eine Massenunterhaltung. Umfangreiche Sachstudien fundieren das Konzept, das dem Leser fremde Lebensbereiche, so vor allem die Polizei und ihre Arbeitsweise und das Verhalten ihres Gegenspielers, bis ins Detail hinein darstellt. Wellershoff will den gesamten Vorgang in seiner Vieldimensionalität erfassen. Da ist Bruno F. mit seinen Überlebenstechniken, seinen Krankheiten, seiner Einsamkeit und auf der anderen Seite der Kriminaloberrat, der die Fahndung leitet, mit seinen Theorien, Skrupeln, Irritationen. Und da ist der Polizeiobermeister, der sterben wird, und die zahlreichen Zeugen und Mitläufer, in deren Wahrnehmung sich Realität und Fiktion mischen.
Fast alle Geschehnisse dieses Buchs entstehen aus wechselnden Perspektiven und einer Schreibweise, die immer wieder ihre Taktik wechselt. Dokument, Beschreibung, Montage, innerer Monolog, erlebte Rede und Bericht entsprechen verschiedenen Schnitten durch das Ganze des dargestellten Geschehens. An ihnen entfaltet sich die Eskalation eines aggressiven gesellschaftlichen Prozesses, dessen Aktualität täglich neu belegt wird.

Der Autor
Dieter Wellershoff, 1925 in Neuss geboren, schrieb Romane, Erzählungen, Essays, Filmdrehbücher und Hörspiele. Heinrich-Böll-Preis 1988. Lebt in Köln.

Weitere Titel bei k&w:
Gottfried Benn – Phänotyp dieser Stunde, 1959. *Der Gleichgültige,* Versuche über Hemingway, Camus, Benn und Beckett, 1975. *Die Schönheit des Schimpansen,* Roman, 1977. *Das Verschwinden im Bild,* Literaturtheoretische Aufsätze, 1980. *Der Sieger nimmt alles,* Roman, 1983. *Die Arbeit des Lebens,* Autobiographische Texte, 1985. *Die Körper und die Träume,* Erzählungen, 1986. *Wahrnehmung und Phantasie,* Essays zur Literatur. KiWi 123, 1987. *Der Roman und die Erfahrbarkeit der Welt,* 1988. *Pan und die Engel,* Ansichten von Köln, 1990. *Blick auf einen fernen Berg,* 1991. *Das geordnete Chaos,* Essays zur Literatur, 1992. *Die Sirene,* Novelle, KiWi 1992.

1 Spuren *11*

2 Ruhe, sonst knallt's *35*

3 Einladung an alle *69*

4 Halbe Drehung um die eigene Achse *125*

5 Verschiedene Bausteine zu einer Theorie des Verbrechens *157*

6 Trifft ein Geschoß auf die Haut *167*

7 Schöne Grüße von Bruno *195*

8 Verschiedene Bausteine zu einer Theorie der Konformität *229*

9 Schnell und langsam *239*

10 Heimfahrt *267*

Dies ist ein Werk der Fiktion. Übereinstimmungen mit der Wirklichkeit sind deshalb ebensowenig zufällig wie Nichtübereinstimmungen.

Psychologe: Was bedeutet das Sprichwort: »Unrecht Gut gedeihet nicht?«

Bruno F.: Wenn man einen Menschen zu Unrecht verurteilt.

1 Spuren

Gehen wir an einem klaren Herbstabend, an dem wir deutlich Abkühlung empfinden, hinaus: wir werden über feuchten Wiesen, Bachläufen, Tümpeln oder Seen einen ganz feinen rauchartigen Hauch bemerken, der dann allmählich zu Nebel wird. Wir können ihn streifenweise ganz niedrig über dem Gelände schweben sehen. Und vielleicht kommt aus der Ferne ebenfalls schwebend in dem dunstigen Grau des Nebels und der Dämmerung ein Radfahrer auf uns zu. Wir hören ihn lange Zeit nicht, sehen ihn nur langsam näherkommen in einer der schmalen schwarzen Fahrspuren; und nun verändern sich für uns diese leeren Viehweiden, Abzugsgräben, halbentlaubten, von Nebelschwaden durchzogenen Gehölze, nun machen wir kürzere Schritte, nun bleiben wir stehen und der Radfahrer, ein Mann von etwa vierzig Jahren in einer graugrünen Gummijacke fährt stumm an uns vorbei.

Wenn man uns später nach ihm fragte, würden wir wenig sagen können. Er hatte dunkelblondes Haar und fuhr auf einem Damenfahrrad. Vielleicht war er mittelgroß, vielleicht größer. Auf dem Gepäckständer war etwas befestigt, eine alte Aktentasche oder ein zu einem Bündel verschnürter Sack.

In den stehenden Gewässern sinken die abgestorbenen Pflanzenteile auf den Grund, oder sie bilden auf der Oberfläche des Wassers eine immer dichter werdende Decke. Es ist ein verlandendes Gewässer. An seinen Rändern wachsen Riedgräser und Laubmoose, Blutauge und Fieberklee. Im Wasser stehen Rohrkolben und

Teichbinse. An trockeneren Stellen haben sich Weiden, Moorbirken, Erlen, Faulbaum und Schneeball zu dichten Gehölzen versammelt. Der schwarze feuchte Boden ist stellenweise mit Nachtschattengewächsen und Farn bedeckt. Auf den Moorwiesen blüht im Sommer das Wollgras mit seinen dichten weißen Haarbüscheln.

Es ist still hier.

Die Holzpflöcke der Weidenzäune spiegeln sich im schwarzen Wasser der Abzugsgräben. Im Süden ist hinter dünnen Baumkulissen ein flacher langgestreckter Bergzug zu erkennen. Es ist das Wiehengebirge, sein westlicher Teil. Das nördliche Osnabrücker Bergland zwischen Westerkappeln und Ostercappeln.

Aus dieser Richtung kam der Radfahrer. Er ist wieder verschwunden.

Das Knirschen einer Fahrradkette im Dunkeln. Das Vorbeikommen eines kaum sichtbaren Körpers. Sein Verharren, sein Atmen. Schritte, die sich entfernen und wiederkommen, das Knacken von Metall.

Ein Damenfahrrad Marke Anker Nr. 420 427 wurde von einem Kaufmann aus Rulle im Landkreis Osnabrück vermißt. Er erstattete Anzeige gegen Unbekannt.

Der Gastwirt Karl Reuker aus Vörden im Landkreis Bersenbrück wurde nachts gegen drei Uhr wach, weil er ein Geräusch am Seiteneingang gehört hatte. Er glaubte aber, daß sich jemand aus dem Zigarettenautomaten bediente, der neben der Tür hing, und schlief wieder ein. Kurz danach wurde er mit dem Gefühl wach, daß jemand im Haus sei, und zwar in der Gaststube genau unter seinem Schlafzimmer. Er richtete sich auf und lauschte, ohne etwas hören zu können. Es war aber jemand da, das wußte er, denn er war von einem Knakken geweckt worden oder von einem leisen kurzen Fallgeräusch. Wenn aber jemand unten war, dann mußte er sich außerordentlich vorsichtig bewegen. Vielleicht lauschte der Mann ebenfalls. Reuker entschloß sich nachzusehen, machte aber absichtlich etwas Lärm und weckte dadurch seine Frau auf. Was ist? fragte sie. Im gleichen Augenblick hörte er unten im Flur neben der Treppe schnelle Schritte und das leise Zufallen der Haustür. Als er die Außenbeleuchtung einschaltete, konnte er undeutlich einen Mann sehen, der sich auf der anderen Straßenseite auf ein Fahrrad schwang und in der Dunkelheit verschwand. In der Gaststube war der Schrank hinter der Theke geöffnet. Es fehlten das Kleingeld, das seine Frau dort in einem Keramikbecher aufbewahrt hatte, und einige Tafeln Schokolade. Der Unbekannte war auch in der Küche gewesen, hatte den Schrank und die Kommode durchsucht, ohne allerdings etwas zu finden, das er gebrauchen konnte.

Am nächsten Morgen stellte sich heraus, daß auch in zwei anderen Häusern des Ortes eingebrochen worden war. In allen drei Fällen hatte der Täter die in den Türschlössern steckenden Schlüssel nach innen herausgestoßen und die Türen mit einem Nachschlüssel oder Dietrich geöffnet.

Überlegungen zur Ermittlung des Täters: Über welche körperlichen und geistigen Fähigkeiten mußte der Täter verfügen, um die Tat ausführen zu können? Bedurfte es zur Tatbegehung besonderer Gewandtheit oder beruflicher Fertigkeiten? Mußten dem Täter zur Tatbegehung gewisse Umstände bekannt sein? Welche Werkzeuge wurden zur Tatausführung benutzt? Welche Schutzmaßnahmen hat der Täter getroffen? Welcher Art ist die Beute? Auf welchen Tätertyp läßt die Tat schließen?

Das sind Bagatellfälle, das tägliche Brot der ländlichen Polizeistationen. Verschwundene Geldbeträge, Kleidungsstücke, Lebensmittel und Fahrräder füllen die Notizbücher der Beamten.

In Gesmold bei Melle ist sogar eine Milchkanne verschwunden. Durchschläge der Anzeigen gehen gelegentlich an die Kripo nach Osnabrück. Von Frühjahr bis Herbst sind die Landstreicher unterwegs, danach wird es wieder ruhiger werden.

Das ist ein friedliches Land. Waldarbeiter im Gebiet des Haster Berges nördlich von Osnabrück glauben allerdings Schüsse zu hören. In einer Eisenwarenhandlung in Bramsche kauft ein Mann eine Metallsäge, mehrere Metallsägeblätter und verschiedene Metallfeilen. Er hat bei der Bestellung Sprechschwierigkeiten und fällt deshalb dem Verkäufer auf. Es ist ein mittelgroßer Mann mit einem breiten Gesicht, graublauen, scheu ausweichenden Augen. Über der linken Braue hat er eine kleine weißliche Narbe. Der Mann trägt eine ausgebeulte braune Aktentasche bei sich, in die er die Einkäufe verstaut, ohne dem Verkäufer einen Blick in die Tasche zu gestatten. Draußen besteigt er ein altes Damenfahrrad, das er an die Hauswand gelehnt hatte, und fährt in Richtung Gartenstadt davon.

Es ist Herbst. Die letzten Urlauber von den Ostfriesischen Inseln, die auf der Autobahn Bremen – Münster nach Süden fahren, kommen 90 Kilometer südlich des Bremer Kreuzes durch das Hügelland der Dammer Berge, fahren dann westlich des Großen Moores etwa zehn Kilometer lang durch das letzte Stück der norddeutschen Geestlandschaft, überqueren östlich Bramsche den Mittellandkanal, sehen dann vielleicht bei schönem Wetter einige Segelflugzeuge in den Aufwinden des Wiehengebirges kreisen, dessen kammartige Waldhöhen sie nach wenigen Kilometern überqueren.
Hier haben wir den nördlichsten Ausläufer des Mittelgebirges vor uns, ein flacher dunstiger Streifen hinter den dünnen Baumkulissen des Großen Moores.
Wanderer auf dem Wittekindsweg beobachten im Gebiet der Venner Egge einen Mann, der ein Fahrrad mit einem darauf festgeschnallten Sack in eine Tannenschonung schiebt. Er taucht plötzlich etwa fünfzig Schritt vor ihnen in einer Wegbiegung auf und verschwindet nach rechts. Als sie an die Stelle kommen, wo der Mann verschwunden ist, stellt sich heraus, daß sich dort kein Weg befindet. Deutlich können sie das niedergetretene Gras sehen. Sie starren beide auf die Fußspur und die etwas über mannshohen Tannen und gehen weiter. Wie sie sich später eingestehen, hatte jeder von ihnen gedacht, daß der Mann nur wenige Meter vom Weg entfernt in der Tannenschonung auf sie gewartet hat.
Wer die Einsamkeit liebt, sollte den Kamm des Wiehengebirges entlangwandern. Es kann geschehen, daß er einen halben Tag oder gar einen Tag lang keinen Men-

schen trifft und nur aus dem Tale und den Pässen der Lärm der Welt zu ihm heraufdringt: Das Knattern der Schlepperfahrzeuge auf dem Acker und das Tuten eines Schiffes auf dem Kanal. Oder – wenn es windstill und hellhörig ist – das Krähen eines Hahns aus einem Dorf am Fuße des Berges, das Gebell eines Hundes oder Glockenläuten einer Kirche. Der Wald sieht hier anders aus. Während auf dem Osning und auf dem Wesergebirge östlich der Porta viel staatlich und gutsherrlich bewirtschafteter Hochwald stockt, herrscht im Wiehen über weite Strecken noch der Bauernwald vor. Die einzelnen Buchen bilden keinen Stamm aus, sondern bestehen aus einer ganzen Anzahl von Stockausschlägen aus den Wurzeln früher gefällter Bäume. Wie große Sträucher stehen sie da, dicht an dicht. Befreiend wirkt die aufgeforstete Schonung oder der Kahlschlag mit den gerade wieder ausschlagenden Stubben. Hier wachsen Brombeere und Himbeere. Im Sommer röten Fingerhut und Weidenröschen den Wald. Die Kahlschläge sind verheidet und Bickbeere, Preiselbeere und Besenheide kämpfen mit steifen spitzigen Waldgräsern um den Platz.

Auf einer Lichtung im Waldgebiet nördlich Vehrte entdeckt ein Förster Schußspuren in den Bäumen und zerschossene Limonadenflaschen. Er kann aus den Einschüssen den Standpunkt des Schützen ungefähr erschließen und findet nach einigem Suchen im Gras mehrere Patronenhülsen einer kleinkalibrigen Waffe. Auch in einem stillgelegten Steinbruch im Frankensundener Wald hat jemand Schießübungen auf leere Flaschen gemacht. Hier findet man neben den Patronenhülsen auch eine Menge verstreuter Bonbonpapiere. Im Gebiet der Schleptruper Egge stoßen Waldarbeiter durch Zufall in einer Tannenschonung auf ein flachgebautes Zelt aus zusammengestückelter schwarzer und dunkelgrüner Plane. Der Boden ist mit einer Schicht Tannengrün bedeckt, darüber sind mehrere Säcke gebreitet. Zwei Wolldecken liegen zusammengefaltet am Kopfende, wo sie am besten vor Nässe geschützt sind. Der Bewohner hat einige zerlesene Romanhefte zurückgelassen, aus einem sind einige Seiten herausgerissen. Vor dem Zelteingang findet man im Gras abgebrannte Streichhölzer, Zigarettenkippen und Bonbonpapiere, und als man systematisch weitersucht, entdeckt man einige Meter entfernt eine getarnte vergrabene Milchkanne, die zur Hälfte mit verschiedenen Lebensmitteln, Zigaretten und Getränken gefüllt ist. Die Milchkanne dient zugleich als Versteck und als Kühlschrank für Beutewaren. Lange scheint der Zeltbewohner noch nicht fort zu sein.

Polizei und Forstbeamte, die sofort herbeigerufen werden, beschließen, den Platz gemeinsam zu bewachen und die Rückkehr des Unbekannten zu erwarten. Da er sich in den nächsten 48 Stunden nicht einstellt, kommt man zu der Vermutung, daß er vom Herannahen der Waldarbeiter in seinem Zelt aufgeschreckt wurde, die Entdeckung und Durchsuchung seines Lagers aus der Nähe beobachtet hat und dann aus der Gegend verschwunden ist.

Mit den oft tagelangen Regenfällen des Spätherbstes wird es still im Wald. Die menschenleeren Ausflugspunkte und Wanderwege sind von nassem Laub bedeckt. Feuchte Schwaden steigen aus den Niederungen und hängen zwischen den Bäumen. Am frühen Morgen tauchen manchmal nur die nächsten Stämme und die Baumspitzen älterer Tannenschonungen aus dem Nebel auf. Die schräg einfallende Strahlung der Sonne ist jetzt so schwach, daß sie den Nebel nur über Mittag etwas aufzulockern vermag. Wir können beobachten, wie er mit der Abendkühle wieder dichter wird. Er füllt die Senken und Täler, ein nässender Nebel wie ein langsamer Dauerregen, durch den trübe die Lichter der Ortschaften und Gehöfte zu erkennen sind und vereinzelte wandernde Scheinwerfer auf den Landstraßen.

In der Johannisstraße in Osnabrück kommen die Besucher der zweiten Nachmittagsvorstellung aus dem Kino. Es regnet. Eine Apothekenangestellte erkennt den Mann wieder, der bei ihr am frühen Nachmittag »Nervogastrol« gekauft hat. Er stand links am äußersten Thekenrand und wartete, bis sie ihn ansprach. Dann beugte er sich vor und nannte mit leiser Stimme das Medikament, und sie sah die typischen tiefen Falten des Magenkranken, die von den Nasenflügeln zu den Mundwinkeln liefen. Das könnte auch der Mann sein, der in der Fischgaststätte Helgoland in der Großen Hamkenstraße ein gebackenes Fischfilet mit Kartoffelsalat zu 2,90 DM bestellt und vor dem Essen eine Tablette schluckt. Der Mann hat seinen langen schwarzen Mantel anbehalten und blickt zur Tür. An der Wand hängt über seinem Kopf der Slogan des Hauses »Fischgerichte – wahre Gedichte«. Der Mann ißt langsam, und als er fertig ist, sieht er auf seine Uhr und bleibt sitzen. Als die Kellnerin ihn anspricht, bestellt er ein Bier, das er antrinkt und dann unberührt vor sich stehen läßt. Er macht auf sie einen nervösen und gespannten Eindruck, obwohl er fast unbeweglich am Tisch sitzt. Vielleicht ist das auch der Mann, der eine Stunde später in einem Raucherabteil des Nahschnellverkehrszuges in Richtung Diepholz sitzt und aus dem Fenster blickt, wo die dünnen Lichterketten der Siedlung Widukindsland vorbeiziehen. Der Mann hat jetzt eine zerbeulte braune Aktentasche bei sich, die er neben sich auf die Bank gestellt hat, wahrscheinlich deshalb, weil er in Vehrte schon wieder aussteigt und in der regnerischen Dunkelheit verschwindet.

Falls es sich um die Existenz eines einzigen Mannes handelt, so existiert er nur in Bewußtseinsaugenblicken verschiedener Individuen. Und da das Gedächtnis nur sinnvolle Informationen langfristig speichert, löschen die Eindrücke wieder aus.

Auf der topografischen Karte 1 : 50 000 L 3714 Osnabrück könnte man den Weg des Mannes in dieser Nacht verfolgen. Vom Bahnhof Vehrte läuft entlang der Bahnlinie in Richtung des Vehrter Staatsforstes ein Fahrweg zweiter Ordnung, der nach einigen hundert Metern sich vom Bahnkörper löst und zu einem einfachen Fußweg wird. Hinter dem Anwesen Meyer zu Hage mündet er in den Wald und führt, leicht ansteigend, nach etwa achthundert Metern hinter der Waldsiedlung

Bergfrieden vorbei. Dort wird aus dem Schuppen eines alleinstehenden Hauses am östlichen Rand der Siedlung ein Damenfahrrad Marke Lloyd mit unbekannter Nummer entwendet. Der Täter muß vom Wald aus über den schadhaften Gartenzaun in das Grundstück eingedrungen sein. Die Tür des Schuppens war nicht verschlossen. Daß er keinen Versuch unternommen hat, in das Wohnhaus einzubrechen, deutet darauf hin, daß er sehr früh hier war, vermutlich während die Hausbewohner noch beim Fernsehen saßen. Er wird dann auf dem Waldweg bis zur Europastraße 8 gefahren sein, die, von Osnabrück kommend, bis hinter Ostercappeln die Bundesstraßen 51 und 65 in sich vereinigt. Jenseits der Straße befindet sich eine Ziegelei. Dort entdeckt zwei Tage später eine Putzfrau, daß eines der Fenster des Büros halb entkittet ist. Irgendetwas muß den Einbrecher davon abgehalten haben, seine Arbeit fortzusetzen. Wahrscheinlich ist er dann die E 8 in Richtung Ostercappeln weitergefahren bis zur Abzweigung der Landstraße nach Schledehausen. Dort steigt er von der Hofseite durch ein entkittetes Fenster in ein Lebensmittelgeschäft ein, durchschneidet die Telefonschnur, bricht die Ladenkasse auf, ohne Bargeld vorzufinden, und verschwindet mit Lebensmitteln im Wert von rund 110 Mark, darunter zwei Flaschen Eierlikör und eine Flasche Jägermeister. Ob er die Beute dann erst in ein nahegelegenes Versteck gebracht hat, das auf dem Wellinger Berg oder auf dem Großen Zuschlag südlich von Schledehausen vermutet werden kann, oder gleich weitergemacht hat, ist nicht festzustellen. Jedenfalls taucht er in derselben

Nacht noch in Ellerbeck und in Gesmold auf und erbeutet Kleidungsstücke und kleinere Geldbeträge. Die entleerten Geldbörsen läßt er am Tatort zurück. Wenn die angenommene Route stimmt, hat der Mann inzwischen eine Strecke von rund 18 Kilometern zurückgelegt. Ob der erst später bemerkte Einbruch in das Clubhaus des Golfplatzes auf dem Wellinger Berg, bei dem der Täter einen elektrischen Rasierapparat erbeutete, noch in dieser Nacht stattfand, erscheint zweifelhaft. Und der Mann, der in den frühen Morgenstunden die Leiterin des Kinderheims Werscher Berg durch ein Geräusch vor ihrem Fenster aufweckte und durch ein Zeichen veranlassen wollte, nach draußen zu kommen, kann er nur gewesen sein, wenn er betrunken war.
Die Polizeiposten Ostercappeln, Schledehausen und Gesmold machen sich gegenseitig keine Mitteilungen über die in ihrem Bereich gemeldeten Straftaten. Nur über den Einbruch in das Lebensmittelgeschäft in Schledehausen geht ein Bericht an die Landeskriminalpolizei in Osnabrück. Er wird zunächst nicht mit früheren Meldungen über unaufgeklärte Einbrüche in den Landkreisen Melle, Wittlage, Bersenbrück und Osnabrück-Land in Verbindung gebracht. Die Aufklärung verbleibt bei der örtlichen Schutzpolizei. Ende November aber meldet die Polizeistation Engter eine Serie von Einbrüchen mit gleichbleibender Arbeitsweise. Der Täter hat sich entweder durch Entkitten und Herauslösen einer Fensterscheibe Zugang in das Gebäude verschafft oder indem er durch Nachschlüssel eine Tür, meist eine Hintertür, öffnete. Er hat sich dann durch Öffnen einer weiteren

Tür oder eines Fensters einen zweiten Fluchtweg geschaffen und die Telefonschnur durchschnitten. In der Regel hat er nur die Räume des Erdgeschosses, Küche, Wohnräume und Flur durchsucht und kleinere Mengen Bargeld, Lebensmittel und Kleidungsstücke gestohlen. Er hat sich die Zeit genommen, Brieftaschen, die er in Kleidungsstücken fand, zu durchsuchen, das Geld herauszunehmen und sie zusammen mit Ausweisen und privaten Papieren auf der Flurgarderobe oder der Treppe liegenzulassen. Bei der Plünderung der Kühlschränke hat er verderbliche oder schlecht transportierbare Speisen wie Pudding oder Kompott an Ort und Stelle aufgegessen. Außerdem scheint er die Angewohnheit zu haben, häufig seine Kleidung zu wechseln, vielleicht um sein Aussehen zu verändern oder um stets sauber und unauffällig auszusehen. Nach Einbrüchen, bei denen er Kleidungsstücke erbeutete, hat er sich meist in der Nähe umgezogen und seine alten Sachen weggeworfen.

Was läßt sich daraus schließen? fragte Kommissar Renslage, der Leiter des 2. Kommissariats in Osnabrück, einen seiner Mitarbeiter. Die Antwort, die der Mitarbeiter nicht geben konnte, lautete: Der Täter hat seine alten Kleider deshalb gleich in der Nähe seiner Straftaten weggeworfen, weil er es nicht in der Nähe seines Schlupfwinkels tun wollte. Dieser muß also weiter weg vermutet werden.
Auf jeden Fall, sagte der Mitarbeiter.
Die Richtigkeit der These zeigte sich aber erst, als man die Einbruchsmeldungen der vergangenen zwei Monate

zum Vergleich heranzog. Wenn ein gleichbleibender modus operandi schon ein vorläufiges Täterbild ist, dann hatte man hier mit einem Einbrecher zu tun, dessen wechselnde Tatorte bis zu fünfzig Kilometer auseinanderlagen. In den Nächten war er offenbar dauernd unterwegs und verließ sofort nach der Straftat die nähere Umgebung, tauchte dann in der folgenden Nacht in einem anderen Teil seines Gebietes auf. Er bevorzugte einzelne Gehöfte, freistehende Siedlungshäuser, Wirtshäuser und ländliche Lebensmittelgeschäfte.

Aber wer war er? Wo hielt er sich auf? Alle Informationen deuteten auf einen Landstreicher hin.

Mehrere Beamte des 2. Kommissariats fuhren zu Zeugenvernehmungen an die jüngsten Tatorte rund um Osnabrück, ohne weitere Hinweise auf den Täter zu bekommen.

Es war kälter geworden. Kommissar Renslage bekam erst jetzt die Notiz über das vor zwei Wochen entdeckte Waldlager. Damit wird es jetzt aus ein, dachte er.

Die Patronenhülsen von den beiden Schießplätzen wurden ihm vorgelegt. Er las die Beschriftung des Sachverständigen, »kleinkalibrige langläufige Waffe, 5,6 Millimeter«, und überlegte, ob es Sinn hatte, in der Waffenhandlung Restemeyer sich nach Waffenkäufen in der letzten Zeit zu erkundigen. Aber zuerst mußte er einen Bericht über die Tatmerkmale an alle Polizeistationen des Bezirks Osnabrück schicken und Meldungen über frühere und folgende Einbruchdiebstähle anfordern. Er mußte die Forstämter über das Waldlager und die Schießplätze des Unbekannten informieren und um

Mithilfe bei der weiteren Fahndung bitten. Und dann mußte er zur Besprechung zum Chef, der ihn nach dem Stand der Ermittlungen fragen würde.
Der Chef, Kriminaloberrat Bernhard, der ein Intellektueller ist. Der an einem Buch arbeitet über »Die aktenmäßige Bearbeitung kriminalpolizeilicher Ermittlungsvorgänge«. Der geschrieben hat: »Die sachliche Gestaltung von Berichten folgt den Methoden, die für das kriminalistische Denken typisch sind: Scharfe Trennung der festgestellten Tatsachen von allen subjektiven Erwägungen. Werden nämlich Tatsachen und Erwägungen miteinander vermengt, dann sind Spekulationen und Hoffnungen, kriminalistische Kombinationen und Hypothesen schnell in Realitäten umgedeutet. Unter Umständen weiß der Berichtverfasser selbst schon nach ein paar Tagen nicht mehr, was er selbst festgestellt hat und was Hypothesen sind, was Zeugen aus eigener Wahrnehmung oder was sie nach Hörensagen mitgeteilt haben und was schließlich unqualifizierte Mutmaßungen sind.«
Alle müssen am Nachmittag zur Besprechung zum Chef.
Also, was tun wir, was ist veranlaßt?
Wer von unseren Kunden kommt in Frage für diese Sache?
Ist die Presse benachrichtigt? Wir brauchen Hinweise aus der Bevölkerung.
Nach den Tatmerkmalen ist der Mann einerseits ein Routinier, andererseits ein Amateur, der sich nicht an größere Sachen herantraut.

Ein Landstreicher, ja, aber in der Jahreszeit werden wir ihn bald im Bahnhof erwischen.
Landstreicher ist ein Wort für Kriminelle auf dem Lande.
Ich habe auch schon bessere Definitionen von Ihnen gehört.
Definitionen sind Glücksache wie die ganze Fahndung.
Der Chef verabschiedet die Beamten aus den anderen Kommissariaten und verläßt mit Renslage das Haus. Er setzt ihn bei der Waffenhandlung Restemeyer ab und fährt nach Hause. Er will heute abend nach dem Essen und der Tagesschau weiterschreiben. Die nächsten Sätze, die seiner Arbeit heute abend die Richtung geben werden, hat er schon im Kopf: Der Kriminalist darf sich nicht mit dem begnügen, was ihm der Zufall zuträgt, sondern er muß ständig um die sinnvolle Ergänzung seiner Informationen bemüht bleiben. Groß ist die Versuchung, aus der Fülle des Materials nur die Informationen aufzunehmen, die in das Bild passen, das sich der Sachbearbeiter schon gemacht hat. Viele im Grunde richtig angesetzte Ermittlungen sind schon daran gescheitert.
Das sind Sätze, die er bei seinem letzten Vortrag auf der Polizeischule ungefähr so formuliert hat. Aber es kommt ihm so vor, als ob er sie erst jetzt denkt. Als ob er sie denkt in Zusammenhang mit dem Unbekannten dort draußen.
Die Wetterkarte zum Abschluß der Tagesschau kündigt erste Ausläufer eines über Skandinavien lagernden Hochs und damit niedrigere Temperaturen an. Krimi-

naloberrat Bernhard, dem seine Frau noch eine Tasse Tee an den Schreibtisch bringt, hat Kopfschmerzen, wahrscheinlich aus Mangel an Sauerstoff.

Er ruft Renslage an, der bei Restemeyer nichts Neues erfahren konnte.

Haben Sie die Wetterkarte gesehen? fragt er. Unserem Mann da draußen wird es bald kalt werden.

Sinken die Temperaturen gegen Morgen unter die Nullgradgrenze, so werden wir an den Grashalmen keine Wassertröpfchen, sondern winzige Eiskristalle finden. Der ganze Boden, alle Grashalme und Gegenstände sind mit einem weißen zuckerartigen Belag überzogen, in dem Fußspuren und Reifenspuren von Fahrrädern leicht zu erkennen sind.

Der Reif ist ein Schönwetterzeichen. In der klaren Frostluft kann man von den Aussichtspunkten des Wiehengebirges aus im Norden die blinkende Fläche des Dümmersees erkennen und im Süden scharf ausgeleuchtet vor einem schmalen Dunststreifen den Höhenzug des Teutoburger Waldes. Im Wald ist es still, es ist eine hellhörige Stille, in der man das Knacken jeden Zweiges hört. Außer ein paar Vögeln im Unterholz scheint es auf den Gebirgskämmen kein Leben zu geben. Die Baumkronen des Hochwaldes, die Tannendickungen, das von einem dünnen Eislack überzogene Laub der Eichengestrüppe und das fahle Wintergras stehen starr in der Windstille. Es ist kalt, besonders in der Morgendämmerung, wenn die Dohlen aufwachen und eine Zeitlang im Gesträuch herumhüpfen, Bewegungen, die sich in der

Stille des nächsten Wintertages verlieren. Allmählich bezieht sich der Himmel. Am Abend leuchtet hinter den Bäumen ein quittegelber Lichtstreifen und am nächsten Tag sind alle fernen Einzelheiten in der Landschaft verschwunden. Der Horizont verschwimmt in einem unbestimmten grauen Licht und geht über in das schwärzlichere Grau eines tiefhängenden Himmels. Auf den Bergen fällt manchmal ein dünner Schnee, der den schwarzen Waldboden pudert und in den Astgabeln der Bäume sitzt. So unerwartet wie der Schneefall beginnt, hört er nach kurzer Zeit wieder auf, und der Eindruck der Regungslosigkeit oder eines kraftlosen starren Wartens vertieft sich. Es wird kaum hell. Es wird Schnee geben.
Bei der Kripo in Osnabrück gehen Meldungen über rund hundert Einbrüche mit ähnlichen Tatmerkmalen ein. Im Wiehengebirge und in den Wäldern bei Melle werden drei weitere Beutelager entdeckt. Auf dem Wellinger Berg sind Einschüsse und Geschoßhülsen des fraglichen Kalibers gefunden worden. Aber der Täter selbst hat sich nicht mehr bemerkbar gemacht.
Was die Fahndung braucht, ist ein neuer Einbruch.
Die Fahndung wartet auf einen neuen Einbruch, aber da nichts geschieht, glaubt sie nicht mehr daran.
Die sichergestellten, vom Täter irgendwo zurückgelassenen Fahrräder werden ihren Eigentümern zurückgegeben.

Polizeioberrat Bernhard, der die neu eingegangenen Meldungen der Polizeiposten liest, ärgert sich über die

Unart der Beamten, verschiedene Dinge in einen Satz zu pressen. Offenbar gelten komplizierte Schachtelsätze als Kennzeichen eines flüssigen Schreibstils. Er will in seinem Buch das Schema eines gegliederten Tatortberichtes entwickeln. Welche Vorgänge, Tätigkeiten und Sachverhalte kann man unterscheiden? Die Meldung der Straftat. Durch wen und wann? Das Anrücken zum Tatort und das Eintreffen. Welche Beamten, zu welcher Uhrzeit? Die dort angetroffenen Personen. Geschädigte, Verdächtige, Angehörige, Zeugen. Der Entdecker und die Entdeckung der Tat. Wahrnehmungen zum Tathergang. Beschreibung des weiteren und des engeren Tatortes. Veränderungen am Tatort. Von wem vorgenommen oder bemerkt? Das Tatobjekt. Die Tatwerkzeuge. Die Tatspuren. Der Weg des Täters. Die Sicherung der Spuren. Überlegungen zum Täter. Beschreibung, Arbeitsweise, Motivation. Getroffene und noch zu treffende Maßnahmen.
Das Ganze wäre zu gliedern nach der internationalen Dezimalklassifikation. Für ihn war das die Grundlage jeder Denkarbeit. Aber es hatte wenig Sinn, das an unaufgeklärten Einbrüchen zu demonstrieren. Es würde die Sache nicht weiterbringen, das mußte er zugeben, und er selbst würde sich nur den Ruf eines Theoretikers erwerben, den er vielleicht ohnehin schon hatte. Das einzige, was ihn vielleicht noch davor bewahrte, war seine Größe. Er brauchte nur einmal draußen bei einem Einsatz aufzutauchen, dann hatten ihn alle gesehen. Den nächsten größeren Fahndungsfall mußte er an sich ziehen, aber nicht diesen, der schon steckengeblieben war.

Er begann die Meldungen noch einmal durchzublättern und Zahlen aufzuschreiben. Wenn er die erbeuteten Geldbeträge und den Wert der gestohlenen Gegenstände zusammenrechnete, dann hatte der Täter in den vergangenen drei Monaten mit fast hundert Einbrüchen weniger zusammengebracht, als ein Hilfsarbeiter in dieser Zeit verdiente. Das war kein spektakulärer Fall. Und auch kein Ergebnis, zu dem er Renslage hereinrufen konnte.
Ihm fiel ein, seine Frau anzurufen und zu fragen, ob er für heute abend noch etwas aus der Stadt mitbringen sollte. Sie hatten Gäste zum Essen, einen Rechtsanwalt, zwei Ärzte und einen Beamten von der Stadtverwaltung, Freunde aus dem Tennisclub. Er konnte bei Hünefeld in der Großen Straße vorbeigehen und noch einen Aperitif mitbringen und etwas Käsegebäck. Und dann vielleicht noch ein Glas Oliven.
War noch etwas zu tun?
Nein, aber er mußte der Sekretärin sagen, daß sie Wasser in die Verdunster füllen solle. Die alte Zentralheizung ließ sich schlecht regulieren und knackte schon wieder vor Hitze, und die Luft war unerträglich trocken. Er rief bei der Fahrbereitschaft an, um für morgen früh seinen Wagen zu bestellen, und während er mit dem Fahrer sprach, blätterte er in den Akten und las noch einmal die Beschreibung der Fußspuren des Unbekannten. Quergestreifte Gummistiefelspuren, vorne links und hinten rechts stark abgenutzt. Das brauchte längst nicht mehr zu stimmen. Er hatte die Vorstellung, daß sich der Mann hier in der Stadt befand. Oder vielleicht

auch ganz woanders, gar nicht mehr in seinem Bereich.

Er machte die Tür zu seinem Vorzimmer auf und sagte: Ich gehe.

Erst draußen fiel ihm ein, daß er vergessen hatte, an die Verdunster zu erinnern.

Die Geschäftsstraßen waren weihnachtlich geschmückt und voller Menschen. Er bekam Lust, noch etwas einzukaufen, irgend etwas Besonderes, nicht nur die Besorgungen bei Hünefeld, und wie gewöhnlich ging er in eine Buchhandlung. Man kannte ihn hier und wußte, daß er nicht gestört werden wollte, wenn er an den Regalen entlangging. Ein Buch fiel ihm auf, dessen Titel ihn interessierte: Maurice Halbwachs, »Das Gedächtnis und seine sozialen Bedingungen«. Vielleicht war das etwas, womit er sich über die Festtage beschäftigen konnte. Er begann zu lesen: Nach Butler sind die tiefen Eindrücke, die unser Gedächtnis registriert, auf zwei Arten hervorgebracht, einmal durch Objekte, oder Kombinationen, die uns nicht vertraut sind, die sich uns in relativ voneinander entfernten Intervallen darbieten und wie man sagen kann, ihre Wirkung plötzlich und heftig tun, zum anderen durch die mehr oder minder häufige Wiederholung eines schwachen Eindrucks, der schnell aus unserem Geist verschwunden wäre, hätte er sich nicht wiederholt.

Er las weiter. Hinter ihm sagte jemand, es schneit. Aber er dachte nur daran, daß er über Weihnachten Zeit haben würde, dieses Buch zu lesen, das ihn schon jetzt gefesselt hatte, und erst als er wieder auf die Straße trat und die dicken Flocken sah, die durch das Licht der Leuchtreklamen fielen, erinnerte er sich, die Stimme gehört zu haben, eine fremde Stimme, die in diesem Jahr den Winter ankündigte.

Es schneite zum ersten Mal nicht mehr nur wie zur Probe. Langsam und dicht kamen die Flocken aus der Dunkelheit über der Straße, wo die Dächer schon weiß wurden, und fielen senkrecht an den erleuchteten Fassaden und Fenstern der Geschäftshäuser vorbei, auf allen Vorsprüngen und Gesimsen weiße Säume bildend. In den Lichtkreisen der Lampen erschienen die Flocken ungewöhnlich groß, womit ihr langsames Fallen zusammenzuhängen schien. In den dunkleren Seitenstraßen und außerhalb der Stadt war der Schnee nur eine Unruhe in der Luft, die einen umhüllte, und eine dauernde leichte Berührung an den Augenlidern, der Stirn und dem Mund, und wenn man den Mund öffnete, konnte man das Vergehen der Flocken zwischen den Lippen schmecken als ein flüchtiges Gefühl wässriger Frische.
Wahrscheinlich schneite es jetzt überall, in den dichten Wäldern des Gehn östlich von Bramsche, auf den westlichen Ausläufern des Wiehen zwischen Penter Egge und Venner Egge, in den Buchenwaldungen der Stemweder Berge, am Dümmer See und in den Talauen der Hase und Else, in den Mischwäldern des alten Grönegau und in den Meller Bergen, über den Ausflugslokalen mit ihren Schuppen voller zusammengeklappter Gartenstühle, den abgelegenen Gehöften und Feldscheunen, den Dörfern, den Landstraßen, den alten Wasserschlös-

sern und den verlassenen Kurparks der kleinen Solebäder am Nordrand des Wiehengebirges, deren Hecken und Ziersträucher sich zu plumpen weißen Gestalten vermummten, während die Abgrenzungen der Wege allmählich unter dem Schnee verschwanden.

2 Ruhe, sonst knallt's

Dann muß es was anderes sein, wovon er noch nichts weiß. Sie sagen es ihm nicht. Doch er weiß es gleich wieder, wird es gleich wieder finden, wenn das vorüber ist, das Stampfen. Ich kam die Treppe herunter im Hemd. Der Schatten. Sprang murmelnd über mich hinweg. Jemand kam auf ihn zu im Laufschritt, aber das muß etwas anderes sein. Gegenwärtig versuche ich alles wiederzufinden, eine wichtige Arbeit. Ich hörte das Schreien, ja, und ich muß aufgestanden sein mitten in der Nacht. Nicht sterben, jeden Augenblick festhalten. Das ist alles in Ordnung, sagen sie. Wer sagt das? Wer sagt das? Der Blumentopf ist heruntergefallen und jemand sagte: halt den Mund. Eine Männerstimme. Nicht sterben. Fast alles war verloren, war weggeworfen. Ja. Und er hatte vergessen, Licht zu machen. Das Schreien muß etwas anderes sein, wovon er noch nichts weiß und worüber sie nichts sagen wollen, eine andere Stimme. Halt den Mund. Jaja, er will jetzt den Mund halten. Da unten ist alles in Ordnung. Ich muß aufgestanden sein mitten in der Nacht. Wenn das vorüber ist, das Stampfen, das war ich auf der Treppe im Hemd. Der Schatten, ich konnte ihn murmeln hören, als er über mich hinwegsprang. Und Erika hielt mir den Kopf. Nicht sterben. Ich habe die Tür immer abgeschlossen. Ja, ich versuche alles wiederzufinden, eine wichtige Arbeit. Das war dunkel da unten. Eine Männerstimme, nein, das war Erika, die ihm den Kopf hielt. Halt den Mund, er muß den Mund halten, es muß etwas anderes sein, wovon er noch nichts weiß. Die Tür war immer abgeschlossen, eine wichtige Arbeit. Wer sagt das, wer sagt das? Eine Männerstimme, sobald das Stampfen aufhört, das Schreien. Ich war aufgestanden, im Laufschritt auf der Treppe, und hatte vergessen, Licht zu machen. Der Blumentopf ist heruntergefallen. Dann sprang der Schatten über mich hinweg, eine Männerstimme, murmelnd im Laufschritt in der Dunkelheit. Ich habe abgeschlossen, ich muß aufgestanden sein, Erika hielt mir den Kopf. Nicht sterben, da unten ist alles in Ordnung, ist alles dunkel gewesen, ist alles abgeschlossen.

Inzwischen lief alles durcheinander. Ziellose Bewegungen und zweckmäßige in untrennbarer Konfusion. Wohin denn jetzt zuerst weg von dem Stöhnen oder zu ihm hin? Sie standen um ihn herum in ihren Nachthemden, Erika kniete auf dem Flurboden und hielt ihm den Kopf. Er hatte die Augen geschlossen und lag da mit schlaffen Beinen im blutigen Unterhemd neben der Treppe, irgendwie peinlich oder schrecklich, und was sollte man tun, er blutete aus der Brust und stöhnte. Alfred, was ist denn, wie geht es dir, hast du Schmerzen, hör mal zu. Aber das dachten sie nur oder stammelten es leise für sich, während sie sich ansahen, sich über ihn beugten und herumstanden, vor Kälte und Aufregung zitternd, wie auch er zitterte, die Lippen waren weiß und zitterten, und er hatte kaum Puls.

Was tun, er starb. Das war aber doch nicht möglich, das durften sie doch nicht zulassen. Nein nein nein, sagten sie zum ihm, sie wischten ihm die Stirn ab, das war doch schrecklich, so schlaff wie er da lag, und immer mehr blutend, Brust und Bauch und der ganze Rücken waren naß vom Blut, und sie konnten den Puls nicht mehr finden, so daß sie verzweifelt auf dem Handgelenk herumtasteten, laß mich mal, laß mich mal, und den kraftlosen Arm zur Seite legten und stattdessen wieder über die Stirn wischten.

Jetzt ist aber doch etwas geschehen und wahrscheinlich ist kaum Zeit vergangen. Frau Albers ist in den ersten Stock gelaufen, hat das Wohnzimmerfenster aufgerissen und über die Straße zu den Nachbarhäusern hinüber gerufen: Hilfe, Überfall, Hilfe! Sie hat rechts und links die verschneite Landstraße hinuntergeblickt. Der Mann war vielleicht ein Verrückter, der zurückkommen und auf sie schießen würde. Aber da war niemand mehr in dem kurzen erhellten Straßenstück, und sie rief weiter, rief die Namen, die ihr einfielen, und in den Häusern gegenüber ging das Licht an, Fenster wurden geöffnet, Jalousien hochgezogen, und sie konnte die verwirrten Stimmen der Nachbarn hören, die sich gegenseitig fragten, was los sei.
Sie rief jetzt mit dem Gefühl, daß sie abgeschnitten war und in einer anderen stillstehenden oder verlangsamten Zeit lebte, ihre unglaubhaften phantastischen Nachrichten hinüber, die auf der anderen Seite Stille erzeugten, ein, wie es ihr schien, hartnäckiges Schweigen, und sie dachte, daß es ihr nicht gelingen würde, ihnen mitzuteilen, was passiert war. Dann nahm sie eine Bewegung wahr, jemand rief, daß sie die Polizei und den Arzt holen wollten, und sofort ist sie wieder die Treppe hinuntergelaufen, wo die beiden anderen Frauen bei dem Verletzten knieten.

Jetzt füllt sich das Haus mit den Nachbarn, die meisten notdürftig gekleidet, bleiche verstörte Gesichter, sie kommen durch die offene Verandatür herein und starren auf den Mann, der am Fuß der Treppe unter einer Wolldecke liegt. Sie sehen seine kurzen Atemzüge, seine Blässe. Er kann sich nicht bewegen, sagt jemand. Es sind die Beine, er hat keine Kraft, kein Gefühl darin.

Man hat ihm ein flaches Kissen unter den Kopf geschoben, und er wendet ihnen sein schweißnasses Gesicht mit geschlossenen Augen zu. Manchmal stöhnt er und scheint etwas sagen zu wollen, er runzelt die Stirn, er fletscht die Zähne, dann versucht er, den Kopf zu heben, und kämpft mit geschlossenen Augen gegen Hände, die ihn festhalten. Es ist ein störrisches verwirrtes Gesicht, das einen Ausweg sucht. Plötzlich schwindet alle Kraft daraus, es gibt auf, es fällt zusammen und jetzt ist nur ein leises Beben in den gekräuselten Augenlidern.

Das ist er, das ist er schon nicht mehr. Das ist der, den sie vor ein paar Stunden noch gesehen haben.

Sie stehen an einer Linie, die sie nicht zu überschreiten wagen, denn den Mann dort zwischen Leben und Tod, den darf man nicht berühren. Nur die Tochter darf das, die neben ihm hockt und ihn wieder in das Kissen drückt. In kurzen Abständen wischt sie ihm über Stirn und Lippen, als sei da etwas, das sie beseitigen müsse und sich immer wieder neu bildet, es ist eine flüchtige Bewegung mit einem zusammengeknüllten Tuch, das sie in der Hand preßt, während sie mit gespannter Ruhe in sein Gesicht blickt, und da macht sie es wieder, als sähe sie etwas Besonderes, sie wischt über die blassen gummiartigen Lippen, die sich dabei verziehen, und dann ist wieder das Stöhnen da, und aus dem Nebenzimmer kommen ein paar hohe wimmernde Töne und eine andere Stimme sagt, Ruhe Frau Bentrup, der Arzt muß gleich kommen, worauf die Frau mit dem gleichen leisen Wimmern antwortet.

Er hat Schmerzen, sagt jemand.

Ja, er hat Schmerzen, das sehen sie alle. Schmerzen, die schlimmer werden. Der Schmerz ist der Alarmschrei des Organismus angesichts einer plötzlichen oder chronischen Aggression.

Nein, er hat keine Schmerzen, sagt jemand. Nein, nein, es ist etwas anderes. Er kann die Beine nicht bewegen.

Ruhe, sagen sie zu denen, die neu hereinkommen und sofort zu flüstern beginnen.

Der Mann hier verblutet, wenn der Arzt nicht kommt.

Unter Schock versteht man ein Versagen des Kreislaufs. Die Blutmenge, die pro Minute vom Herzen in den Kreislauf gepumpt wird, ist kritisch vermindert.

Symptome des Schocks. Der Verletzte ist unruhig, ängstlich und häufig verwirrt. Er leidet unter Schwindel und starkem Durst. Der Puls ist beschleunigt und erschwert tastbar. Die Haut ist blaß, feucht und kalt, besonders an den Armen und Beinen. Die Venen sind nicht oder schlecht sichtbar. Der Lufthunger nimmt mit dem Blutverlust zu.

Es ist ein störrisches verwirrtes Gesicht, das einen Ausweg sucht. Er kämpft mit geschlossenen Augen. Er will von etwas fort.

Bei einem Blutverlust von 30 bis 40 % bestehen folgen-

de Symptome. Die Haut ist blaß bis weiß und feucht, die Lippen sind kalt und klebrig, der Puls ist beschleunigt auf über 100 Schläge pro Minute, die Atmung ist beschleunigt.
Sofortmaßnahmen! Schnell, aber ohne Hast handeln! Den Verletzten beruhigen, seine Angst beschwichtigen! Sie stehen auf einer Linie, die sie nicht zu überschreiten wagen, während vor ihren Augen die Veränderung weitergeht.
Bei einem Blutverlust von über 40 % ist der Verletzte leichenblaß, seine Lippen sind kalt und blutleer, der Puls ist schwach und fadenförmig, die Zahl der Pulsschläge liegt über 140 pro Minute, die Atmung ist schnell, flach und schnappend.
Was jetzt? Sofortmaßnahmen. Lebensbedrohliche Zustände sofort bekämpfen. Die Angst des Verletzten beschwichtigen.

Am 29. 12. 1965 um 03.00 Uhr wurde durch die Brücke 091 (Ortsfeste Station: Belm) der Kriminalwache mitgeteilt, daß in Gretesch ein Mann angeschossen worden sei. Näheres war nicht bekannt.
Um 3.06 Uhr fuhr ich mit dem Dienstkraftwagen zum Tatort. Unterwegs wurde Verbindung zu Brücke 1 aufgenommen, die die Einweisung durchführte. Der Tatort wurde bis zu meinem Eintreffen von Polizeihauptmeister Heune abgesichert. Der Verletzte war bereits abtransportiert. PHM Heune schilderte mir kurz das Tatgeschehen. Um 3.27 Uhr wurde über die Funkstreifenleitstelle die Beschreibung des Täters und der Flucht-

weg zur Fahndung durchgegeben. Kurz danach traf der Krankenwagen ein, der den Verletzten ins Marienhospital nach Osnabrück gebracht hatte. Der Fahrer teilte mir mit, daß nach Ansicht der Ärzte bei dem Verletzten Lebensgefahr bestehe. Um weitere Anhaltspunkte über den Täter zu erhalten, fuhr ich sofort zum Marienhospital. Der Patient war aber nicht vernehmungsfähig. Daraufhin nahm ich Verbindung mit der Kriminalwache – Kriminalmeister Grönert – auf und empfahl den zuständigen Beamten des Bereitschaftsdienstes hinzuzuziehen, so daß KM Grönert gegebenenfalls mit dem Verletzten Verbindung aufnehmen und eventuelle Angaben auf Tonband aufzeichnen konnte. Durch eine Funkstreife des 2. Polizeireviers wurde der diensthabende Beamte des Erkennungsdienstes – Kriminalobermeister Strohte – zum Tatort gefahren. Inzwischen traf am Tatort der Kommissar vom Dienst – Kriminalkommissar Osterwald – ein, der von mir über den Sachverhalt und die bereits getroffenen Maßnahmen informiert wurde.

Das Haus ist jetzt von allen Neugierigen geräumt. In der Küche sitzen die drei Frauen zusammen, während die Beamten von der Mordkommission das Haus nach Tatspuren durchsuchen. Sie bewegen sich dabei langsam und konzentriert wie Fachleute, die ihre Arbeit kennen und aufeinander eingespielt sind.
Zunächst werden Blitzlichtaufnahmen vom engeren und weiteren Tatort gemacht, auch von Einzelheiten, wie dem verrutschten Läufer, dem heruntergefallenen Blu-

mentopf, den geöffneten Schränken, der durchschossenen Tür. Dann werden Fußböden, Wände, Treppenstufen, Fensterbänke und Möbel mit einer hellen Lampe abgeleuchtet. Alle Gegenstände, auf denen sich Fingerabdrücke des Täters befinden könnten, werden mit einem schwärzlichen Pulver bestäubt. Mit einem weichen Pinsel, leicht über die Spur zum Körper hingezogen, wird das überflüssige Pulver wieder entfernt. Jetzt tritt die Struktur hervor und muß fixiert werden. Ein Beamter schneidet durchsichtige Klebefolien zurecht, bedeckt damit die Spuren und zieht die Folien vorsichtig wieder ab. Sie werden auf weiße Kartons geklebt und numeriert. Der Beamte geht in die Küche und nimmt zum Vergleich die Fingerabdrücke der drei Frauen ab. Die anderen durchsuchen inzwischen die vom Täter durchstöberten Möbel und Kleidungsstücke. Sie tragen alle Gegenstände in eine Liste ein. Beschreibungen des engeren und des weiteren Tatortes werden angefertigt. Sie werden von festen angegebenen Standpunkten aus gemacht und benennen alle Einzelheiten der Räume im Uhrzeigersinn.

Auf der Fensterbank der Veranda, unter dem sternförmig gesprungenen Fenster liegt ein deformiertes kleinkalibriges Bleiprojektil. Es hat den Körper des Verletzten und die Tür des Treppenhauses durchschlagen und wurde vor dem Fenster abgefangen vom Vorhang, der kleine Gewebeschäden zeigt.

Jetzt sind Hypothesen möglich über den Schuß und die Bewegungen des Täters vorher und nachher. Die Beamten gehen die Räume ab. Sie rekonstruieren den Weg,

den der Täter genommen hat. Sie gehen nach draußen und kommen wieder herein.
Der Täter ist wahrscheinlich durch die hintere Eingangstür, den sogenannten Vorflur, den Wintergarten und den Flur in das Haus eingedrungen, hat auf diesem Weg alle Kommoden, Schränke, auch den Rundfunkschrank durchsucht, war im Wohnzimmer und im Treppenhaus, wo er der Handtasche der Tochter 4 Mark entnahm, hat die Geldbörse auf seinem Rückzug im Vorflur auf dem Stuhl liegenlassen und ist dann, wahrscheinlich enttäuscht über die geringe Beute, wieder zurückgekehrt und hat sich in das Schlafzimmer der Frau Albers und ihrer Nichte Erika, der Tochter des Verletzten, eingeschlichen und hat versucht, den Schrank zu öffnen.

Bei dem Schrei, den mein Mann und ich hörten, handelte es sich um einen kreischenden Angstschrei.
Die Pistole zog er aus der Innentasche seiner Jacke.
Ich habe gesehen, daß der Mann über unseren Gartenzaun sprang.
Die Leselampe an der Kopfseite unserer beiden Betten brannte.
Plötzlich wurde ich durch Schreie meiner Tante wach.
Zu diesem Zeitpunkt war mir immer noch nicht klar geworden, was überhaupt passiert war.
In diesem Moment zog der Mann die Pistole aus seiner linken Manteltasche.
Gleichzeitig zog er mir die Bettdecke fort.
Bei dem Schrei, den mein Mann und ich hörten, handelte es sich um einen kreischenden Angstschrei.

Ich habe beim Verlassen unseres Schlafzimmers kein Licht gemacht.

Ich hörte das Geräusch eines umfallenden Blumentopfes.

Plötzlich sah ich einen Mann im Lichtschein in der Veranda stehen, der sofort nach draußen verschwand.

Während dieser ganzen Zeit habe ich immer um Hilfe gerufen.

Plötzlich hörte ich einen Knall und sah auch gleichzeitig einen Lichtschein.

Ich lief weiter die Treppe hinunter bis zu meinem Mann.

Die Leselampe am Kopfende unserer beiden Betten brannte.

Ich bemerkte nun, daß er mit seiner rechten Hand aus seiner Jackentasche eine Pistole zog.

Als ich die Mitte der Treppe erreichte, stand mein Mann bereits unten im Flur.

Ich fragte, ob Kurzschluß sei und hörte das Geräusch eines umfallenden Blumentopfes.

Ich sah nun im Zimmer einen Mann stehen.

Mein Mann war im selben Augenblick umgefallen und blieb auf dem Boden liegen.

Zu diesem Zeitpunkt war mir immer noch nicht klargeworden, was überhaupt passiert war.

Während dieser ganzen Zeit habe ich immer um Hilfe gerufen.

Gegen Morgen, als die Kriminalbeamten mit der Spurensicherung und den Zeugenvernehmungen fertig sind und zur Besprechung nach Osnabrück fahren, treffen am Tatort die Reporter ein. Alfred Bentrup liegt auf der Intensivstation des Marienhospitals in Osnabrück mit einem Leberdurchschuß, einer Rückenmarksverletzung und einer Querschnittslähmung beider Beine immer noch in Lebensgefahr. Seitlich der Belmer Straße ist im Gebüsch das Fahrrad des Täters gefunden worden. Die Funkstreifenfahndung ist um 06.00 Uhr ergebnislos abgebrochen worden. Das durchschossene Unterhemd des Verletzten wird zur Feststellung der Schußentfernung an das Landeskriminalamt Hannover geschickt. Kriminaloberrat Bernhard verlegt die Nachmittagsbesprechung auf den Vormittag und beschließt die Einsetzung einer Sonderkommission.

Er hatte das Fahrrad fortgeworfen und war einfach immer weitergelaufen, nicht nach Süden, wie er vorgehabt hatte, sondern mit wirren Richtungswechseln nach Norden, das war ihm besser erschienen, weshalb wußte er nicht. Er lief und ging abwechselnd ohne anzuhalten und zu lauschen. Ein kurzes Stück war er noch auf dem festgefahrenen Schnee der Landstraße geblieben, um seine Spur zu verwischen, dann übersprang er den Straßengraben und verschwand im Wald. Nach einer Stunde setzte er sich, und noch während er dachte, daß er genausogut in eine andere Richtung hätte laufen können, schlief er ein.

Sofort träumte er von vielen Leuten, die er seit Jahren nicht gesehen hatte. Sie waren alle nicht deutlich erkennbar, er wußte nur, daß sie da waren, konnte sich aber nicht verständlich machen. Dabei war er gleichzeitig er selbst und sein Bruder Fritz, der zu ihm sagte: Jetzt lassen wir es platzen. Fritz stand abseits auf einem Hügel, die Stimme aber sprach in seinem Kopf. Er wurde wach, weil Fritz tot war, und sah sich im Schnee liegen, alles war dunkel. Dann wußte er nicht, ob er das geträumt hatte, denn er schwamm im Wasser und sah über sich den blauen Himmel. Schon stundenlang schwamm er, ohne zu atmen, und etwas stimmte nicht, das er nicht ändern konnte, das da war, das ihn weckte, obwohl er die Augen geschlossen hielt. Etwas stimmte nicht. Gegen die Fahrtrichtung kam er an den beiden Männern mit den Hüten vorbei. Er sprang ab und hüpfte durch den langen Gang. Als er zwischen ihren Füßen lag, versuchte er, sich tot zu stellen.

Paß auf, sagte dic Stimme, jetzt mach ich dir Beine.

Zwischen den Baumwipfeln sah er den Winterhimmel mit seinen Sternen. Es war still im Wald und fast vollkommen finster. Er spürte wieder die Magenschmerzen, eine genau umschriebene Stelle unter dem Brustbein. Ich bekomme ein Geschwür, dachte er, und ein wenig erleichterte ihn das, als sei es eine Entschuldigung, die niemand überhören konnte. Nach einer Weile tastete er nach der Waffe, die neben ihm lag, suchte den Sicherungsbügel und schob ihn vor. Er setzte sich auf und befühlte den kurzgesägten Lauf, und plötzlich wußte er, daß er Angst hatte.

War er denn verrückt? Er hatte einen Mann erschossen.

Es war das alte schäbige würgende Gefühl, das ihn zu laufen zwang. Zweckloses, hoffnungsloses Laufen wie im Traum. Er hatte nicht Zeit gehabt, die Waffe in das Halfter zu stecken und trug sie wie ein Beweisstück, das er festhalten mußte, krumm vor Magenschmerzen und steif gefroren, was er erst begriff, als er stolperte und beinahe hinfiel.

Paß auf, sagte er sich.

Ja, natürlich, er mußte aufpassen.

Alles war von nun ab anders. Er hatte einen Mann erschossen. Es kam ihm so vor, als sei das immer schon so gewesen oder habe schon festgestanden, und er habe es jetzt nur nachgeholt, nur daß er immer noch nicht richtig wußte, was es für ihn bedeutete.

Der Bluttäter von Gretesch bleibt unsichtbar. Polizei tappt im Dunkeln. Neues Waldlager des Unbekannten. Schüsse im Morgengrauen. War es der Unhold? Opfer immer noch zwischen Leben und Tod. Polizei tappt im Dunkeln. Bluttat schockt Bevölkerung. Jetzt muß Hannover helfen. Nachrichtensperre, um Polizei zu decken? Unhold von Gretesch immer noch im Lande? Wer ist der Nächste? Polizei tappt im Dunkeln.

Sie saß starr auf dem Stuhl, als die Tür ihr gegenüber aufging und der Mann hereingeführt wurde und drei Schritte vor ihr stehenblieb. Sie stand auf und begegnete seinen Augen, die ihr nicht ausweichen wollten, und einen Augenblick wartete sie noch, ging um ihn herum und betrachtete sein Profil. Der Mann rührte sich nicht, und niemand im Raum sprach ein Wort. Sie ging zu ihrem Stuhl zurück und setzte sich.

Es war ein mittelgroßer Mann mit blonden kurzgeschnittenen Haaren und einem blassen Gesicht.
Nein, sagte sie, das ist er nicht.
Sie hörte das Ausatmen.
Der Mann wurde abgeführt, und sie starrte noch hinter ihm her, als die Tür schon zugefallen war. Der Kommissar kam vom Fenster herüber. Er brachte sich einen Stuhl mit und setzte sich neben sie. Sie hatte das Gefühl, geprüft worden zu sein und die alles entscheidende Antwort nicht gewußt zu haben, und nun würde man darüber befinden, was mit ihr geschehen solle.
Es tut mir leid, sagte sie.
Der Mann neben ihr nickte, und als müsse er das erläutern, sagte er: Das hatte ich mir schon gedacht. Ich brauchte nur noch Ihre Bestätigung.
Konnte sie also jetzt gehen?
Ja natürlich, sofort.
Wieder gab es eine Pause, und sie verstand, daß es seine Nachdenklichkeit war, die sie festhielt auf ihrem Stuhl und ihr jeden Gedanken nahm, jede Möglichkeit einer Änderung.
Er berührte ihren Arm.
Fräulein Bentrup, sagte er formell, ich möchte noch einmal Ihre Aussage Punkt für Punkt mit Ihnen durchgehen. Vielleicht fällt Ihnen noch etwas ein, irgendetwas Besonderes, das Sie uns noch nicht gesagt haben.

In dieser Phase mußte man versuchen, die Vielfalt der Möglichkeiten zu verringern, in die der Täter sich auflöste. Noch war sein Bild so allgemein, daß man ihn

dauernd zu sehen glaubte und nicht erkannte, wenn er vor einem stand. In dieser Phase konnte man ihn noch nicht suchen, die Wahrscheinlichkeit, einen mittelgroßen dunkelblonden Mann von etwa vierzig Jahren zu sehen, war zu groß. Was also zu geschehen hatte, war der Abbau von Wahrscheinlichkeit. Der Täter mußte für sie der Unwahrscheinliche werden, der er war.
Das war ein seltsamer Gedanke, denn andererseits, glaubten sie, war der Mann, den sie suchten, ein unauffälliger durchschnittlicher Mensch. Was sie aber suchten, war die Abweichung. Ein Mann, der wie alle anderen auszusehen schien, war durch sein Verhalten von der Mehrheit abgewichen und durfte deshalb nicht unerkannt in der Mehrheit bleiben. Man brauchte das Kriterium, das ihn unterschied.

Wenn jemand noch eine Idee hat, soll er sie nicht für sich behalten, sagte der Chef. Das war seine Art, ihnen klarzumachen, daß sie am Ende waren. Sie saßen gereizt auf ihren Stühlen und vermieden es, sich anzusehen. Er ließ sich die Akte geben und beobachtete heimlich ihre Gesichter, während er sie warten ließ.
Das Gutachten des Schußwaffensachverständigen bestätigte, daß das am Tatort gefundene Projektil aus derselben kleinkalibrigen Waffe stammte, mit der der Unbekannte im Wald seine Schießübungen veranstaltet hatte. Dies, die gleichbleibende Arbeitsweise und die Wahl der Tatobjekte waren Hinweise darauf, daß der Täter ein Serieneinbrecher war.
Und natürlich die Fingerabdrücke. Er kam erst jetzt

darauf, weil sie als bedingt brauchbar qualifiziert worden waren und nichts weiter ergeben hatten. Er blätterte weiter bis zur Anlage und betrachtete die verschiedenen Fotografien, etwas schmierige Wischspuren, ungleichmäßig ausgeprägt, und zum Teil von senkrechten Flächen abgenommen. Sie waren mit Auflicht und bei durchscheinendem Licht fotografiert worden, aber die Ergebnisse unterschieden sich kaum voneinander. Was hatte man benutzt, um die Spuren zu markieren, Rußpulver, Graphit?

Konnte man das nicht chemisch nachbehandeln? Er kannte sich nicht mehr so genau aus und wollte eine Frage stellen, aber er sah, daß der Daktyloskop nicht anwesend war.

Konnte man sagen, daß eine Spur eine Information war, die andere Informationen neutralisierte? Er war nicht unzufrieden mit dieser Formulierung, hütete sich aber, sie mitzuteilen. Stattdessen schloß er die Akte und schob sie zu Freye zurück, der die Hand darauf legte. Er wunderte sich über diese Geste und wußte nicht, was sie bedeutete: Schluß jetzt damit! oder: Das ist meine Sache. Freye und Renslage, die Leiter des 1. und 2. Kommissariats, waren mit der Leitung der Sonderkommission betraut, und vielleicht fanden sie, daß er sich ein bißchen zuviel einmischte.

Er lehnte sich zurück und nahm die Brille ab. Damit hatte er seine Abdankung eingeleitet. Die Brille bedeutete Zuständigkeit und Interesse, und da lag sie nun.

Ich glaube, sagte er, in der nächsten Zeit lassen wir die

Sitzung ausfallen. Die Sonderkommission arbeitet selbstverständlich weiter.
Nichts geschah. Offenbar erwarteten sie noch, daß er aufstand oder mit dem Kopf nickte. Plötzlich fiel ihm ein zu sagen: Herr Renslage, Sie sehen so nachdenklich aus.
Das täuscht, sagte Renslage, und alle lachten.
Es war die beste Gelegenheit, die Sitzung zu beenden.

Was tat Bernhard, als er allein war?
Lüften. Die Hände waschen. Einen Apfel essen. Nachdenken.
Er bewegte sich dabei langsam durch das Zimmer und blieb manchmal stehen mit dem Blick zur Wand, als sähe er da etwas. Der unbekannte Serieneinbrecher war kein Anfänger. Er mußte schon einmal auffällig geworden sein. Also gab es in ihren Ermittlungen eine Lücke.
Andererseits. Andererseits was?
Er betrachtete den angebissenen Apfel, den er in der Hand hielt, stand so da, mit gesenktem Kopf. Er hatte den Zusammenhang verloren und mußte sich Zeit lassen. Das Denken schob sich von selbst zurecht. Man mußte sich nur eine Zeitlang im Vagen aufhalten, ohne Angst zu haben. Im Vagen, wo der andere sich noch befand wie ein verstecktes Engramm, das bei bestimmtem Lichteinfall sich zeigen würde. Er hatte »andererseits« gesagt oder vielmehr gedacht, um der unbestimmten Bewegung in sich eine neue Richtung zu geben, sie anzustoßen und dann, als bliebe er zurück, zuzuschauen, wo sie hintreibt, wo sie hinwill und dort hinten etwas

aufschreibt, das er noch nicht lesen kann. Nein, nicht die Entfernung ist es, sondern die Unvollständigkeit, ein unvollständiges und ungleichmäßiges Hervortreten, eine unterbrochene Gegenwart, so daß manchmal fast gar nichts vorhanden ist. Er brauchte nur da zu sein, Zuschauer seines eigenen Denkens, der neue Verbindungen ein wenig begünstigte, wenn die Erinnerungen, denn es waren doch alte, konfus gewordene Erinnerungen, sich aus ihrer Verkettung lösten und anders zusammenfanden, sozusagen einen Vorschlag machten, den er prüfen mußte und vielleicht wieder fallen ließ, so daß der rasche Umbau weiterging, undeutlich und flüchtig, wenig von ihm gestört, bis er ja sagte, ja oder nein, und alles augenblicklich zusammentraf und fest wurde.
Ein Gesicht. Jemand hatte Licht gemacht. Ein Gesicht, das da nicht hingehörte, das hin- und herblickte, während die Frauen schrien und am Kopfende zusammenkrochen. Der Mann hatte eine Waffe, ein verkürztes Gewehr aus seinem Mantel gezogen und mit der anderen Hand die Decke mit einem Ruck heruntergerissen, und vielleicht verstanden sie nicht, was er sagte, oder nur die eine, die jüngere, während die ältere, die zuerst erwacht war, immer weiterschrie, als ob die Worte, die er aussprach, nur noch mehr Grund zu besinnungslosem Entsetzen seien und gar nicht mehr als Worte verstanden werden konnten, gar nicht mehr, als meine er es wirklich, als wolle er sich verständlich machen, um mit ihnen sich zu einigen, wie es jetzt weiterging, – sie schrie und das bedeutete, daß er für sie als jemand, der etwas sagen wollte, nicht existierte, sondern nur als jemand,

der schwach beleuchtet zwischen Kleiderschrank und Bett stand und eine Waffe auf sie gerichtet hielt, während er immer noch hoffte, sie zum Schweigen und, was für ihn dasselbe war, zur Vernunft zu bringen und vergeblich gegen ihre Stimme anzudringen versuchte, als er sagte: Ruhe, sonst knallt's!

Ja, er entsann sich, er hatte es so im Protokoll gelesen. Aber dabei war noch etwas anderes gewesen, jenes einzigartige Detail, das die Wahrheit ausmachte. Der Mann hatte gestottert.

Genau das hatte er gesucht. Warum war das nicht aufgenommen worden in den Fahndungsbefehl?

Er ging zum Schreibtisch, wählte das 1. Kommissariat und ließ Freye an den Apparat rufen, der die Zeugen vernommen hatte. War von der Zeugin Bentrup nicht etwas vermerkt worden über die Sprechweise des Täters? Um es direkt zu sagen, hatte er nicht gestottert?

Das habe sie zuerst zu Protokoll gegeben, sagte Freye, aber später habe sie das korrigiert. Es sei kein Stottern gewesen, sondern nur ein kurzes Hängenbleiben beim Sprechen, eine überflüssige Pause.

Ist gut, sagte Bernhard.

Es ist dasselbe, dachte er, es ist dasselbe, ein Anhalten beim Sprechen, es ist dasselbe.

Der Gesuchte existiert. Der Gesuchte existiert nicht.

Er existiert als Geräusch im Dunklen, als geöffnete Tür, aufgedrücktes Fenster, als durchsuchter Schrank. Einen Augenblick lang war er eine Erscheinung im Schlafzimmer der beiden schreienden Frauen. Aber er zieht sich

schon wieder aus den Erinnerungen zurück, er wird allgemein und ist jemand auf der Straße, der dort geht, der dort auf der Bank sitzt, der Mann mit der Aktentasche, der dort, siehst du den?
Wenn du ihn siehst, erschrickst du nicht. Es ist jeder.
Du erschrickst nachts, wenn du unten im Haus das leise Öffnen einer Tür hörst. Wenn es das war, was du gehört hast. Der Gesuchte existiert als ein Geräusch, vor dem die Zimmertüren verschlossen werden, wenn man es unten, nebenan oder auf der Treppe hört. Man wartet bis zum Morgen, ohne schlafen zu können, oder vielleicht macht man Lärm, um das Geräusch zu vertreiben, und dann ist nichts gewesen außer der Angst, die das Geräusch erfunden hat. Es ist still. Der Gesuchte existiert nicht.
Der Gesuchte fährt nachts auf einem Fahrrad ohne Licht. Er ist das Geräusch seiner knackenden Pedale und seines Atems. Und jemand wird wach, der ein Schaben oder Kratzen gehört hat. Er lauscht. Jetzt hört er ein kurzes trockenes Aufschlagen eines kleinen Gegenstandes. Der nach innen herausgestoßene Schlüssel der Hintertür ist auf den Boden gefallen. Der Gesuchte existiert. Er hat das Haus betreten. Er leuchtet den Fußboden und die Wände ab. Jetzt geht er durch das Untergeschoß zur Haustür und öffnet sie von innen. Er dreht sich um und lauscht. Der erwachte Hausbewohner sitzt in seinem Bett. Der Gesuchte steht neben der Tür im Dunklen und wartet. Die Zeit vergeht. Der Herzschlag beruhigt sich. Es ist niemand da.

Bluttäter von Gretesch setzt sein nächtliches Handwerk fort

Die Polizei ist machtlos. Neue Serieneinbrüche rund um Osnabrück. Warum führt die Fahndung nicht weiter? Unruhe in der Bevölkerung.

Mit Recht befürchten die Bewohner einzelstehender Häuser und abgelegener Gehöfte, daß ihnen nachts plötzlich in ihrem eigenen Haus ein Mann gegenüberstehen wird, der nicht davor zurückschreckt, sich den Weg mit der Waffe freizuschießen. Seit Monaten ist dieser Mann nachts unterwegs, um auf immer dieselbe Weise (mit Nachschlüsseln oder durch das Entkitten von Fenstern) in Wohnhäuser, Gaststätten und Geschäfte einzudringen und fremdes Eigentum zu entwenden. Wie groß inzwischen die Unsicherheit der Bevölkerung ist, wird wohl am besten veranschaulicht durch die Tatsache, daß besonders in den ländlichen Gebieten die Bewohner abgelegener Wohnhäuser und Bauernhöfe dazu übergehen, für den Einbrecher an gut sichtbaren Stellen kleinere Geldbeträge und Lebensmittel bereitzulegen, in der Hoffnung, daß er sie dann mit weiteren Heimsuchungen verschonen wird. Wir wissen nicht, ob dieses »Abkommen« bereits funktioniert. Auf jeden Fall zeigt es aber, wie tief das allgemeine Vertrauen in die Effektivität unserer Sicherheitsorgane schon gesunken ist. Sind sie wirklich noch in der Lage unsere Rechtsgüter zu schützen? Diese Frage ist vor zwei Wochen durch die Bluttat von Gretesch in ein neues Stadium ihrer Aktualität getreten. Denn jetzt wissen wir, daß es nicht nur um den Schutz des Eigentums geht, sondern was bedroht ist, das ist die Unverletzbarkeit unseres Lebens. Es wäre interessant zu erfahren, was man in der Hannoverschen Straße dazu zu sagen hat.

Nichts. Das ist alles dummes Gerede. Dazu haben wir nichts zu sagen.
Doch, wir müssen eine Erklärung abgeben. Und verbinden Sie mich bitte mit Hannover. Nein warten Sie, rufen Sie erst Renslage und Freye herein.
Wo sind wir stehengeblieben, meine Herrn?
Wo wir stehengeblieben sind?
Da wo wir nicht weiterkommen. Hier im Kopf?
Wissen Sie, was unsere einzige Chance ist? Daß der Kerl offenbar hier in der Gegend bleiben will. Auch die Presse verjagt ihn nicht. Vielleicht ist er geschmeichelt, den ganzen Blödsinn über sich zu lesen.
Was machen wir jetzt? Geben wir eine Erklärung ab? Eine Erklärung, daß wir unsere Pflicht tun? Daß wir jedesmal einen Funkstreifenwagen schicken, wenn jemand anruft, bei ihm in der Wohnung habe etwas geknackst?
Jetzt, wo wir direkt angesprochen sind, müssen wir antworten.
Ich meine auch, wir können das nicht auf uns sitzen lassen.
Aber was soll ich denn antworten? Mit welchen Erfolgs-

meldungen? Soll ich schreiben, daß wir nicht die Stecknadel im Heuhaufen suchen, sondern in einem Haufen von Stecknadeln?
Ja, gut, schreiben Sie doch das.

Blöde vor Müdigkeit im Dienstzimmer der Sonderkommission, nachts. Zwei Beamte, von denen der eine den Sprechfunkverkehr mithört, während der andere, ältere, zwei weiße Tassen aus dem Schrank holt und auf dem Fensterbrett aus einer Thermosflasche heißen Tee eingießt.
Genau so gut wie frischer, sagt er.
Der andere antwortet nicht, und es ist möglich, daß das seine Art von Widerspruch ist.
Die Stimmen in dem kleinen schwarzen Lautsprecher klingen gequetscht. Sie werden von kurzen knackenden Geräuschen unterbrochen, wenn eine Durchsage zu Ende ist.
Brücke 17 wieder auf Empfang.
Brücke 17, geben Sie Ihren Standort durch.
Stadtgrenze Osnabrück auf der B 68 in Richtung Autobahn.
Sie fahren weiter bis zur Klöckner-Siedlung und melden sich dort wieder.
Verstanden.
Sie sind unterwegs, sagt der jüngere Beamte.
Der ältere nickt, stellt ihm eine Tasse Tee hin, dann nimmt er selbst einen vorsichtigen Schluck.
Klöckner-Siedlung, fragt er, gehört das nicht zu Lechtingen?

Es war damals als und dort wo. Das Wiedererkennen einer Erinnerung. Ihre Lokalisierung zwischen Anhaltspunkten. Die Rekonstruktion der Vergangenheit anhand von Anhaltspunkten. Das Wiederlebendigwerden. Lechtingen. Das gehörte zu Rulle.
Wir hatten nichts zu fressen damals. Ich dachte sofort, daß da was nicht stimmte. Ein Radfahrer mit einem Sack auf dem Gepäckständer. Wir hatten nichts zu fressen damals. Ich dachte mir, daß da etwas nicht stimmte. Ich war wirklich hellsichtig, wenn es ums Essen ging. Ich hab den Schinken durch den Sack hindurch wahrgenommen. Später entdeckten wir sein Beutelager im Wald. Da fanden wir die Sachen, die wir schon gar nicht mehr kannten, Speck, Schinken, Rauchfleisch, Wurst, die ganze Räucherkammer eines Bauern, hatte er dahin geschafft.
Brücke 1 bitte kommen. Hier Brücke 17 Anfang Klöckner-Siedlung. Verstanden. Brücke 17, Sie fahren weiter bis Ortsausgang, dann biegen Sie links in die Landstraße ein. Nach weiteren zweihundert Metern gabelt sich die Straße. Sie halten sich rechts und treffen linkerhand auf den Hof Weyer. Das ist der Tatort. Melden Sie sich dort wieder.
Verstanden. Ende.
Blöde vor Müdigkeit. Jemand erzählt von früher mit der zufriedenen ein wenig renommierenden Stimme, mit der man anscheinend immer von früher erzählt. Früher als wir da dort da war ich. Blöde vor Müdigkeit. Gezuckerter dünner Tee aus einer Thermosflasche. Das, was man immer dort an der Wand sieht, die Leitzord-

ner, die Garderobehaken, der Aktenbock, die angehefteten Karten mit Feriengrüßen, die nachgedunkelte schmutzige Tapete. Was ist aus ihm geworden? Habe ich das gefragt oder nicht? Nicht die Vergangenheit übt einen Druck aus, unser Bewußtsein zu vertiefen. Der Grund des Wiedererscheinens vergangener Zustände, Ereignisse oder Sachverhalte liegt nicht in ihnen selber. Verwischte Vergangenheit, in der sich die Lösung zeigte, aber keinen Weg bahnen konnte, durch alles, was immer da war, Wände mit Leitzordnern, Kalender, tintenbefleckte Schreibtische, Tassen mit Teeresten, Zigarettenrauch, schlechtes Licht und verbrauchte Luft. Was ist aus ihm geworden? Brücke 17 meldet sich vom Tatort. Der Serieneinbrecher setzt sein nächtliches Handwerk fort.

Am Nachmittag des nächsten Tages kam Kriminaloberrat Bernhard aus dem Dienstzimmer des Regierungspräsidenten, schloß im Gehen seine Aktentasche, grüßte zerstreut, als die Vorzimmerdamen ihn grüßten, winkte unten in der Halle seinem Fahrer und ließ sich nach Hause fahren. Er sprach nicht viel beim Abendessen und ging anschließend in sein Zimmer. Von dort rief er die Sonderkommission an und hörte, daß nichts Neues vorlag. Er legte auf und lehnte sich zurück. Dann begann er mit großer Konzentration das oberste Heft eines Stapels von Zeitschriften zu lesen, die neben seinem Sessel auf einem Beistelltisch bereitlagen. Als er aufhörte, war es zwei Uhr nachts. Schwindelig stand er auf und holte Bettzeug aus der Truhe, um sich auf der Couch in seinem Zimmer ein Lager zu machen. Er wußte nicht, wie er darauf kam, aber er wollte in seinem Zimmer schlafen. Es mußte gegen Morgen sein, als er plötzlich, wie aus dem Schlaf geschnitten, wach wurde und mit äußerster gegenstandsloser Wut in die Finsternis starrte. Nur mit Anstrengung konnte er sich daran hindern, aufzuspringen und in die Luft zu schlagen, die sich hier und da, über ihm und in den Ecken auf widerliche Weise zu kräuseln schien.

Zwölf Stunden später, als Freye und Renslage in sein Dienstzimmer traten, wußte er sofort Bescheid. Sie kamen mit zeremoniellem Ernst auf seinen Schreibtisch zu, und Renslage sagte, daß sie den Namen des Täters hätten. Gut, sagte er, stand auf, und alle drei gingen sie wortlos zu den Sesseln der Besprechungsecke hinüber.
Etwas Irritierendes hatte sich herausgestellt: der Täter stand seit langem in ihrer Kartei. Er war ein alter Kunde, ein Gewohnheitsverbrecher mit Namen Bruno Findeisen, stammte hier aus Osnabrück und war schon mehrmals wegen Einbrüchen mit den typischen Tatmerkmalen zu mehreren Jahren Zuchthaus verurteilt worden.
Vielleicht hatte er heute nacht schon alle Erregung vorweggenommen, denn er konnte sich nicht aufregen.
Es war ein Skandal, gut, er wußte das, sie wußten das alle, es war ein Skandal, was Freye berichtete: Die Daktyloskopen verglichen bedingt brauchbare Fingerabdrücke nicht mit der Straftäterkartei, sondern nur mit neu Eingelieferten. Es war eine alte Regel, die niemand mehr verstand.
Ich jedenfalls nicht, sagte Freye. Der Daktyloskop hatte

irgend etwas Juristisches vorgebracht. Bedingt brauchbare Fingerabdrücke galten vor Gericht nicht als Beweise.
Aber immerhin stimmen sie doch, sagte Bernhard. Oder sind sie immer noch nicht identifiziert worden?
Doch doch, man hatte sie verglichen, die aus dem Wald, die aus dem Hause Bentrup, sie stimmten mit der Kartei überein.
Wieder stockten sie. Dadurch wurde ihm deutlich, daß noch gar nichts erklärt war. Der Täter stand mit den Tatmerkmalen in ihrer Kartei, und sie fanden ihn nicht?
Weil da vermerkt war, daß er sich zur Sicherheitsverwahrung in Celle befand. Heute hatte ein Beamter vom 2. Kommissariat, der sich genau an Findeisen erinnerte, in Celle angerufen. Man war ziemlich bestürzt dort. Man hatte nämlich vergessen mitzuteilen, daß Findeisen am 1. August vergangenen Jahres bedingt nach Osnabrück entlassen worden war.
Also auch die Zeit stimmte, der Beginn der Einbruchsserie bald darauf. Wie inzwischen telefonisch ermittelt werden konnte, war Findeisen tatsächlich nach Osnabrück gekommen und hatte einen Tag bei seiner Tante und mehrere Tage bei einer verheirateten Kusine gewohnt. Für ein paar Tage hatte er auch Arbeit bei einer Baufirma in Haste aufgenommen. Aber er hatte mit dem Polier Streit bekommen und war verschwunden.
Das Vorleben war entsprechend. Man hätte es also erwarten können. Fürsorgeerziehung und Jugendgefängnis wegen Geld- und Waffendiebstählen und schlechter

Führung. Flieht mit seinem älteren Bruder nach Hamburg, bricht überall wieder aus. Der Vater war auch Krimineller und erhängte sich im Polizeigefängnis in der Turnerstraße. Der Bruder desertierte während des Krieges und wurde hingerichtet. Er selbst lief zweimal vom Militär fort, kam ins KZ und ins Kalibergwerk. Nach dem Krieg hatte er bei seiner inzwischen verstorbenen Mutter gelebt und es immer weniger lange bei seinen verschiedenen Arbeitsstellen ausgehalten, hatte für den Schwarzmarkt gestohlen, war ins Gefängnis, ins Zuchthaus gekommen, hatte versucht sich in die DDR abzusetzen, war ausgeliefert worden und hatte mit seinen Touren weitergemacht.

Das ist das einzige Foto, das von ihm existiert, sagte Renslage. Leider ist es zehn Jahre alt.

Das war also das Gesicht. Es war durchschnittlich und ohne besonderen Ausdruck. Es war ein Gesicht mit leeren Flächen, denen die kleinen weit auseinanderstehenden Augen unter den dünnen Augenbrauen kaum Leben gaben. Zusammengezogene Pupillen in der hellen, vielleicht wasserblauen Iris, eine glatte Stirn in einem gleichmäßigen Licht.

Wenn man ein Bild lange anstarrt, beginnt es beweglich zu werden. Es antwortet, es beginnt zurückzustarren.

Er nahm die Lupe und betrachtete das Foto. Das Gesicht schwoll auf, und über dem vergrößerten Auge wurde eine kleine Narbe sichtbar.

Er konnte die Lupe so über das Foto halten, daß er nur noch Teile des Gesichtes sah, die Nase, die Nasenfalten, den Mund, schwammig sich auflösend, bis sie als grauer Schaum auseinanderflossen. Zehn Jahre Zuchthaus und Sicherheitsverwahrung mußte man sich hinzudenken. Waren das Kerben, Schatten, formloses Fett? Das Foto mußte von den beiden Zeuginnen identifiziert werden. Aber wenn sie ihn nicht darauf erkannten, dann konnte das auch daran liegen, daß sie ihn in der Nacht nicht richtig gesehen hatten, als er neben ihren Betten stand und auf sie zielte.

Er war es. Er war es gewesen. Warum fühlte er sich enttäuscht?

Die Lupe wanderte über das Gesicht, in dem Teile aufschwollen, zusammenschrumpften und wegrutschten. Er konnte das Ganze in vulkanische Bewegung bringen und dann plötzlich stillhalten über dem erstarrten Auge.

Da war wieder die Narbe. Ein kleiner heller Fleck schräg über der linken Braue. Er würde ihn immer daran erkennen. Bald würde Findeisen sich in einer Welt bewegen, in der überall sein Bild war. Jeder Polizeibeamte würde es bei sich haben. Es würde an den Litfaßsäulen hängen, in den Bahnhöfen, und alle würden es in der Zeitung sehen.

Vielleicht war alles bald vorbei.

Vielleicht kamen die Journalisten darauf, nach den Fingerabdrücken zu fragen. Dann mußte er zugeben, daß sie die Lösung wochenlang im eigenen Hause gehabt hatten, und niemand darauf gekommen war.

Aber er brauchte die Presse. Er brauchte die Augen der Bevölkerung.

Hatte er sich schon entschlossen, die Fahndung in die Hand zu nehmen?

Er sah Renslage und Freye an, die abwartend und, wie ihm schien, ungeduldig vor ihm saßen. Es kam ihm so vor, als ob sie ihm etwas vorenthielten, aber das war wohl abwegig. Sie fanden nur, daß sie ihre Zeit vertaten, während er mit der Lupe das Foto betrachtete und sie zu warten zwang. Scheuner fiel ihm ein, der als Fahndungsleiter jetzt automatisch Mitglied der Kommission wurde. Über ihn konnte er die Sache in die Hand nehmen. Er hob den Hörer ab und ließ ihn hereinrufen.

Maßnahmen, die sofort getroffen werden mußten: Erwirkung eines Haftbefehls, Formulierung und Versand eines Fahndungsschreibens, Entwurf eines Steckbriefs für den öffentlichen Anschlag, Einsatzbesprechung zusammen mit der Schutzpolizei, Einberufung einer Pressekonferenz.

Als er eine Stunde später durch das Haus ging, war die Atmosphäre verändert. Die Stimmen waren lauter, die Bewegungen lebhafter. Konzentration und Erregung wie bei der Vorbereitung einer Reise oder eines Festes.

An das Bundeskriminalamt in Wiesbaden, an das Landeskriminalpolizeiamt in Hannover, an alle Landeskriminalpolizeistellen in Niedersachsen, an alle Landeskriminalämter im Bundesgebiet, an die Landeskriminalpolizeistelle in Lingen, an die Landeskriminalpolizeinebenstelle in Nordhorn, an alle Polizeiabschnitte im Regierungsbezirk Osnabrück, an die motorisierte Verkehrsstaffel im Regierungsbezirk Osnabrück, an den Geheimen Sicherheitsdienst in Koblenz.

Betr.: Fahndung nach Bruno Findeisen, geb. am 4. 6. 1926 in Osnabrück wegen versuchten Mordes und Einbruchdiebstahls.
Obengenannter ist dringend verdächtig, in der Nacht vom 29. 12. 65 in Gretesch bei Osnabrück nach einem schweren Diebstahl den kaufmännischen Angestellten Alfred Bentrup mit einer Kleinkaliberwaffe angeschossen und lebensgefährlich verletzt zu haben.
Findeisen wurde am 12. 7. 65 aus der Sicherungsanstalt Celle bedingt entlassen und hat seitdem in der Umgebung von Osnabrück eine große Anzahl von Einbruchdiebstählen begangen.
Beschreibung: 1,75 m groß, schlank, mittelblond, blaugraue Augen, 3 cm lange Narbe über dem linken Auge, Sprechfehler (hält beim Sprechen an), zuletzt bekleidet mit einem grünen Lodenmantel und grüner Skimütze (wie sie Förster tragen).
Vorsicht Schußwaffe.
Festnahme und SSD-Nachricht an

LKP-Stelle Osnabrück
gez.

Er schraubte seinen Füller auf und setzte seinen Namen darunter. Einladung an alle, dachte er.
Ein Gefühl der Ruhe oder sogar der Sättigung durchzog ihn. Einladung an alle. Einladung an alle. Einladung an alle.

3 Einladung an alle

Da kam ich in die Polizeikiste. Da kam ich wieder rin in die Polizeikiste. Da komm ich nie wieder rin in die Polizeikiste.

Niemand sah ihn. Niemand wußte, daß er da war.

Da komm ich nie wieder rin in die Polizeikiste.

Er übersprang den Straßengraben und verschwand im Wald. Hinter sich glaubte er ein Auto zu hören, das in Richtung Belm fuhr. Einen Weg suchend tappte er im Unterholz herum. Dann kam er unerwartet aus dem Wald heraus und änderte die Richtung, lief an einem Weidenzaun entlang, umging ein Gehöft und kam wieder in den Wald hinein, diesmal auf einem schmalen Weg, auf dem er gut laufen konnte. Es ging abwärts und wieder aufwärts, was er nur als wachsende Schwere in den Beinen spürte, während er immer weiterlief.

Da komm ich nie wieder rin in die Polizeikiste.

Während er immer weiterlief, eine Hand am Tragriemen seiner Schultertasche, die andere ausgestreckt, um sein Gesicht vor den Zweigen zu schützen. Im Laufen stieß er die letzten Schneereste von den Zweigen herunter. Es taute. Es hatte angefangen zu regnen. Der Waldboden war aufgeweicht vor Nässe.

Unten auf dem Feldweg standen alle ihre Fahrzeuge. Vorbeikommende konnten auf dem ansteigenden Acker die laufenden Männer sehen. In der feuchten Luft waren die Bewegungen unscharf und schienen kaum von der Stelle zu kommen.

Er hatte Magenschmerzen und Seitenstiche. Augen, die vor Anstrengung tränten. Wenn er sich im Laufen hätte erbrechen können, wäre ihm besser geworden. Wäre es ihm besser geworden, hätte er sie weniger gehaßt. Dieses Gefühl, ganz voll zu sein, als habe er einen Ball verschluckt.

Er sah den Waldrand, aber davor den Zaun.

Es war ein naßkalter Tag, eine Landschaft dunkel vor Nässe mit ebenfalls dunklen kleinen Figuren darin, die in der Ferne über einen Acker liefen. Andere Suchtrupps drangen in den Wald ein. Stellten Postenketten auf den Schneisen auf. In Schleptrup versammelte sich ein privates Jagdkommando. Etwa fünfzig Jäger und Männer der freiwilligen Feuerwehr. Die Schutzpolizei patrouillierte auf den Landstraßen. Zwei Hundertschaften Bereitschaftspolizei näherten sich aus verschiedenen Richtungen dem Einsatzgebiet. Das Eintreffen der Suchhundstaffel aus Osnabrück wurde erwartet.

Die Bevölkerung hörte mit ihren Transistorgeräten den Polizeifunk ab. Der Täter war zwischen Evinghausen und Venne gesehen worden. Immer mehr Privatautos tauchten im Einsatzgebiet auf und behinderten die Bewegungen der Polizei.

Wenn er sich im Laufen hätte erbrechen können, wäre ihm besser geworden.

Der Lehmweg war glitschig wie eine Rutschbahn.

Ein kleines Kommando, geführt von zwei Polizisten mit Funksprechgeräten, kam aus den Waldstücken unterhalb des Kammweges zurück, als sie ihn oder eine kleine Gestalt mit einem Fahrrad sahen, an dem etwas nicht zu stimmen schien. Sie konnten erkennen, wie das Hinterrad seitlich wegrutschte, und wahrscheinlich sprang dabei die Kette ab. Jedenfalls hantierte er daran herum, stieg dann wieder auf, aber es war dasselbe. Dann sahen sie ihn seitwärts auf den Wald zu laufen. Er wirkte kurzbeinig und schwerfällig in seinem viel zu langen Mantel. Als sie ausschwärmten, änderte er seine Richtung und warf seine Tragtasche fort. Andere Suchtrupps bekamen per Sprechfunk den Standort und die Richtung durchgesagt. In den Wirtschaften des Einsatzgebietes drängten sich die Leute um die Transistorgeräte. Sie hörten, daß er wieder gesichtet worden war, ein Mann in einem schwarzen Mantel, und schlossen Wetten ab, ob er gefangen würde.

Weshalb flieht er? Er weiß es nicht. Er hat keine Erwartungen, kein Ziel. Er ist eingeschlossen in eine riesige Blase. Er hört nichts als sein eigenes Keuchen. Lautlos tauchen die Verfolger auf. Sie begleiten ihn, sie beobachten seinen Laufschritt auf der schwammigen Erde. Dann sind sie plötzlich fort, und er kommt durch leere Räume, in denen er vorwärtsstürzt. Er löst sich auf in Teile, Gewichte, Widerstände. Er wird durchzogen von schmerzenden Streifen, dunklen Zonen der Bewußtlosigkeit.

Könnte er anhalten könnte er Luft bekommen könnte er denken könnte er es anders machen.

Könnte er jemand anderes sein könnte er es anders machen.

Könnte er sie abschütteln könnte er Luft bekommen könnte er denken.

Da komm ich nie wieder rin in die Polizeikiste.

Er ist aus den Transistorgeräten verschwunden und hat das Gewirr der Stimmen zurückgelassen, die Standorte durchsagen, Wagennummern, Fahrtrichtungen, Flüche.

Regen läßt die Dämmerung früher beginnen als sonst.
Was ist jetzt los? Ist das eine Pause, um auszutreten oder zu einem Kartenspiel? Soll man anrufen zu Hause, daß man nicht zum Essen kommt, oder ist es für heute vorbei?
Ein Reporter im Regenmantel kommt von draußen herein und ruft seine Redaktion an.
Nichts? Nein, noch nichts.
Irgendwo läuft er in den Wäldern über den weichen schmatzenden Boden, ausrutschend, keuchend, über und über mit Lehm bedreckt.
Da komm ich nie wieder rin in die Polizeikiste.
Da komm ich nie wieder rin in die Polizeikiste.
Ein Jagdtrupp in Regenmänteln und mit Gewehren sammelt sich auf einer Schneise. Der Anführer ist ein Förster, der seinen Drilling für die Bockjagd mitgenommen hat. Sie sprechen leise miteinander, als könne er sie hören.
Er kann nicht weit sein. Alle Straßen sind bewacht. Er muß sich hier irgendwo versteckt halten. Bei dem Wetter kann man über ihn stolpern. Besser sofort schießen als erschossen werden. Er hat alles verloren, was er braucht. Heute nacht muß er versuchen, an neue Kleider, Geld und Nahrungsmittel zu kommen. Weit kommt der nicht mehr. Das Schwein muß hier irgendwo versteckt sein. Weiter weiter, er darf nicht zur Ruhe kommen.
Sie stellen sich auf und dringen mit entsicherten Gewehren in ein Waldstück ein. Durchsagen: Verbindung halten! Durchsagen: Verbindung halten! Sie gehen langsam

über die nassen Moospolster, die modrige Laubdecke, und vermeiden es, auf Zweige zu treten, obwohl das Holz so durchweicht ist, das es fast lautlos bricht. In den Senken quillt unter ihren Stiefeln Wasser aus dem Boden. Überall sind noch große Placken von unten wegtauendem nassen Schnee, die unter ihren Schritten zusammensacken. Sie halten die Gewehre mit den Läufen schräg nach unten und suchen damit den Boden ab.
Es geht abwärts und wieder aufwärts. Tiefhängende Zweige. Regen. Bodennebel. Nasser brauner Farn. Halbwüchsige Tannen.
Er hat die Arme um den Leib geschlungen und ringt immer noch nach Luft. Manchmal hebt er den Kopf und lauscht in die Richtung, aus der er gekommen ist.
Sie halten die Gewehrläufe gesenkt. In diesem Wetter kann man über ihn stolpern. Im Nadelwald müssen sie sich bücken, eine Kette vorgebeugter, dunkler, schweigender Gestalten. Er sitzt auf einem Polster aus abgerissenen Tannenzweigen, zitternd vor Kälte und Erschöpfung. Er hat Sodbrennen und versucht einen Hustenreiz zu unterdrücken, denn er hört etwas, flüchtendes Wild. Er kriecht tiefer unter die Tannenzweige. Die Kälte dringt von unten in ihn ein. Er liegt still und friedlich, eingehüllt in seinen schwarzen Mantel wie in einem dicken durchnäßten Sack.
Wie in einem nassen Wickel, wie in einem durchnäßten Bett.
Das Schwein muß irgendwo versteckt sein.
Eine flutende Welle von Wasser oder Urin steigt an seinen Beinen hoch. Sie können ihn einfach vom Boden

hochheben und forttragen. Sie tragen ihn schon, und es ist ganz warm, warmes Wasser, in das sie ihn eintauchen.
Haltet ihn fest, sagte der Anstaltsleiter, und fünf Mann faßten ihn und drückten ihn über den Tisch.
Es war immer so.
O, du schöner Westerwald, sangen sie.
Sie waren ausgeschwärmt und er hörte von allen Seiten ihre Stimmen. Jetzt wollen wir sehen, ob er Schmerzen aushalten kann, sagte der Anstaltsleiter. Jetzt wollen wir ihn uns vornehmen, jetzt wollen wir mal sehen.
Jetzt kommen sie. Eine Kette dunkler, geduckter, langsam vorwärtsschreitender Gestalten, die das Wild aus den Dickungen jagen. Durch die graugrüne Nässe rükken sie näher.
Nichts? fragt die Redaktion. Noch nichts, sagt der Reporter.
Da geh ich nie wieder rin in die Polizeikiste.
Flach auf dem Bauch liegend, steif, die Hand auf den schmerzenden Magen gepreßt, drehte er ein wenig den Kopf und wartete, daß sie plötzlich über ihm ständen.
Es war eine Vorstellung, die schwächer wurde.
Sie sammeln sich auf einer Lichtung und rauchen.
Irgendwo in einer Tannenschonung versucht er seine abgestorbenen Glieder warm zu reiben. Er hat ein abgebissenes Streichholz zwischen den Zähnen, auf dem er unruhig herumkaut.
Es ist schon zu dämmrig, um sehen zu können, wie verdreckt er ist.
Es ist schon zu dunkel, um ihn sehen zu können.

Er sieht sich selber nicht. Halb ohnmächtig geht er über die nächtliche Landstraße und läßt sich in den Straßengraben fallen, als sich ein Auto nähert.
Warum dauert es so lange, bis dieser Wagen kommt? Sie quälen ihn. Sie lassen ihn warten, damit er sich zeigt. Oder sie wissen, daß er nicht aufstehen kann und kommen näher auf der Grasnarbe am Straßenrand. Nein, er hört nichts, hat nichts gehört und liegt noch im Wald. Es wäre gut, wenn er begreifen würde, daß es bald Morgen wird. Ein Auto ist an ihm vorbeigefahren und als er sich fallen ließ, schloß er die Augen. Jetzt hört er es zurückkommen, auch das dauert schon lange und hört wieder auf.

»Jagdausflug« Sonntagmorgen

Jäger und Wehrmänner suchten Findeisen

In Schleptrup, nahe der Grenze nach Pente, trafen sich Sonntag um acht Uhr bei »prächtigstem« Nieselregen etwa 50 Jäger und Männer der Freiwilligen Feuerwehr Engter. Sie wollten zusammen mit Polizeimeister Hartlage (früher Borgloh) die Waldstücke unterhalb des Kammweges zwischen der B 68 und der L 78 durchsuchen. In diesem Gebiet war mehrfach der Gewohnheitsverbrecher Bruno Findeisen beobachtet worden.
Nach kurzer Lagebesprechung marschierte die ganze »Jagdgesellschaft« ein Stück in Richtung Pente, ehe sie eine vom Stiegeweg bis zum Kammweg reichende Linie bildete, die sich dann in Richtung auf die Straße Wallenhorst – Engter in Bewegung

setzte. »Wenn wir nur ein Diebeslager von dem Kerl finden, haben wir schon Glück gehabt«, kommentierte einer der Teilnehmer das Vorhaben. Trotzdem – und trotz des mittlerweile zum deftigen Landregen weiterentwickelten »Niederschlags« – waren alle mit Eifer dabei.

Wenn dieser »Treibjagd« auch kein hundertprozentiger Erfolg beschieden war, so verlief sie doch nicht ganz ergebnislos: Eine aus Stöcken und Farnkraut gebaute »Hütte« wurde entdeckt, und etwa 1 ½ Stunden nach Beginn des Unternehmens sah Feuerwehrmann Kleiber in etwa 50 Metern Entfernung einen Mann, der sich auffällig rasch aus dem Staube machte. Kurze Zeit später bemerkte Lehrer Tackenberg in Evinghausen einen Radfahrer, der eiligst in Richtung Venne strebte. Diese beiden Ereignisse, das Antreffen eines verdächtigen Unbekannten in der Nähe des alten Schleptruper Schießstandes und der in Evinghausen beobachtete Radfahrer, waren Grund genug, nunmehr eine Großfahndung auszulösen. Die gesamte Gegend zwischen Schleptrup einerseits bis hin nach Rulle, Vehrte usw. wurde mit einem Netz von Polizeibeamten in Uniform und Zivil überzogen. Doch alle Sucherei, die den ganzen Sonntag über andauerte, verlief ergebnislos. Der Vogel hatte wohl ein neues Versteck gefunden. Um 17.30 Uhr Sonntag Abend wurde die Großfahndung abgeblasen. (»En passant« wurde im übrigen noch ein am Sonnabend entwichener Fürsorgezögling »dingfest« gemacht.) Bruno Findeisen, der nach

Ansicht der Polizei hervorragende Ortskenntnisse besitzen muß, hatte für diesen Tag mit seiner »Bewegungstaktik« wieder einmal Erfolg gehabt. Wie lange noch? Viele Hunde sind des Hasen Tod.

Durch die Entlüftungsklappe hörte er die Kau- und Atemgeräusche der Kühe und das Scheuern eines schweren Körpers an einer Holzplanke. Das war die Kuh in der Box gleich unterhalb der Klappe, die aufgestanden war und manchmal mit der Kette klirrte. Sie schien seine Anwesenheit zu spüren, obwohl er kein Geräusch gemacht hatte, seit er hier stand, seit Minuten unschlüssig, ob er es auf diesem Weg versuchen sollte, oder ob es besser war, mit dem Fahrrad, das er in der Scheune gefunden und an der Straße für seine Flucht bereitgestellt hatte, sofort weiterzufahren und vor der Dämmerung anderswo einzubrechen.
Einmal war er schon um das ganze Gehöft herumgegangen und hatte versucht, die Haustür an der Hofseite zu öffnen, dann die Gartentür, die wahrscheinlich in die Küche führte. Aber beide Türen waren von innen verriegelt, wie sich herausstellte, als er die Schlüssel mit der Pinzette im Schloß gedreht und nach innen herausgestoßen hatte, und vielleicht waren das zusätzliche Sicherungen, die man angebracht hatte, seit jeden Tag etwas über ihn in der Zeitung stand. Auch die Fenster hatte er überprüft. Zur Gartenseite lagen die Schlafzimmer, die Fenster der Hofseite waren mit Rolläden verschlossen, die sich nicht hochschieben ließen, wahrscheinlich auch wegen neu angebrachter Sperrbolzen, und die

kleinen Fenster im Obergeschoß und im Treppenhaus waren zu. Er hätte einen scharfen Gegenstand finden müssen, ein Messer, oder ein Stemmeisen, oder wenigstens einen starken Schraubenzieher, um ein Fenster zu entkitten und das Glas herauszunehmen, aber in der Scheune, die er flüchtig durchsucht hatte, war nichts gewesen.

Das war ein feindliches Haus, in dem man auf ihn zu warten schien. Wahrscheinlich war das jetzt überall so, seit sie wußten, daß er bewaffnet war, seit sie ihn in der Zeitung den Bluttäter von Gretesch nannten.

Der Bluttäter von Gretesch ließ sich nicht fangen.

Das würde ihm Platz schaffen.

Auch die Polizei, alle hatten Angst vor ihm. Das bedeutete, daß sie schießen würden, sobald sie ihn sahen. Sobald er vor ihnen auftauchte, würden sie losballern und das war dann Notwehr, das kannte er.

Irgendwann würde es so weit sein, plötzlich, wenn er gar nicht daran dachte, vielleicht bald schon.

Er mußte unbedingt bald etwas zu essen finden und sich neue Kleider beschaffen, dann ein paar Tage versteckt bleiben, das würde sie müde machen. Sie wurden schnell müde, schneller als er, sie waren froh, wenn ihr Dienst zu Ende war. Dann schliefen sie sich aus, und dann ging es von neuem los.

Er mußte gähnen, so heftig, daß er mit dem Oberkörper einknickte. Plötzlich sah er nichts mehr, stand mit dem Rücken an die Mauer gelehnt in einer treibenden schlierigen Schwärze, in der er die Übelkeit in sich hochsteigen fühlte. Er fror, er war am Ende, und jemand sagte ihm, du bist am Ende, während er sich mit den Beinen gegen die Mauer stemmte. Die Beine waren noch da in einer krampfigen Anspannung, und irgendwo der Kopf, seine Schultern an der Mauer. So konnte er sich aufrechthalten mitten in dem Rauschen oder Brausen, in dem pulsende Flecken auf ihn zuschwammen und wieder erstarrten, bis er deutlich in der Dunkelheit die Bäume und Sträucher erkannte und wieder ergeben die Augen schloß. Er fror und vergaß es wieder. Die Kälte saß in ihm, saß unter seiner Haut, er war ganz damit ausgeschlagen, steif und undurchdringlich, und sie hatte ihm auch die Ohren verstopft, so daß er das Auto auf der unsichtbaren Landstraße nur manchmal hören konnte, als setzte immer wieder der Motor aus, um ihn zu täuschen.

Das waren sie. Sie hatten das Fahndungsgebiet ausgedehnt. Sie fuhren vorbei.

Nun konnte er es versuchen, nun war es am besten hier.

Wieder begann das Wegsinken in ihm, in seinen Gliedern, in seinem Kopf, das ihn an der Wand zurückließ als einen tauben unförmigen Körper, der sich nicht rühren konnte. Es war nicht der Schlaf, nur eine kurze Spanne von Empfindungslosigkeit, in der er vor sich auf der Stelle etwas laufen sah. Nein, es lief nicht, es brodelte, es kochte. Er dachte mit einem flüchtigen Schrecken, es ist Wasser, das überkocht, und kam wieder zu sich mit der Erinnerung an das Auto, das gerade vorbeigefahren war, langsam wie ein patrouillierender Streifenwagen, der vielleicht jetzt an der nächsten Kreuzung im Dunklen stand, mit gelöschten Scheinwerfern

an den Rand gefahren und unter den Sträuchern zu einem schwarzen Klumpen erstarrt.
Es war der Widerstand, der ihn lähmte.
Er hatte keine Kraft mehr, auf den aufgeweichten Feldwegen weiterzukommen. Deshalb stand er hier, lehnte sich an diese Mauer.
Sie warteten. Sie ließen ihm Zeit.
Er wußte nicht, wie er herausfinden sollte aus seiner Betäubung, die ihn gleichgültig machte und auch den Hunger einschläferte bis auf diese dauernde aushöhlende Übelkeit, von der er sich festgehalten fühlte, langsam atmend, um nicht zu erbrechen.
Dann ging er trotzdem, ging auf die Bäume zu, bei denen er die Schubkarre gesehen hatte. Aber das wußte er erst wieder, als er schon davor stand. Es fiel ihm schwer, leise zu sein. Die Holmen der Karre rüttelten in seinen Händen. Er war nur jemand, der seine Arbeit tun mußte, und entweder schliefen jetzt alle oder sie schliefen nicht. Schliefen, schliefen nicht. Was bedeutete das? Er war so müde, daß er immer weitermachte. In der Stille lief er um den Stall herum, nach Steinen suchend, die er in der Karre aufschichten konnte, keuchend kam er mit einem Arm voll Ziegeln zurück und lief wieder.
Dann stand er oben, hatte den Sperrhaken der Lüftungsklappe gelöst und versuchte sich hochzuziehen. Mitten in der sausenden Anstrengung hörte er das wilde Kratzen seiner Schuhe an der Mauer. Er schloß die Augen, als habe er in sich eine Anweisung, die er überprüfen mußte. Irgendwo hing er mit der Waffe fest und

mußte versuchen, sich zu drehen, ohne zurückzurutschen. Er machte ruckartige Anstrengungen, mit denen er sich höherkämpfte, und längere Pausen, in denen er da hing und den warmen Stalldunst einatmete, der ihm aus der Dunkelheit entgegenschlug. Unter ihm brüllte die verängstigte Kuh, und im Hintergrund fielen andere ein, die er nicht sehen konnte, sie schienen aufgesprungen zu sein, denn er hörte das dumpfe Stampfen der Hufe auf dem Steinboden.

Aber es war ihm jetzt gelungen, sich zu drehen und ein Bein durch die Luke zu schieben und die Erschöpfung, in der sein ganzer Körper zitterte, hinderte ihn wieder umzukehren. Mit den Füßen tastete er nach der Futterkrippe und sprang.

Eigentlich fiel er nur, ließ sich schlapp in das Dunkel fallen und kippte zur Seite. Neben ihm schlug ein schwerer Körper auf den Boden auf, das war die Kuh, die sich zurückgeworfen hatte und von der Halskette in die Knie gerissen worden war. Wieder brüllten andere Kühe, neben ihm und auf der anderen Seite des Ganges, während er mit beiden Händen die Kuh nach vorne schob, um ihr aufzuhelfen. Abwechselnd stieß er sie und klopfte ihre Flanke und ihren Rücken, und der schwere warme Körper, an dem er sich festklammerte, schob ihn in dem zerwühlten Stroh herum. Jaja, dachte er, ruhig, ruhig, aber die Kuh schien längst stillzustehen, mit gesenktem Kopf, und um sich herum hörte er die rupfenden und mahlenden Freßgeräusche der anderen Kühe.

Hier kam er nie wieder raus, wenn er nicht zuerst in das Haus eindrang. Aber vom Mittelgang aus konnte er sehen, daß dort Licht brannte. Ein schmaler Streifen fiel seitlich durch die Tür. Eben mußte jemand dagewesen sein, der ihn beobachtet hatte und geflohen war. Langsam mit gezogener Waffe ging er darauf zu, durchquerte einen kleinen Raum, in dem Milchkannen standen und Arbeitskittel an der Wand hingen, stieg drei Stufen hoch und stieß mit dem Fuß die nächste Tür auf. Auch hier brannte Licht. Gegenüber an der Wand sah er eine braune Kommode, auf der eine Vase mit Strohblumen stand, und darüber hing das blasse Bild einer Madonna mit geneigtem Kopf. Alle Türen standen auf und auch in den anderen Zimmern brannte Licht und jetzt erst sah er, daß er sich im Treppenhaus befand. Der Raum, ziemlich groß, mit weißgekalkten Wänden, wirkte so leer, daß er ihm wie eine Falle erschien.

Er wartete. Dann hörte er sie. Sie waren über ihm im ersten Stock. Jemand bewegte sich dort und er hörte leise Stimmen. Er ging schnell zur Haustür, um den Riegel zu öffnen, fuhr aber herum, weil er hinter sich ein Schlurfen hörte.

Eine alte Frau stand im Flur und starrte ihn an. Das Gesicht war ganz ausgedörrt und leblos, und nur der Mund mümmelte, als ob er etwas sagen wollte. Oben im ersten Stock wurde ein Fenster geöffnet, und eine Frau rief laut um Hilfe, aber jemand schien sie zurückzureißen und schlug das Fenster zu. Die alte Frau zeigte mit ihrer Hand nach oben, und das Mümmeln ging als ein Beben auf das ganze Gesicht über. Er verstand nicht, was sie wollte. Sie stand drei Schritte vor ihm und machte wieder dieselbe zitternde Handbewegung. Dann begriff er, daß sie die Treppe hoch wollte und nickte. Sie bewegte sich so schnell sie konnte, aber immer noch langsam, und als sie oben war, hörte er zum erstenmal ihre krächzende Stimme. Flüstern empfing sie, dann wurde es wieder sill.

Sofort öffnete er die Haustür und blickte in den finsteren Hof. Dann zog er sie wieder zu, lief in die Küche und stopfte sich Wurst und Käsestücke aus dem Kühlschrank in die Manteltaschen. Auf der Landstraße kam ein Auto näher, und hinter sich glaubte er ein Flackern gesehen zu haben. Vielleicht machten sie im oberen Stock Lichtzeichen, schalteten das Licht aus und ein, um Hilfe herbeizurufen.

Er lauschte. Nichts rührte sich.

Hastig begann er die Kommode zu durchsuchen, warf Bettwäsche und Handtücher heraus, ohne etwas zu finden.

Das Auto war wohl vorbeigefahren oder hielt irgendwo.

Er richtete sich auf und sah abwechselnd zur Haustür und zur Treppe. Dann drehte er sich um und schaute in den nächsten Raum. Es war das Kinderzimmer, zwei Etagenbetten mit heruntergerissenen Decken, ein leerer aufgeräumter Tisch und ein Wandregal mit Stofftieren und Puppen. Dazwischen sah er die Sparbüchse und steckte sie ein. Es war besser, das Licht auszumachen, auch im Flur und in der Küche, wenn er jetzt aus der Türe trat. Plötzlich hörte er draußen Stimmen und lief zur Hintertür. Das war der Garten mit den Obstbäumen, die Schubkarre hinten an der Mauer. Das Licht fiel aus den Fenstern des Obergeschosses und wenn sie oben standen, konnten sie ihn sehen, wie er dicht an der Mauer entlanglief mit seinen aufgebauschten Manteltaschen und der kurzgesägten Waffe.

Fahren. So schnell er konnte. Das Gleiten der kühlen frischen Luft, wenn es abwärtsging. Er konnte sich ausruhen auf dem schüttelnden Sattel. Dann wieder trampelte er auf den Pedalen stehend den Berg hoch, fuhr das letzte Stück in Serpentinen mit knirschender Kette. Er mußte weit wegkommen, bevor sie ihn suchten. Möglichst weit weg von hier mußte er sich verstecken, bevor es hell wurde.
Verschwinden.
Schwer trampelnd warf er sein Gewicht nach links und rechts und zog mit gestrafften Armen an der Lenkstange, sein Kopf pendelte, als hole er Schwung damit.
Da komm ich nie wieder rin in die Polizeikiste.
Anstrengung wird belohnt. Anstrengung wird belohnt.
Es ging wieder leichter, er konnte sich auf den Sattel setzen und seinen Rücken ausruhen, während die Beine schneller wurden und das geschmeidige Fließen der Dunkelheit wieder begann. Es lief von selbst, seine Beine unter ihm schwangen auf den kreisenden Pedalen in ihren Gelenken herum. Die Reifen summten auf der Straße. Er beobachtete die Kurven und dachte, daß er abspringen und weglaufen mußte, wenn sie irgendwo standen.
Aber da war niemand. Noch nicht.

Er hob den Kopf und ließ einen Augenblick die Luft in seinen offenen Mund strömen, dann beugte er sich wieder vor und kämpfte gegen die nächste Steigung an. Anstrengung wird belohnt. Noch ein Stück, dann gibt's was zu essen. Anstrengung wird bald belohnt.
Er dachte an die Wurst- und Käsestücke, die seine Taschen beulten. Seine Beute, die er verdient hatte. Das Essen, das er brauchte. Noch weiter. Er wollte weiter weg, um in Ruhe essen zu können, weiter, weil es so leicht war, weil er immer weiterkam, weil er dauernd gegen sie gewann und jetzt bald essen konnte.
Wieder mußte er sich vorbeugen und in die Pedale steigen. Die Waffe im Schulterhalfter nahm ihm fast die Luft. Natürlich waren sie überall längst alarmiert und konnten ihm auch auf dieser Straße entgegenkommen, konnten ihn keuchen hören, wenn sie dort oben standen.
Aber da war niemand. Es lief von selbst weiter. Es ging abwärts. Das Dunkelste war die Straße, die unter ihm wegsauste. Unter dem Beben der Lenkstange in seinen Händen war diese fetzende sausende Bewegung und er konnte nicht zu den Bäumen hochsehen, die rechts und links wegsprangen und verschwanden und verschwanden. Doch er sah sie. Aber nur auf der einen Seite. Er schrie nicht einmal, als er sie kommen sah. Dann wurde das Rad unter ihm fortgerissen, und er flog hinein in das krachende Dunkel.

Brücke 12 melden!
Brücke 12 bitte melden!

Sind Sie auf Empfang?
Bitte melden!
Brücke 12 auf Anwesen Brenningmeyer. Wir sind jetzt hier fertig und fahren in Richtung Schledehausen zur Straßenkontrolle. Der Täter hat keine Textilien entwendet. Alte Täterbeschreibung ist weiterhin gültig.
Gut. Bleiben Sie auf Empfang. Wir schicken Ihnen Verstärkung. Ende.
Achtung Brücke 8, 11 und 19. Bitte kommen. Haben Sie mitgehört? Sie fahren jetzt von Ihren Standorten in Richtung Schledehausen und besprechen dort mit Brücke 12 weiteren Einsatz. Bestätigen Sie mir den Auftrag in der Reihenfolge, wie ich Sie aufrufe.
Brücke 8.
Verstanden.
Brücke 11.
Verstanden.
Brücke 19.
Verstanden.
Ist das alles, was wir haben?
Im Augenblick nach der Wegzeitberechnung ja.
Die Sache ist sowieso zwecklos. Dic Leute haben nur Straßenkarten, und der Kerl ist sofort in den Wald weg, wenn er was merkt. Wir hätten die Bereitschaftspolizei nicht in ihre Unterkünfte lassen dürfen. Jetzt liegen die Leute eine Stunde im Bett und müssen wieder ausrükken.
Die beiden Hundertschaften sind fast zehn Stunden im Gelände gewesen.
Ich weiß, ich weiß, aber das nützt jetzt nichts. Wir müs-

sen das Gebiet abriegeln. Das ist die einzige Chance, daß er uns in die Arme läuft.

Was ist los? Alarm! Was ist los? Alarm! Was ist los? Alarm! Tief innen und weit weg das Schrillen der Trillerpfeifen. Das Pfeifen. Das Laufen auf dem Gang, das Türenschlagen. Es kommt näher, und ich schlafe doch. Das ist jetzt nicht, das ist gewesen. Ich schlafe doch.
Was ist los? Alarm? Was ist los?
Das Türenschlagen, das Pfeifen, das Laufen auf dem Gang.
Es ist etwas, das in dich hinein will, das weit weg ist und das näher kommt.
Da ist niemand. Das bin ich. Da ist niemand.
Fritz, ich bin da. Will wissen, wo ich bin, will nach Hamburg mit dem Schiff weg.
Abwärts auf dem schnellen Wasser wie eine flache Scheibe ohne anzuhalten nur immer in der Schußfahrt in der Schußrinne abwärts auf dem weißen schnellen Wasser, während du über den Berg mußt und alles fortläuft alles verschwindet.
Alarm! Jaja, das kommt wieder, das Pfeifen.
Bitte verlangen Sie nicht von mir, daß ich dort hingehe, ich kann nicht. Das ist alles schon einmal gewesen. Wollte nur was essen, Mutter. Ja, ich weiß, Fritz ist tot, du bist auch tot. Und jetzt kommen sie durch das Gras bis zu den Knien waten sie im Gras im Garten ist etwas passiert da stimmt was nicht da ist alles voller Pflaumenmus die ganzen Halme beschmiert mit diesem dikken klebrigen Zeug.

Na, ich weiß natürlich, was das ist.
Alarm! Braucht ihr eine extra Einladung?! Los raus aus den Betten! Los ihr Säcke, kommt hoch!
Du wirst nicht mehr über den Berg kommen. Du mußt über den Berg.
Zwischen den Betten stehen sie, schnallen die Patronentaschen um, greifen die Gewehre. In dichten Schwärmen laufen sie die Treppe hinunter, ziehen sich im Laufen fertig an. Bleiche Gesichter, benommen und erregt von der Wucht des eigenen Vorwärtsstürzens. Klirrende dröhnende Menge, die sich durch den Eingang drängt.
Los los los, beeilt euch! Erster Zug rechts rüber und aufsitzen. Alle Wachtmeister zu Leutnant Maaßen zur Einweisung! Habt ihr Leuchtpistolen und Munition?
Schattenhaftes Herumrennen auf dem finsteren Hof. Taschenlampen und Karten, die beleuchtet werden. Die Motoren werden angelassen, und die ersten Jeeps fahren auf die Straße, die anderen rücken nach. Aufsitzen, warten.
Reiß nicht an mir, bitte. Weißt doch, was das ist. Fritz würde das anerkennen. Ich bin der Letzte. Wollte nur was essen, Mutter. Sie sind mir nicht nachgegangen, in meiner Spur mit dem ganzen Zeug da, weiß was das ist. Auch die Brust ist voll davon, das ganze Gras.
Aufsitzen, aufsitzen!
Mit abgeblendeten Scheinwerfern biegen die DKW Mungos in die Landstraße ein, sie fahren langsam, dicht hintereinander. Oben auf den Bänken, seltsam herausgehoben, die starren Silhouetten der sich gegenübersitzenden Männer. Sie haben die Gewehre zwischen den

Knien. Einige rauchen. Zwei Kradfahrer überholen die Kolonne und rufen den Fahrern der Jeeps irgend etwas zu.

Es regnet nicht. Es ist kalt.

Ich bin herausgekrochen, ich muß weiter. Ich muß weiter. Nein, das stimmt nicht. Das ist alles schon gewesen. Hab versucht, die Richtung zu halten. Ich muß weiter.

Runde blasse Lichtscheiben nähern sich paarweise der schlafenden Ortschaft. Das ist die Kolonne, die mit abgeblendeten Scheinwerfern durch die Hauptstraße fährt. Niemand sieht die Erscheinung. Nur die Schwingungen des Bodens setzen sich in die Häuser und den Schlaf ihrer Bewohner fort.

Gegen Morgen sinkt das Thermometer auf zwei Grad. Es ist die Stunde des niedrigsten Blutdrucks, des ohnmächtigen Schlafes, der gekrümmten Körper.

Das erste Licht ist nur das schwebende zersprenkelte Dunkel, das sich vom festen Dunkel der Erde zu unterscheiden beginnt. Im Gestrüpp und in den Senken ist das Gras schwarz wie der Körper, der sich vielleicht dort verbirgt. Der schwerfällig seine Lage ändert, ohne den Kopf zu heben. Dann ist am Horizont ein fahler Streifen sichtbar und ein hellerer Kern. In der bleifarbenen Stille steht die Kolonne dicht aufgerückt unter den Bäumen der Landstraße. Man hört die Schritte der Doppelposten. Die Hundertschaften haben sich im Gelände verteilt. Krähen fliegen aus ihren Schlafbäumen auf und verschwinden in der dunklen Luft. Mattes Schimmern eines Hügelrückens, Baumkronen scheinbar ohne Verbindung zur Erde und die dichten Dunkelheiten der Buschgruppen, Mulden und Knicks.

Dort ist keine Bewegung. Keine Bewegung, die man sehen kann. Wenn er aufsteht, wird er sich betasten. Dann wird er die Waffe unter dem Mantel betasten, dann wird er die feuchte Wurst in seiner Tasche finden. Er kaut mit schmerzendem Mund und humpelt zum Rand des Gebüsches, um sich zu orientieren. In dieser Richtung ist das Gelände offen, und es ist besser, in den Wald zu kommen. Er humpelt zurück, zieht das verbogene Fahrrad ins Gebüsch und überquert die Straße. Aber da ist nur ein schmaler Streifen Wald, und er muß, wenn er weiter will, auf einen dämmrigen Feldweg hinaus. Der führt auf die ersten Häuser einer Ortschaft zu, und hinter einigen Fenstern brennt schon Licht. Ein Mann erscheint in der Haustür und verschwindet wieder. Bald werden die ersten Leute zur Arbeit fahren, und er wird ihnen begegnen. Es ist hell genug, daß er den Schmutz an seinen Schuhen und an seinem Mantel erkennen kann. In einem Wassergraben wäscht er sich das Blut aus dem Gesicht und schrubbt die Schuhe mit einem Grasbüschel ab. Wenn er sich vorbeugt, ist ein stechender Schmerz in seinem Schädel, der bis in seine Ohren zieht.
Schmerzen auch beim Weiterhumpeln.

Wer sieht ihn? Wer hat ihn gesehen? Der Bluttäter von Gretesch ist ein mittelgroßer, erschöpfter, heruntergekommener Mann. Er humpelt und versucht es zu verbergen. Er trägt einen langen schwarzen Mantel, der ihm zu groß ist. Die Ausbeulung auf der linken Seite verrät die Schußwaffe, die er versteckt in seinem Schulterhalfter trägt.

Manche sehen ihn im Vorbeifahren, ohne zu begreifen. Manche wagen nicht zu begreifen, daß er es ist. Manche begreifen zu spät, daß er es gewesen ist.
Übernächtigte Kriminalbeamte im Meldekopf Osnabrück gehen in den Waschraum, um sich zu erfrischen. Im Gelände treten die Bereitschaftspolizisten zu kleinen Gruppen zusammen und warten auf das Ende des Einsatzes.
Trotzdem gehen dauernd neue Meldungen ein. Die Hinweise sind zu unbestimmt, um eine neue Großaktion auszulösen. Einem Milchmann ist aus seinem Lieferwagen eine alte Jacke und eine Flasche Milch gestohlen worden, als er gerade in ein Haus ging. Bei einem Kioskinhaber hat ein unrasierter Mann eine Zeitung gekauft und ist sofort eilig verschwunden. Er fiel dem Kioskinhaber durch sein scheues Verhalten auf. Er sah ihm nicht in die Augen, reichte nur das Geld hin und trat sofort aus dem Blickfeld, ohne ein Wort gesprochen zu haben. Bei den Gleisen einer stillgelegten Werkbahn haben ihn spielende Kinder gesehen. Es war ein Mann in einem dunklen Mantel. Er saß abseits auf einem Steinhaufen und blickte zu ihnen herüber. Und dann wieder zur Straße. Er hat etwas gegessen und geraucht. Sie kamen auf die Idee, daß es der Verbrecher sein könnte, und haben angefangen, ihn zu beobachten. Einer der Jungen hat sich bereiterklärt, zu ihm hinzugehen und zu fragen, wieviel Uhr es sei. Aber die anderen haben ihn davon abgehalten. Der Mann muß bemerkt haben, daß sie über ihn sprachen und ist fortgegangen. Er hat sich zweimal nach ihnen umgedreht.

Danach tritt Stille ein. Der Kontakt ist abgerissen. Das Versickern des Funkverkehrs wie eine allgemeine Erschlaffung. Die Schutzpolizei wird zu Verkehrsunfällen gerufen. In der Einsatzzentrale in Osnabrück werden die Entfernungen gemessen, die der Gesuchte laut den jüngsten Meldungen zurückgelegt hat. Die Bereitschaftspolizisten draußen im Gelände fragen ihre Unterführer, was jetzt los sei, aber niemand weiß etwas. Jemand hat gehört, der Gejagte sei gefangen worden, aber seine Verhaftung würde geheimgehalten. Weshalb, fragt jemand, was ist mit ihm? Es ist wegen der Presse, wegen der Öffentlichkeit, er ist angeschossen, man hat ihn angeschossen. Warum dürfen wir dann nicht in unsere Unterkünfte? Oben scheint wieder Konfusion zu herrschen. Oben hat man andere Sorgen als unsere kalten Füße. Jemand hat gehört, daß der Innenminister im Gelände sei. Auch eine Kommission der Bundeswehr aus Bonn, getarnt als Kriminalbeamte. Das Ganze ist überhaupt eine Übung zu einem ganz anderen Zweck. Der Gejagte ist nämlich längst gefangen. Der ist längst woanders. Die sind alle längst schlafen gegangen. Die haben uns alle längst vergessen.
Sie warten.
Wo steckt der Leutnant? Warum fragt er nicht, was jetzt geschehen soll? Sein PKW ist fort. Der Leutnant sitzt sicher irgendwo im Warmen. Der hat sich verdrückt. Der will sich oben nicht unbeliebt machen und läßt uns einfach hier draußen im Dreck.
Sie warten.
Bei den Fahrzeugen wird Tee ausgegeben. Bleich, frie-

rend, mit vor Müdigkeit entzündeten Augen stehen sie beieinander und hören in ihren Sprechfunkgeräten Durchsagen von Verkehrsunfällen und Straßenkontrollen.

Der Leutnant ist plötzlich wieder aufgetaucht. Er scheint nichts zu wissen, steht dort mit den Wachtmeistern, bietet Zigaretten an. Sie werden ins Gelände zurückgeschickt, ohne Überzeugung, eher so, als bäte man sie, die Form zu wahren. Geht doch auf eure Posten, Leute. Steht doch nicht hier an der Straße herum.

Sie drehen sich um und verteilen sich wieder im Gelände. Frösteln vom Schlafentzug vergifteter Körper. Phantasien von Betten, warmem Essen, heißen Bädern, ohne daß die Zeit vergeht.

Sich dehnen, sich strecken, sich wohlfühlen. Frösteln.

Der Übermüdete gerät in eine seltsame Verfassung. Es ist wie vor dem Einschlafen, ein wiederholtes dauerndes glotzendes Einschlafen. Mit offenen Augen beginnt er Erscheinungen zu sehen. Farblose flammenartige Gebilde erfüllen die Luft. Sie sind da und weiter weg an anderen Stellen. Die Lider senken sich, die Augäpfel drehen sich nach oben. Man träumt ein wenig, ja von einem Mädchen, einer Frau. Sie ist noch nicht richtig da, aber sie wird schon deutlicher werden, wenn dieser Schatten verschwindet, von dem man umhüllt wird und in dem sie verborgen ist. Wenn man die Augen aufreißt, ist man umgeben von diesiger weißer Stille, nassem entlaubten Gestrüpp. Dahinter bewegt es sich, blasige Formen, flimmernde Ströme. Man träumt ein wenig. Träumt von nichts Bestimmtem. Aber da kommt etwas durch den Raum, das ist fast zuviel, das kann man nicht wahrnehmen, mitten in diesen Kälteströmen. Es ist ein Hubschrauber. Ein Hubschrauber fliegt über ein entferntes Waldstück. Kurz dahinter ein zweiter. Man sieht die Kanzeln, die Kufen. Das Sausen der Luftschrauben schickt ein schmetterndes Geräusch herüber, das schnell wieder zu einem Surren schrumpft. Die beiden Maschinen verblassen im grauen Winterhimmel. Man hört sie noch. In kurzen Intervallen kommt ein unbestimmtes Geräusch und man sieht sie noch, winzige verschwindende Strukturen, aufgezehrt von der milchigen Ferne.

Es wird schlimmer danach. Die Benommenheit, das Taumeln und Wegschmelzen haltloser Bilder. Jemand denkt das Wort Innenstadt, sieht das Wort Innenstadt, denkt es, will es wegschieben. Die Buchstaben schließen sich zusammen. Innenstadt. Er will es einmal richtig denken, um es loszuwerden. Innenstadt. Es ist da wie die nassen Zweige. Ein Schmerzmuster wie die Kälte, die dasselbe ist wie Innenstadt wie Übelkeit wie Wut wie Innenstadt.

Hallo. Ist der Chef da? Dann sag ihm, die beiden Hubschrauber sind gelandet. Sag ihm, sie stehen in der Pionierkaserne.

Hallo, hier ist Innenstadt, hier ist Innenstadt. Das Schwein ist in der Innenstadt.

Kommissar Freye, der von Kommissar Renslage im

Einsatzstab der Sonderkommission abgelöst wurde, sagte: Hier liegt das Protokollbuch mit dem hundertsten Fehlalarm.
Die nächste Durchsage kam, und Renslage stellte das Tonband an.

Hallo, was ist? Gib mir doch den Chef!

Ja, Sie haben mein volles Vertrauen, Herr Bernhard. Ich gebe Ihnen jede erdenkliche Unterstützung. Die Sache ist inzwischen von allgemeinerer Bedeutung. Es darf nicht soweit kommen, daß wir eine Vertrauenskrise in der Bevölkerung heraufbeschwören. Es geht um das Ansehen der Sicherheitsorgane. Ich unterschätze die Schwierigkeiten keineswegs, aber ich darf doch mit Ihnen auf baldigen guten Erfolg hoffen. Der finanzielle Aufwand ist zweitrangig in diesem Fall. Wir sind eingestiegen, und wir werden nicht wieder aussteigen. Die Bereitschaftspolizei aus Hannover und Braunschweig steht vorerst weiter zu Ihrer Verfügung. Es wäre nur wünschenswert, wenn vergebliche Einsätze nicht dauernd unter den Augen der Presse geschähen. Die Hubschrauber aus Rheine müssen ja auch bei Ihnen sein. Das Ganze wächst sich zu einem Modellfall aus. Schon deshalb bin ich dringend interessiert an Ihren Berichten. Was läuft denn im Augenblick? Haben Sie die Spur oder ist er wieder durch die Lappen gegangen?

Was nun, sagte Renslage. Der Kerl hat sich wieder einmal verdoppelt.

Er ließ das Tonband zurücklaufen und hörte sich die beiden Durchsagen zum zweitenmal an. Findeisen war gleichzeitig an zwei Stellen gesichtet worden, die zwanzig Kilometer auseinanderlagen.
Ruf noch mal die genauen Zeiten ab, sagte er durch die Sprechanlage zu dem Beamten in der Funkzentrale.
Dann ließ er sich die Karten geben. Beide Sichtmeldungen waren nicht unwahrscheinlich, wenn man sie mit den voraufgegangenen Meldungen verglich. Er konnte jetzt hier und dort sein. Konnte sich nach Südosten und nach Nordwesten bewegt haben.
Ja, hallo?
Die Funkleitstelle bestätigte die Uhrzeiten, zu denen der Verdächtige gesehen worden war. Beide Meldungen waren neu genug. Nach der Wegzeitberechnung konnten die in Bad Essen und in Melle stationierten Hundertschaften jeweils in einer halben Stunde in ihrem Einsatzgebiet sein. Aber sie waren erst vor kurzem in ihre Quartiere entlassen worden. Die Leute waren kaputt und hatten endlich Ruhe verdient. Andererseits war der Alarmzustand nur bedingt aufgehoben.
Er starrte auf die Karte mit den grünen Waldstücken, Straßen, Wassergräben und Höhenlinien. Die beiden Beamten, die mit ihm zusammen Dienst hatten, standen abwartend neben ihm. Er wußte, sie würden alles akzeptieren, wenn er nur sofort handelte. Lähmte ihn gerade das? Lähmte ihn, daß schon Zeit vergangen war, während er auf die Karte blickte?
Wenn er nur sofort handelte.
Wenn er nur sofort handelte.

Alarm, sagte er.
Oder hatte er es nur gedacht? Sie standen immer noch in der gleichen abwartenden starren Haltung da.
Wir müssen Alarm geben, hörte er sich sagen.
Für welchen der beiden Plätze, fragte der eine Beamte, und er merkte, daß er dieses Problem im Augenblick völlig vergessen hatte.

Das erste, was dem Reporter aus Hamburg auffiel, war ein Menschenauflauf, der die halbe Straße versperrte. Offenbar handelte es sich um einen Verkehrsunfall, denn in der Mitte standen zwei Polizisten, die Protokolle aufnahmen. Sie kamen ihm beide nervös vor. Eigentlich war das kein Grund stehenzubleiben, aber es gab auch keinen Grund es nicht zu tun. Presse, sagte er zu den Leuten und quetschte sich durch. Es war einfach eine Frage des Tonfalls, ob man Erfolg hatte.
Was er sah, war ziemlich scheußlich. Blut auf der Straße, ein Schwerverletzter, ohnmächtig, gekrümmt und auf die Seite gerollt, in der Nähe des Bordsteins. Wie ihm erklärt wurde, war der Mann in den Streifenwagen hineingelaufen, als dieser mit Blaulicht und Martinshorn an den haltenden Fahrzeugen vorbeigerast war, um sich an einer neuen Fahndung nach Bruno Findeisen zu beteiligen.
Es trifft immer die Falschen, sagte einer der Zuschauer.
Das gibt eine überraschende Einführung ins Thema, dachte der Reporter, zeigte den verwirrten Polizisten seinen Presseausweis und machte ein paar Aufnahmen.
Anschließend trank er einen Kaffee und las noch einmal

die Notizen, die er von der Redaktion mitbekommen hatte. Die Sache war gut vorrecherchiert. Er hatte die Namen der wichtigsten Polizeibeamten, die mit der Fahndung befaßt waren, vor allem aber auch die Adresse eines Rechtsanwaltes, der bei der letzten Verurteilung Findeisens dessen Pflichtverteidiger gewesen war. Außerdem gab es noch entfernte Verwandte von ihm in der Stadt und verschiedene Firmen, bei denen er früher einmal gearbeitet hatte.

Jetzt wollte er zunächst einmal versuchen, die Hubschrauber zu fotografieren, die in einer Bundeswehrkaserne für den Einsatz bereitstanden. Er mußte die ganze Sache für seine Leser noch etwas anwärmen. Etwa unter dem Stichwort: eine friedliche Landschaft im Alarmzustand. Der Verkehrsunfall, den er gerade gesehen hatte, war dafür geradezu ein Geschenk.

Er ließ ein Taxi rufen.

Während der Fahrt machte er sein Fragespiel. Er brachte das Gespräch auf Findeisen und fragte den Fahrer, wie er wohl aussähe.

Überall in der Stadt hingen die Steckbriefe, und die Täterbeschreibung mit Bild hatte auch mehrfach in den Zeitungen gestanden. Je mehr Personen der Reporter in diesen Tagen fragte, desto mehr geriet das Bild in Bewegung und wurde zur vagen, widersprüchlichen und unkenntlichen Fratze.

Jedermann und niemand ist klein, groß, untersetzt und schmal.

Jedermann und niemand hat blondes, braunes oder graues Haar.

Jedermann und niemand hat wulstige Lippen, einen schmalen Mund.
Jedermann und niemand fährt Fahrrad.
Jedermann und niemand trägt einen Lodenmantel, eine Gummijacke, wechselt die Bekleidung.
Jedermann und niemand blickt sich um, scheint scheu zu sein, ist unheimlich dreist.
Jedermann verschwindet und taucht wieder auf.
Jedermann beobachtet jedermann.
Niemand hat blaugraue Augen, ausgeprägte Falten von der Nase zu den Mundwinkeln, eine Narbe über dem linken Auge, einen Sprachfehler.
Niemand weiß es. Niemand ist erkannt worden.

Die größte Beständigkeit haben diejenigen Partien des Erinnerungsbildes, die in irgendeiner Weise in der eigenen Person verankert sind. Aber genausogut kann man sagen, daß das Vergessen und die Rekonstruktion des Vergessenen subjektiv sind. Entschwundenes Gedächtnismaterial wird durch subjektive wunsch-, angst- oder aggressionsgeprägte Vorstellungen ersetzt. Oder aber durch solche Bestandteile, die die übriggebliebenen Fragmente logisch ergänzen. Dabei ist unsere unbewußte Tendenz wirksam, die unübersichtliche Wirklichkeit schematisch zu vereinfachen. Bei einer späteren Reproduktion von Erinnerungsbildern können sich benachbarte Vorstellungen über das richtige Bild schieben. Mit der Zeit schreitet die Entstellung der Erinnerungsbilder immer weiter fort.

Wissen Sie was. Der ist doch bei einer Frau versteckt. Der muß schön was anschaffen und dann treibt sie es mit ihm. Für mich ist das klar.
Warum?
Warum warum! Der sitzt im Warmen bei einer Frau, sag ich.
Aber die Lager im Wald, die man gefunden hat?
Das ist alles nur Schau von der Kripo. Die müssen ja auch was vorzeigen.
Haben die die Zelte gebaut?
Weiß ich doch nicht. Weiß ich doch nicht, wie die dahinkommen.
Aber es sind welche gefunden worden. Haben Sie die in der Zeitung gesehen?
In der Zeitung steht alles mögliche drin.
Und wie kommen Sie auf die Frau? Das ist eine ganz neue Theorie.
Da steckt immer eine Frau dahinter.

Eigentlich ist das sonderbar, dachte der Reporter, als er vom Abendessen in das Hotel zurückkam und die Treppe in den obersten Stock hinaufstieg, eigentlich ist es sonderbar, daß dieser Mensch wirklich existiert, denn es käme mir richtiger vor, wenn er gar nicht da wäre und trotzdem dies alles stattfände, und vielleicht ist es auch so.
Vielleicht war es auch so.
Sie hatten einen Doppelgänger gefangen, der vor zwei Spaziergängern mit dem Fahrrad in den Wald geflüchtet war. Weshalb wußte man nicht. Er konnte keinen Grund

dafür angeben, hatte plötzlich diese Rolle spielen müssen, und alle anderen hatten mitgemacht. Keuchende Verfolger, Polizeisirenen, Mannschaftswagen, Waffen und Suchhunde, der ganze Apparat. Die Journalisten sorgten mit ihren Tricks dafür, daß das Schauspiel sich nicht abnützte.

Weshalb?

Er zog sich im Dunklen aus und legte sich in eins der Winterschlafbetten.

Was interessierte ihn das alles? Jeder war allein.

Das hatte er immer gewußt, trotzdem war er Journalist geworden. Es gab lauter Widersprüche oder überhaupt keinen. Ja, es war gut, daß das alles geschah. Wenn nichts geschah, wäre das der Friede, der die Selbstmörder aus den Fenstern springen ließ. Er hatte das einmal bei einer Partyunterhaltung behauptet, kleine improvisierte Rechtfertigung der Regenbogenpresse: alle würden aus dem Fenster springen, wenn sie nicht dauernd lesen könnten, daß andere es getan haben. Aber er wußte nicht, ob das stimmte. Er verstand nichts davon.

Stelle Behauptungen auf, mach dich interessant. Es funktionierte immer wieder auf Grund der grenzenlosen Neugier oder Reizbarkeit der Menschen. Es war die solide Grundlage seines Berufes.

Er döste ein wenig unter dem riesigen gebauschten Plumeau, und irgendwo lebte ein anderer, wenn es einen anderen gab, irgendwo in der Dunkelheit, in der Kälte, drang irgendwo ein, trat vorsichtig auf den faulenden Boden eines alten verlassenen Hauses, einer Schutzhütte im Wald. Starre Gestalt, kleine, nach beiden Seiten rasch bewegte Augen.

Was macht er jetzt?
Ich kann ihn nicht festhalten, er verschwindet. Er hat eine grüne Wollmütze auf dem runden Kopf. Nein, ich sehe es nicht, es ist ohne Überzeugungskraft.
Draußen ist draußen, er ist draußen in der anderen weiträumigen Dunkelheit, unterschieden von der toten Stille des Hotelzimmers. Irgendwo in dem schmalen Gebirgszug nördlich der Stadt. Unruhig umhergetrieben von dem Wunsch zu leben. Vom Hunger vielleicht, während er hier lag mit überfülltem Magen benommen vom unverdauten Essen.
Warum war er so gefräßig gewesen? Hatte sich nach Suppe und Grillteller noch ein gefülltes Omelette bestellen müssen. Es war Unzufriedenheit, die er unterdrükken wollte, irgendeine Unruhe, die er sich nicht eingestanden hatte. Er hatte sich eingeredet, daß er guter Laune sei, daß er sich einen schönen Abend machen wolle, und zum Schluß hatte er gegen alle Vernunft noch Kaffee und Cognac bestellt.
Er war schläfrig und gespannt.
Das konnte stundenlang so weitergehen, und er hatte keine Schlaftablette, konnte wahrscheinlich mitten in der Nacht auch kein Bier mehr bekommen. Nein, es fehlte ihm nur die Energie, sich darum zu bemühen. Oder er wollte sich selbst ein wenig bestrafen. Er war nicht einverstanden mit sich selbst, obwohl er nicht wußte, warum. Seine Grundsätze hatte er sich so eingerichtet, daß er bequem darin Platz hatte. Was ging ihn das an, daß draußen in den Wäldern ein Strolch herumlief, der sich nicht fangen ließ und um sich schießen würde, wenn man ihn umzingelt hätte.

Um sich schießen.
Hatte die Fresse voll gekriegt und schoß um sich.
War in den Arsch getreten worden und schoß um sich.
Vielleicht konnte er einschlafen, wenn er sich das vorstellte. Die peitschenden Schüsse, die stürzenden grauen Schatten. Kamen und fielen um. Liefen und sprangen in die Luft und stürzten. Brachen zusammen und krümmten sich. Wurden unaufhörlich durch neue ersetzt, die unaufhörlich vernichtet wurden.
Wunderbares Gedankenkino, in dem er noch ein bißchen schwelgen wollte. Er war es selber, der es machte. Der sich damit vermischen konnte. Tod oder Leben, nur ein wenig zu blaß.
Langsames Vordringen, aber der Schlaf weicht zurück und läßt den gereizten Körper auf seinem Fleck liegen.
Wenn er die Richtung seines Körpers im Bett um zehn Kilometer verlängerte, war er vielleicht schon da, lag da in einem anderen Raum. Die Tür wurde aufgeschoben. Er ist es, er tritt ein mit gesenktem Gesicht, leuchtet die Wände ab, stopft sich die Taschen voll und verschwindet.
Verschwindet in seinem Unterschlupf und lebt dort weiter. Beziehungslos. Wortlos. Wenn er nicht mit sich selber spricht. Wovon redet er? Von den Verfolgern, von der Waffe, von seiner Ungreifbarkeit?
Spielte dort Indianer mitten in der Nacht.
War zurückgekehrt zu den Phantasien seiner Kindheit.
Um allein sein zu können, wie er es war.
Mußte immer wieder einbrechen, nicht nur wegen der Beute, sondern um zu zeigen, daß er lebte.

Oh, er konnte einschlafen mit dem Gedanken an diese Abwesenheit, dieses Verschwinden.
Er hörte das Knistern von Eiskristallen am Fenster, vielleicht Eisregen, den der Nordwestwind über die Stadt blies. Das hier war Norddeutschlands Regenecke, besonders das Wiehengebirge, wo der Kerl sich versteckte.
Wo er irgendwo lag und atmete. Bereit, den Krieg weiterzuführen, der nur mit seiner Gefangenschaft oder seinem Tod enden konnte.
Das würde er wissen, ohne es zu denken, ohne es auszudrücken. Lag in seinem Unterschlupf, wie er hier in seinem Bett, steif vor Kälte, warm.
Steif vor Kälte unter dem Himmel, aus dem der Eisregen fiel und gegen das Fenster schlug.

Dann sah ich weil ich nicht schlafen konnte sah ich immer in die Dunkelheit und da war jemand wie ich allmählich begriff. Elisabeth und Gerhild schliefen und auch die Mädchen in den anderen Zimmern und ich weiß nicht ich war deshalb irgendwie allein mit ihm und konnte nur abwarten, was er tun würde. Ich wagte nicht zu schreien weil ja weil dann die Erscheinung vielleicht verschwinden würde verstehen Sie ich dachte sie ist dann nicht richtig da und tatsächlich sie verschwand.
Und dann?
Ich wartete. Ich wartete eine ganze Weile. Ich glaube, ich konnte mein Herz schlagen hören. Dann begann ich zu zählen. Bei Dreißig wollte ich aufspringen und die anderen wecken. Aber ich zählte bis Hundert.

Ich konnte sie kaum wachkriegen, und sie verstanden mich nicht.
Ich sagte, er ist hier gewesen, hier im Zimmer. Aber sie verstanden mich nicht, sie wollten nur schlafen. Ich glaube, sie schliefen weiter, während ich auf sie einredete und sie beide in ihren Betten saßen.
Er hätte einfach wieder hereinkommen können, als das Licht aus war. Hätte zu mir kommen können an mein Bett und mich betasten können, ich hätte keinen Laut herausgekriegt.

Du, der Gast da, der vom Tisch in der Ecke ...
Der hat bezahlt.
Nein, ich wollt sagen, der ist jetzt in der Toilette und rasiert sich.
War ja auch nötig, was?
Aber ist dir nichts aufgefallen?
Was aufgefallen?
Ich frag dich ja. Ich meine, mit dem ist was falsch.
Du, der kommt zurück.
Schau ihn dir an, ob er dich an wen erinnert.

Unten auf der Ostumgehung konnte Bernhard mitten im Verkehr auf der Überholspur zwei Funkstreifenwagen erkennen, die mit Blaulicht nach Norden fuhren. Sie trugen die Nummern 3 und 14 oben auf dem Dach. Im ersten mußte also Scheuner sitzen. Er versuchte, ihn über Sprechfunk zu erreichen, aber es war nur ein Knacken und Krachen im Hörer. Das Gerät mußte gestört sein, oder sie sendeten nicht auf derselben Frequenz.

Brücke 3 bitte kommen. Brücke 14 bitte kommen.

Das Störgeräusch war vielleicht die Funkleitstelle, die keine Verbindung zu ihnen bekam.

Was ist, fragte er den Piloten.

Weiß nicht, schrie der Pilot zurück.

Er versuchte es wieder.

Jetzt kam unten die Bahnlinie, links das Industriegelände mit dem Stahlwerk, dann waren sie an Schinkel vorbei und hatten die beiden Wagen hinter sich gelassen. Vielleicht sah Scheuner ihn jetzt vor sich und versuchte, selbst Kontakt zu bekommen, erkundigte sich bei der Funkleitstelle, die sie auch suchen mußte. Irgend etwas stimmt nicht mit der Frequenz.

Sie kreuzten die E 8 mit dichtem Lastwagenverkehr, die Bahnlinie nach Bremen, die Nordumgehung, und jetzt war unter ihnen das offene Gelände in der Nähe des Einsatzgebietes, Äcker, Weiden, Waldstücke, Einzelgehöfte, alles genau zu erkennen, auch die Menschen, die zu ihnen hochblickten, und der dünnere Verkehr auf der Landstraße nach Icker, wo er einen weiteren Streifenwagen mit Blaulicht sah, der gerade einen Trecker und einen PKW überholte. Es war Brücke 9. Die Zahl war frisch aufgemalt für den kombinierten Einsatz. Aber er bekam wieder keinen Kontakt. Statt dessen meldete sich plötzlich ganz deutlich Hauptmann Schirrmeyer von der Schutzpolizei, der mit dem zweiten Hubschrauber gestartet war und auch keinen Funkkontakt bekam.

Es mußte an der Frequenz liegen. Das war nicht geprüft worden vor dem Einsatz. Mit jedem Transistorgerät

konnte man den Polizeifunk abhören, aber hier oben war man abgeschnitten.
Es war seltsam, weil er alles vor Augen hatte, mit einem Gefühl gesteigerter Anwesenheit hier in der Glaskanzel. Laut Karte befanden sie sich jetzt über dem Gebiet, in dem Findeisen gesehen worden war. Es war ein zerfranstes Waldgebiet, das die Gattberge hieß. Der Pilot drosselte die Geschwindigkeit und ging tiefer. Sie konnten durch die kahlen Baumwipfel auf den dunkelbraunen modrigen Laubboden blicken, man hätte einen laufenden Hasen genau erkennen können. Aber der Laubwald, die Waldwege, die braungrauen Kahlschläge waren leer, und in den Nadelwald konnten sie von oben nicht hineinsehen. Auf einer der schmalen Schneisen stand eine kleine Ansammlung von Menschen und am Waldrand waren einige Fahrzeuge geparkt. Die Leute winkten zu ihnen herauf. Sie umkreisten das Gebiet. Wieder sahen sie auf einer Waldwiese Menschen, zum Teil Zuschauer, zum Teil Polizisten, die sich am Waldrand verteilt hatten. Die Absperrung begann. Im Süden und Südosten bei den Höfen Eistrup und Droste standen die ersten Mannschaftswagen der Schutzpolizei aus Osnabrück. Das Gelände wurde gerade abgeriegelt. Im Norden sah er den zweiten Hubschrauber mit Hauptmann Schirrmeyer, der von oben die Fahrzeuge einweisen sollte. Er hatte immer noch keinen Funkkontakt bekommen und fragte an, ob er landen solle, um ein FuG 8 an Bord zu nehmen.
Ja, sagte er, ich übernehme die Überwachung im Westen Richtung Hanfelder Hügel, Bramheide und Kleeberg.

Das war wahrscheinlich die kritische Stelle. Hier und im Norden, wo Schirrmeyer gleich die Bereitschaftspolizei einweisen würde, um eine Flucht in Richtung Venner Egge zu verhindern.

Auf der Westseite des Fahndungsgebietes war das Gelände bis zum nächsten zusammenhängenden Waldgebiet mit kleinen Waldstücken und Buschgruppen durchsetzt, und überall standen Schutzhütten für das Vieh und Feldscheunen, in denen man sich gut verbergen konnte, um im günstigen Augenblick weiterzulaufen bis zum nächsten Versteck, zur nächsten Deckung.

Aber auch hier hatte die Abriegelung begonnen. Fünf Funkstreifenwagen waren inzwischen eingetroffen, er sah die Nummern 9, 3, 14, 6 und 10 und dazwischen den ganzen Waldrand entlang geparkte Privatfahrzeuge. Gerade hielten zwei neue Wagen, und Leute stiegen aus. Auch landwirtschaftliche Fahrzeuge und zwei Lastwagen waren darunter. Wenn es zu einer Schießerei kam, würde es ein Unglück geben. Scheuner konnte da unten nicht mit einem Kommando in den Wald eindringen, ohne daß ihm die Leute folgten. Wahrscheinlich waren auch Journalisten dabei. Alle hatten sie umgebaute Transistorgeräte und hörten den Polizeifunk ab.

Im Tiefflug flogen sie über die Landstraße mit den winkenden Menschen.

Die Stimmung ist gut, sagte der Pilot durch das Bordmikrophon.

Kann man wohl sagen. Ein richtiges Volksfest.

Bloß die Hauptperson fehlt noch, sagte der Pilot.

Er hatte keine Lust zu antworten. Blickte nach unten

auf die fahlgrünen Weiden, die sich als schmale Rechtecke und stumpfe Keile in den Wald schoben. Ein schwaches Gefühl von Widerwillen kam in ihm auf. Es schien irgendwie mit den Formen dieser Landschaft zusammenzuhängen, diesen zufälligen Begrenzungen, den trüben Farben der Weideflächen, Äcker und Waldränder. Er starrte darauf, sah es unter sich weggleiten. Es war etwas Übles, Bedrückendes, das er zu seinem Erstaunen mit zurückgehaltenem Haß betrachtete. Er hatte immer angenommen, daß er diese Landschaft liebte. Aber jetzt hatte er den seltsamen und beschämenden Impuls hinunterzuspucken.

Ich bin durchgedreht, dachte er.

Wieder überflogen sie ein Gehöft mit winkenden Menschen. Dann war links offenes Feld, auf dem sich eine Hundertschaft der Bereitschaftspolizei entfaltet hatte. Dahinter, auf einer Weide, stand Schirrmeyers gelandeter Hubschrauber, umringt von Menschen. In den Feldwegen Richtung Gattberge stauten sich die Privatfahrzeuge.

Drehen Sie ab, sagte er zu dem Piloten.

Es kam ihm wohl nur so vor. Aber sie hatten tatsächlich einen Augenblick aufgehört zu sprechen, als er durch das Zimmer ging. Vielleicht waren sie gerade mit ihrem Gespräch zu Ende. Vielleicht machten sie das immer so aus Respekt. Es war beunruhigend, dieses Schweigen hinter seinem Rücken. Und schlimm, daß er die Tür laut zugezogen hatte, mit einem dumpfen Knall.

Er setzte sich an den Schreibtisch, den seine Sekretärin

für ihn aufgeräumt hatte. Sie hatte die Bleistifte gespitzt, Konzeptpapier für ihn bereitgelegt und neue Blumen in die Vase gestellt. Auch diese auffällige Fürsorge reizte ihn.

Er zog die grüne Mappe heran, um die Post zu unterschreiben. Obenauf lag ein Zettel mit notierten Telefonanrufen. Der Regierungspräsident bat um Rückanruf heute abend in seiner Wohnung. Seine Frau wollte wissen, wann er nach Hause käme. Schwager und Schwägerin hatten sich zum Abendessen angemeldet.

Das gab es also auch noch.

Er wußte nicht, ob es eine angenehme Abwechslung war oder ob es ihn störte.

Er unterschrieb die Post, blätterte dann in dem Gutachten aus Hannover. Man hatte in dem Unterhemd des Alfred Bentrup keinen sichtbaren Schmauchhof und keine verbrannten Fasern entdecken können. Es war demnach kein absoluter Nahschuß. Die Nitritreaktion in der Umgebung der Einschußstelle war positiv. Die allgemeine Erfahrung mit solchen Spurenbildern und mehrere Vergleichsschüsse mit Randfeuermunition (siehe die Aussage der Zeugin Bentrup über den Lichtschein) ergaben eine Schußentfernung von etwa einem Meter.

Für das Gericht mochte das wichtig sein, aber ihn erinnerte es nur daran, daß sie den Täter nicht zu fassen bekamen. Viel Zeit hatte er nicht mehr. Hannover hatte ihn wissen lassen, daß die Bereitschaftspolizei wieder abgezogen würde, wenn die Großfahndungen sich weiter totliefen. Der Doppelgänger hatte ihm geschadet.

Ein halbschwachsinniger Landarbeiter, der spielte oder sich einbildete, er sei Findeisen und vor den Augen zufälliger Beobachter mit dem Fahrrad in den Wald flüchtete. Die Leute fuhren oder rannten natürlich zum nächsten Telefon, und der ganze Fahndungsapparat mit Hubschraubern, Suchhunden und Hunderten von Polizisten kam in Gang. Einschließlich jedesmal der Auflauf der Bevölkerung aus allen Richtungen. Anscheinend liefen die Leute auch von der Arbeit fort. Das Neueste war, daß die Sportflieger vom Aeroclub in Atter mit ihren kleinen roten Cesnas im Tiefflug über den Einsatzräumen kurvten.
Ich warte bloß darauf, daß einer von denen herunterkommt, hatte Scheuner gesagt. Es war ein leiser proletarischer Haß auf die da oben in seiner Stimme gewesen. Die da oben, die Söhne der Unternehmer und reichen Kaufleute, die sich einen Spaß aus dieser Scheiße machten.
Inzwischen glaubte er eine auffällige Zurückhaltung unter seinen Leuten zu spüren, ein heimliches Abrücken, eine schweigende Kritik.
Dabei war die Fahndungsmethode taktisch brillant. Die Abriegelung des Geländes aus der Luft, bis die motorisierten Einheiten eintrafen, ihre Einweisung durch den zweiten Hubschrauber als fliegendem Feldherrnhügel – es war brillant und neuartig für die Polizei, aber leider ergebnislos.
Was kostet das, fragte die Presse.
Sind die blöde, fragte die Bevölkerung.
Und er war verrückt genug gewesen, mitten in dem

Trubel einer vergeblichen Fahndung einem Reporter ein Interview zu geben.
Was sehen Sie jetzt noch für neue Möglichkeiten, war er gefragt worden, und er hatte als »letzte kriminologische Weisheit«, wie der Reporter schrieb, »die Friseurtheorie entwickelt«.
Einmal muß er ja zum Friseur, und dann kriegen wir ihn bestimmt.
Die ganze Stadt lachte darüber. Aber er mit seiner Zwangsidee, alle vierzehn Tage zum Friseur zu müssen, hatte wirklich daran geglaubt.
Warum exponierst du dich so, hatte seine Frau gefragt.
Er brauchte gar nicht erst zu versuchen, ihr einzureden, daß er nur einen Witz habe machen wollen.
Warum exponierst du dich so?
Er wollte darauf nicht antworten, obwohl er es wußte.
Er mußte Zuversicht ausstrahlen, das war alles.
Du exponierst dich unnötig. Du läßt dich jedesmal verleiten, zuviel zu sagen. Die Leute freuen sich, wenn du falsche Prophezeiungen machst.
Zuversicht gegenüber der Presse, den Kollegen von der Schutzpolizei, dem Regierungspräsidenten, dem Ministerium, Zuversicht vor sich selber.
Manchmal sprang er im Traum wieder mit dem Fallschirm ab. Er trug dieselbe Montur wie im Krieg, aber es gab kein Oben und Unten, nur eine langsam fließende Schwärze. Der Traum schien mit Wetterveränderungen zusammenzuhängen oder Aufregungen im Dienst und neuerdings natürlich mit diesen Hubschrauberflügen, aber er war auch überzeugt davon, daß sich darin etwas von seiner Lage ausdrückte.

Du exponierst dich, du exponierst dich.
Der Sprung war seltsamerweise eine Art Stillstand, ein Schweben in totaler Beziehungslosigkeit. Sobald er gesprungen war, konnte keine Veränderung mehr eintreten, es sei denn, er wachte auf. Manchmal wurde er plötzlich wach, ohne sich an einen Traum erinnern zu können. Er lag gespannt da, mit einer Klammer, einem Panzer um die Brust, vor allem um das Zwerchfell herum, er konnte nicht richtig ausatmen. Wenn er nicht sofort dagegen anging, kam das Gefühl, daß er niemals mehr eine Entscheidung treffen könne, daß er Hilfe brauchte, jemand, der neben ihm stand und ihm sagte, tu das und jetzt das. Er war krank von dem Bedürfnis nach Abhängigkeit, aber er fühlte sich dabei von allen Seiten beobachtet und wußte, daß er nicht so sein durfte, daß er den Erfolg brauchte und, solange er ihn nicht hatte, unbeirrbare Zuversicht oder Gleichgültigkeit.
Er hatte gelesen, daß Verbrecher um so weniger Angst empfanden, je schlechter es ihnen ging. Die Angst von innen verschwand. Sie fühlten sich gerechtfertigt, weil sie gegenüber den anderen im Nachteil waren. Sie waren mit sich einig, weil man sie verfolgte. Etwas Ähnliches hatte er im Krieg erlebt. Damals, unter dem täglichen Eindruck der Gefahr, hatte er sich im Grunde ruhig gefühlt. Seine Stimmung war gleichmäßig und fast heiter gewesen. Er hatte wunderbar schlafen können, ohne diese vagen und gespenstischen Ängste vor der Zukunft, die ihn jetzt weckten, diese Grübeleien über Kleinigkeiten, die ihm den Schweiß ins Gesicht trieben.
Um sich zu beruhigen, sagte er sich einen Satz aus dem

Buch vor, das er immer noch zu schreiben versuchte: Das kriminalistische Denken folgt den Prinzipien des wissenschaftlichen Denkens.

Also mußte es eine Methode geben, sein Problem zu lösen. Wenn eine Methode versagte, änderte man sie. Man variierte die Fragestellung. Man sah das Ganze von einer anderen Seite. Jeder Fahndungsmethode lag eine bestimmte Theorie über den Täter zugrunde. Dieser Täter war schnell und beweglich, und sie hatten versucht, durch rasche Nachrichtenübermittlung, Luftbeobachtung und motorisierten Einsatz von allen Seiten sich seiner Beweglichkeit anzupassen.

Vielleicht war das falsch.

Sie waren ins Leere gelaufen. Sie waren jedesmal zu spät gekommen.

Also war es falsch.

Er lehnte sich zurück und schloß für einen Augenblick die Augen. Wieder dachte er mit einer Genugtuung, die ihn ruhig machte: Es war falsch.

Er kommt nicht. Sie wissen das wohl. Aber ihre ruhigen Stimmen täuschen ungestörte Gegenwart vor. Sie sitzen und reden, wie Leute, die Zeit haben. Verschiedene Haltungen der Entspanntheit in den ineinanderübergehenden Lichtkreisen der beiden Lampen, die den Raum zur Hälfte im Halbdunkel lassen. Nebenan ist eine zweite Lichtinsel, durch eine tiefhängende Deckenlampe genau begrenzt auf einen gedeckten runden Tisch mit sechs roten Stühlen. Es ist ein abgerücktes starres Bild im Rücken der Hausfrau, die ihrer fast gleichaltrigen

Schwester gegenüber sitzt. Der Schwager hat den Kopf zurückgelehnt und die Unterarme flach auf die Lehnen seines Sessels gelegt. Ihm gegenüber sitzt die Tochter mit hochgezogenen Beinen auf einer dunkelgrünen Couch. Als einzige raucht sie und hat einen Aschenbecher neben sich auf das Polster gestellt. Der Glastisch mit den leergetrunkenen Gläsern ist zu weit von ihr entfernt, als daß sie ihn mit gestrecktem Arm erreichen könnte. Auch die anderen scheinen davon abgerückt zu sein, jeder ein wenig auf sich zurückgezogen, ohne verbindende Fläche und Gründe, nach einem Glas zu greifen.

Sie warten. Es ist das verleugnete Warten ruhiger Stimmen, die ein richtungsloses Gespräch in Gang halten, Stimmen, die sich gegenseitig ablösen, ohne sich zu unterbrechen. Wie in der Nische einer Möbelausstellung steht nebenan der gedeckte Tisch, auf den Tellern rote, zu spitzen Kegeln geformte Papierservietten. Das Lampenlicht bringt auf den Weingläsern farbige Reflexe hervor.

Sie sitzen eine Stufe tiefer im Wohnraum. Ihre Haltungen drücken Entspanntheit aus. Ein angenehmer Abend könnte das sein, und man weiß inzwischen, wie kostbar das ist. Man ist älter geworden in älter gewordenen Wohnungen, in denen sich Möbel aus verschiedenen Jahren und Jahrzehnten zusammengefunden haben und das unauffällige Ganze bilden, das einen umfängt. Man hat genug gelebt, um zu wissen, daß man ein Zusammensein wie dieses nicht versäumen sollte. Selten genug sieht man sich, ißt und trinkt zusammen und tauscht seine

Erfahrungen aus mit kleinen persönlichen Unterschieden und vielen Gemeinsamkeiten. In dem weichen Licht der beiden Lampen sehen die Gesichter in den Sesseln gelöst und friedlich aus. Man ist älter geworden, und dazu paßt kein Fanatismus, paßt diese Störung nicht, die sie übergehen. Man hat doch mit den Jahren etwas mehr Leichtigkeit gelernt, etwas mehr Skepsis oder Abstand und etwas mehr Nähe zu dem, was wirklich zählt.

Ruhige gleichmäßige Stimmen verleugnen das Warten und halten ein richtungsloses Gespräch in Gang. Nebenan unter der tiefhängenden Deckenlampe steht der gedeckte Tisch mit den spitzen roten Serviettenkegeln, dem blauen Geschirr. Es ist ein abgerücktes starres Bild im Rücken der Hausfrau. Halbdunkle Raumzonen trennen die verschiedenen Lichtkreise und leiten sie sanft ineinander über. Das ist eine Wohnung mit zehn und zwanzig Jahre alten Möbeln, ergänzt durch einige neuere Stücke, wie die Lampe mit dem roten Lackschirm auf dem Beistelltisch, kleine Veränderungen, die sich einfügen oder wie die gelesenen Bücher in einer überfüllten Bücherwand verschwinden und doch dableiben in unauffälliger Anwesenheit.

Anwesenheit. Abwesenheit. Diffuse Stimmen. Lösen einander ab. Solche Gesprächsabende an solchen Orten unter Menschen, die einander ähnlich sind in Bildung, Alter, Überzeugungen, Einkommen. Können einander gelten lassen. Solche nicht mehr heftigen und grundsätzlichen Gespräche, in denen mal die eine, dann eine andere Stimme sich hören läßt und keine die andere unter-

bricht. Stimmen, die sich ablösen, kleine Pausen, erfüllt mit Formeln der Höflichkeit.
Lassen es unbegreiflich erscheinen, daß jemand fehlt.
Er kommt nicht.
Sie wissen es, als im Flur das Telefon klingelt und die Hausfrau aufsteht und nach draußen geht.
Wenn er anruft, kommt er nicht.
Die Zurückgebliebenen hören sie draußen sprechen mit einer etwas gereizten, flachen Stimme.
Jaja, sie akzeptiert seine Gründe, seine Erklärungen oder seine Empfehlungen für den Abend ohne ihn.
Im Wohnraum ist das Gespräch verstummt. Sie horchen. Die Gesichter halten die freundliche Ruhe fest, mit der sie die zurückkommende Hausfrau gleich wieder empfangen werden.

Was war Bernhards Problem, das ihn an diesem Abend in seinem Dienstzimmer festhielt? Daß die gewählte Strategie zur Erreichung seines Zieles (der Verhaftung Findeisens) zwar nicht absolut falsch, aber bisher erfolglos war. Daß auf Grund dieser Erfolglosigkeit sich das Vertrauen seiner Vorgesetzten, Mitarbeiter und Untergebenen und der Bevölkerung verringert hatte. Daß als nahe und fernere Folgen der Abzug der Bereitschaftspolizei, weitere Erfolglosigkeit, schwindendes Ansehen, Selbstzweifel und Beeinträchtigung seiner beruflichen Laufbahn drohten.
Er konnte sich in dieser Situation passiv und aktiv verhalten, indem er 1. die Fahndung weiterlaufen ließ wie bisher oder indem er 2. neue Strategien erfand und eine Entscheidung traf.

Die Entscheidung selbst würde hervorgehen aus einem gedanklichen Prozeß, der laut der Entscheidungstheorie durch verschiedene Phasen charakterisiert war:

1. durch die Vorentscheidung über das Handlungsziel und die Problemstellung (Findeisen zu fangen, der sich nicht fangen lassen wollte),

2. durch die Analyse und den Vergleich der gegebenen Möglichkeiten (ihn zu hetzen, ihm aufzulauern, ihn hervorzulocken, ihm eine Falle zu stellen, ihm keine Ruhe zu lassen, ihn in Sicherheit zu wiegen, ihn durch Schnelligkeit zu fangen oder durch Geduld),

3. durch Abschätzung des Risikos, der Störmöglichkeiten und der Möglichkeiten, sie auszuschalten oder zu vermindern (Vereitelung der Fahndung durch Gegenstrategien des Gesuchten und strenge Geheimhaltung, um das zu verhindern),

4. durch Auswahl und Festlegung der Methoden und Mittel zur Erreichung des gestellten Zieles (ein Postenriegel quer durch das Wiehengebirge entlang der Bahnlinie Bremen–Osnabrück, um Findeisen, der nachts in diesem Gebiet zu seinen wechselnden Einbruchsorten unterwegs war, auflaufen zu lassen),

5. durch Festlegung der Kriterien des optimalen Ergebnisses, das durch die gewählte Strategie erreicht werden soll (Verhaftung Findeisens nach kurzer Zeit, mit geringen Kosten, ohne große Strapazen für die Mannschaften, ohne bedeutenden Materialverschleiß, ohne Schußwaffengebrauch und Verluste),

6. durch Konkretisierung der Strategie auf Grund der Kriterien eines optimalen Ergebnisses (Beziehen der

Waldstellung nach Einbruch der Dunkelheit, Anmarsch zu Fuß in kleineren Gruppen, Eingraben und Tarnen der mit Leuchtpistolen und Lampen ausgerüsteten Doppelposten in Abständen von zwanzig Metern, Funkstille),

7. durch die Fällung der Entscheidung (diese schweigende Front, diesen Hinterhalt aufzubauen) und durch die Vorbereitung ihrer Realisierung (Anruf beim Regierungspräsidenten und Einberufung einer großen Besprechung aller an der Fahndung beteiligten Kräfte, beziehungsweise ihrer verantwortlichen Vertreter und Kommandeure für den nächsten Tag).

Er war müde, aber er fuhr den Wagen selbst nach Hause. Und obwohl er vielleicht noch von seinen Gästen erwartet wurde, fuhr er langsam.

In Osnabrück wurde ein Witz über Findeisen erzählt.

Es hieß, Findeisen liefe jetzt barfuß herum, weil er es satt habe, daß ihm alles in die Schuhe geschoben würde.

Er hatte nicht darüber lachen können. Das war nun die Kehrseite aller falschen Alarme und vergeblichen Einsätze. Ab morgen ging es in die nächste Runde.

Er sah auf die Uhr und stellte das Autoradio an, um die Nachrichten mit dem Wetterbericht zu hören.

Oh, Mama ich suche dich, sang eine Stimme, oh Mama ich ging von dir fort, um mein Glück zu finden, aber meine Arme blieben leer.

Er drehte weiter. Eine Frauenstimme sagte:

Dieser herrlich swingende Tanz im Dunklen wird von Franz Thon und seinem Hamburger Tanzorchester gespielt. Der 1910 mit Rheinwasser getaufte Franz bläst selbst die Klarinette. Seit Jahrzehnten ist er ein Meister auf diesem schwarzen Kautschukrohr. Vielleicht sollte man dem Titel »Dancing in the dark« gehorchen und wirklich einige Lichter in seiner Wohnung löschen.

Er suchte nicht weiter nach den Nachrichten und hörte sich die Musik an, ein Fox, wie er ihn früher gerne getanzt hatte. Die Klarinette in kurzen Klangstößen und Geigen, die langgezogen über den Rhythmus hinwegspielten und einem dieses angenehme Schwebegefühl gaben, um auf engem Raum Wange an Wange zu tanzen.

Aber die meisten Frauen waren für ihn etwas zu klein gewesen.

Die meisten Frauen. Das lag lange zurück. Inzwischen hatte er eine Tochter, die Abitur machte. Er lebte in einer Männerwelt, und das hatte er sich ja wohl selbst ausgesucht.

Er hatte es sich ausgesucht und hatte es sich nicht ausgesucht, beides war wahr.

Mit gestreckten Armen lenkte er den Wagen durch die Dunkelheit und wartete auf die Ansagerin, die gleich in dem engen warmen Raum seines Autos zu ihm sprechen würde. Es war die Stimme einer jungen Frau, die zu sagen schien: es gibt mich wirklich, irgendwo lebe ich, es gibt mich wirklich.

Aber jetzt kam zunächst ein Mann. Das war schließlich nur gerecht.

Nach dem Tanz im Dunkeln ein Sprung über die Nordsee nach England. Alle vierzehn Tage am Montag um

21.55 Uhr rücken an die zehn Millionen Fernsehzuschauer in England Tische und Stühle beiseite, um bei der Sendung »BBC Dancing Club« mitzumachen. Und das schon seit 15 Jahren. Victor Sylvester ist der Chef des Ball-room-Orchesters, das dabei zum Tanz aufspielt. Er ist ein Heroe der britischen Tanzmusik. 1960 überreichte man ihm eine Platin-Schallplatte für 30 Millionen verkaufte Platten. Absoluter Rekord. Victor Sylvester und das Ball-room-Orchester spielen jetzt für Sie zum Mittanzen die Bossa Nova »Meditation«.
Die Musik begann auf das Stichwort, und schon die ersten Takte löschten die Erinnerung an die vorhergehörte. Es gab nur diese Gegenwart, dieses vorwärtstreibende Verschwinden, dem er sich anvertraute wie alle anderen, die diese Sendung hörten. Aber zehn Millionen Fernsehzuschauer in England, das war wohl doch übertrieben. In zehn oder zwanzig Jahren würden das keine aufregenden Zahlen mehr sein. Aber gab es das überhaupt, Leute, die nach dem Fernsehen zu Hause tanzten?
Da war sie wieder. Eine warme zärtliche Stimme, die ganz in seiner Nähe sprach. Eine Stimme, die keine Enttäuschungen erlebt hatte, die jung war, erwachsen und alterslos.
Es gibt mich wirklich, es gibt mich wirklich.
Sie sagte Dean Martin mit dem Lied The Naughty Lady an.
Das würde er nun nicht mehr hören können, denn er war gleich zu Hause. Er bog in die Wohnstraße ein, an deren Ende sein Haus lag, lauter Grundstücke, eingesäumt von Buchenhecken.

Dean Martin, dieser nette Mensch, war früher einmal Gießereiarbeiter, erzählte die Stimme, als er den Wagen in die Einfahrt setzte. Dann wurde er nacheinander Preisringer, Tankwart, Kumpel und Croupier. Heute ist er Barbesitzer, Filmschauspieler, Sänger und vielfacher Millionär. Er wohnt in der Star-Plantage Beverly Hills.

Er stieg aus, um das Garagentor zu öffnen. Durch einen kleinen Spalt in der Rollade sah er Licht im Wohnzimmer. Die Gäste schienen noch da zu sein.

Im Wagen sang eine dunkle vitale Männerstimme gegen einen Hintergrundchor aus hellen, unnatürlich gequetschten Stimmen ohne Geschlecht.

Das Ganze erstickte, als er in die Garage fuhr. Aber wie ein Nachhall war es immer noch in seinen Ohren.

Er schaltete das Radio aus, löschte die Scheinwerfer und zog den Zündschlüssel ab. Dabei dachte er, jetzt tu ich das, jetzt das, jetzt das. Er blieb im Vorgarten stehen und überlegte, ob er noch ein Stück durch die frische Luft gehen sollte, um zu sich zu kommen. Aber sie hatten ihn natürlich schon gehört.

4 Halbe Drehung um die eigene Achse

Der Wagen kam mit gelöschten Scheinwerfern als ein großer dunkler Kasten die Steigung hoch bis zu der Stelle, wo die Straße und der Fahrweg für Forstfahrzeuge zusammentrafen. Einen Augenblick stand er dort, schon fast angepaßt der Dämmerung, dann wurde die Hintertür aufgestoßen und zehn oder zwölf Polizisten mit Karabinern kletterten heraus. Aus dem Inneren des Wagens wurden ihnen Gespäckstücke und Geräte nachgereicht. Sie legten alles ab, offenbar in einer Ordnung, und drängten sich zu einer Gruppe zusammen. In der Mitte bewegte sich ein kleiner Lichtschein.

Nach Butler sind die tiefen Eindrücke, die unser Gedächtnis registriert, auf zwei Arten hervorgebracht, einmal durch Objekte oder Kombinationen, die uns nicht vertraut sind, die sich uns in relativ voneinander entfernten Intervallen darbieten und, wie man sagen kann, ihre Wirkung plötzlich und heftig tun, zum anderen durch die mehr oder minder häufige Wiederholung eines schwachen Eindrucks, der schnell aus unserem Geist verschwunden wäre, hätte er sich nicht wiederholt.

Der modrige Geruch feuchter Kälte, die im Holz sitzt.

Ein genau umschriebenes Gefühl am Mageneingang.

Er hält alles aus, auch dies.

Oder es ist ein leerer Raum mit einem Tisch in der Mitte, über dem ein Fliegenfänger hängt, eine gelbe, klebrig glänzende Spirale mit schwarzen regungslosen Fliegenleichen bedeckt. Auf der Fensterbank stehen Schalen mit saurer Milch, über die dicke weiße Porzellanteller gestülpt sind. Langsam dreht sich die Spirale, in einem unmerklichen Luftstrom, beschreibt eine halbe Drehung

um eine unsichtbare Achse, kommt zum Stillstand und dreht sich wieder zurück.
Der Junge hat die Tür geschlossen. Hinter den Milchschalen ist das Fenster mit den schmutzigen Tüllgardinen. Man kann auf einen leeren Hof sehen, die Stallgebäude und die Scheune, aber von draußen kann niemand hereinblicken.
Eins zwei drei und du bist frei.
Beschreibt eine halbe Drehung um eine unsichtbare Achse, kommt zum Stillstand und dreht sich wieder zurück. Dieses Bild ändert sich nicht die ganze Nacht über. Magenschmerzen. Er hält auch das aus. Der modrige Geruch feuchter Kälte, während rings um die kleine Holzhütte das Schmelzwasser von den Bäumen tropft. Unter den Baumkronen sind große schwarze Flächen entstanden, Projektionen ihrer Umrisse in den nassen Schnee. Schwarze Hecken, die rechtwinklige Wege säumen, auf denen noch Schnee liegt, zerteilen das ganze Areal. Gartentore mit Nummern führen in die einzelnen Parzellen mit Spalierobst und Spindelbäumen, schneebedeckten Beeten und kleinen Rasenflächen. Die Gartenhäuschen sind abgeschlossen, die Läden zugezogen und verriegelt, die Fenster zum Teil mit Pressholzplatten vernagelt. Dahinter in Anbauten oder unter Schutzdächern sind Leitern, Blumentöpfe, Kunststoffsäcke mit Dünger und Torfballen verstaut.
Von Westen nähert sich ein Tiefdruckgebiet mit Vorläufern wärmerer Luft. Es ist zwei Grad über Null. Das Schmelzwasser tropft auf die Steine. Das ändert sich nicht die ganze Nacht über.

Er ist von der Endhaltestelle gekommen und hat den Weg in das Gartengelände eingeschlagen. Die Endhaltestelle der Straßenbahn liegt in einem dünnen urinfarbenen Licht. Im Kreis führen die Schienen um ein Schneefeld herum, das von schwarzen Fußspuren durchkreuzt wird. Spuren, die ungenau werden, weil die Ränder wegtauen und einsinken.
Wie sieht Urin im Schnee aus? Eine gelbliche Höhle, blasse ausgelaugte Farbe. Wegtauender Schnee wird wässrig grau. Obenauf sitzt eine dünne Staubschicht, die langsam nachsackt.
Er tastete hinter sich nach dem Tragriemen seiner Tasche, und immer noch krumm vor Schmerzen, ging er den Fahrweg hinunter, spähte um sich und überquerte die Straße. Auf der anderen Seite war eine Viehweide, die zum Wald hin anstieg. Er zögerte über den Drahtzaun zu steigen, wollte aber auch nicht auf die Straße zurück.
Du mußt schalten, Bruno.
Ja, sein Kopf machte sich Gedanken. Jetzt war freier Raum um ihn, im Hintergrund der schwarze Waldrand. Das war nicht gut.
Alle zehn Schritte blieb er stehen und lauschte.
Tiefe Eindrücke, die ihre Wirkung plötzlich und heftig tun.
Oder die häufige Wiederholung eines schwachen Reizes.
Tropfendes Schmelzwasser, der modrige Geruch.
Eine Zeitlang hörte er das weiche Stapfen und leise Klappern dicht an sich vorbeikommen. Er schlief wahrscheinlich. Über sich sah er das müde Gesicht seiner Mut-

ter. Er wußte nicht, was sie wollte. Sie sagte, steh auf und wurde nach hinten weggesogen. Er drückte sich tiefer in das brusthohe Sommergras und hörte das Dreirad des Schrotthändlers die Straße hochkommen. Hinter den Büschen fuhren das blaue Dach der Fahrerkabine und die weißen schimmeligen Papierballen vorbei, dann verlor sich das Geräusch, und um ihn herum war wieder das Zirpen der Grillen. Überall saßen sie, die ganzen Bäume waren voll davon, glitzernde Wassertropfen, die an den nassen Zweigen herabliefen und auf den Steinen zersprangen. Der Junge hinter ihm tat so, als unterdrücke er einen Lachanfall. Es ging einfach immer weiter. Im Spiegel sah er hinter sich seine Mutter, wie sie zwei Tassen auf den Tisch stellte und Tee eingoß. Sein eigenes Gesicht war bleich und naß vom Waschwasser, und er fror. Beschreibt eine Drehung um eine unsichtbare Achse, kommt zum Stillstand und dreht sich wieder zurück.

Die Hand nahm die Fahrkarte und das Wechselgeld aus dem Zahlteller und verschwand. Der Beamte hatte sich längst abgewöhnt, Menschen zu beurteilen, die Fahrkarten kauften. Er dachte daran, daß sein Dienst nach Abfahrt dieses Zuges zu Ende war.

In der engen Zugtoilette versuchte er sich zurecht zu machen. Er rieb seine Schuhe und Kleider ab, wusch sich, rasierte sich mit der Handwaschseife, sein Gesicht leuchtete hinterher feurig rot. Hier in dem engen geschlossenen rüttelnden Raum fühlte er sich sicher. Er saß auf dem schwarzen Deckel der Klosettschüssel mit dem Rücken gegen das Wasserrohr gelehnt. Wenn er den

Kopf seitlich gegen die Wand legte, konnte er vielleicht ein wenig schlafen. Schlafen, wie er immer schlief, bereit aufzuspringen. Der Kopf scheuerte an der Wand, gleichmäßige Stöße von den Schienen, die durch die Verkleidung der Kabine liefen und verpufften. Er hatte einen Hustenbonbon im Mund. Ab und zu preßte er ihn mit der Zunge gegen den Gaumen und saugte daran. Der Eukalyptusgeschmack breitete sich in seiner Mundhöhle aus, er schluckte den Speichel, saugte, und über ihm in der Wand waren wattige Explosionen in immer größeren Höhen.

Er ging in einer Art Indianerschritt Fuß vor Fuß. Dicht hinter ihm unterdrückte der fremde Junge einen Lachanfall. Guten Morgen, Findeisen, sagte der Lehrer, guten Morgen, Findeisen, aufgewacht? Er ging einfach immer weiter und saugte an dem Bonbon, der ihn zufrieden machte. Unten auf der Straße trennte er sich von seiner Mutter. Träum nicht, sagte sie, und er bewegte sich wieder, drehte sich in einem unmerklichen Luftstrom und ging einfach immer weiter an der langen Mauer entlang. Tatsächlich wurde er wach genug, um sie nebenan hören zu können, ihre unbestimmten, leisen, einschläfernden Geräusche. Sie ließ Wasser laufen, als ob sie das immer tun müsse, kramte da herum. Aber eigentlich weinte sie, ohne es richtig zu wissen.

Wirst wie dein Vater, wie dein Bruder.

Manchmal bewegte sich der schwere Körper in der Lederschlaufe, und er sah das Gesicht des Erhängten oder nur einen weit aufgerissenen nach Luft schnappenden oder schreienden Mund in unveränderlicher Starrheit, der sich langsam wieder wegdrehte. Gleich darauf kamen die Schritte des Vaters die Treppe hoch. Er schrie, konnte nichts sagen, als sie ihm auf den Rücken und auf die Schultern klopfte, um ihn zu wecken, aber sie wußte, was es gewesen war, und sagte, er ist tot. Er ist längst tot.

Schlaf jetzt, schlaf jetzt schön.

Einschläfernde Stöße der Schienen oder das Hämmern einer Dampframme. Eine Luftschlacht über seinem Kopf. Das Haus war vollkommen ausgeweidet und lag voll von Bauschutt und vertrockneten Exkrementen. Der Schrotthändler kam herein mit weißlichen nackten Armen, an denen große schmutzige Hände hingen.

Wieder kam er an der langen Mauer vorbei, auf der in großen weißen Buchstaben »Ein Volk ein Reich ein Führer« stand. Wo ist Fritz, fragte der Schrotthändler. Er antwortete nicht. Stumpf, verschlagen, mißtrauisch, verstockt, gefühlsarm. Sein Vater war ein Krimineller, hat sich im Polizeigefängnis erhängt.

Er stand immer noch da mit seiner Schultasche. Der alte Lagerarbeiter und der Schrotthändler betrachteten ihn. Plötzlich langte der Schrotthändler zur Ladefläche des Lieferwagens und warf ihm einen Sack zu.

Hinter Wollbrinke sind Baustellen. Was ich brauche, sind Buntmetalle. Laß dich nicht erwischen.

Durch die Fensterhöhlen konnte er eine Reihe junger Pappeln sehen, deren Laub im Licht glänzte. Er saß auf dem Sack und aß sein Schulbrot. Von den Baustellen am Kanal schallte das Hämmern der Dampframme herüber.

Ist geistig wenig interessiert, intellektuell noch ausreichend, lief seinen Arbeitgebern davon.

Der fremde Junge zeigte ihm das zu einer spitzen Tüte zusammengerollte Packpapier mit dem grünen Bonbonbruch, den er bei Wollbrinke für einen halben Sack Briketts bekommen hatte.

Komm, sagte er, ich weiß, wo welche sind.

Sie gingen durch das mittäglich leere Hafengelände vorbei an Kühlhäusern, Silos, Tankbatterien, es war alles falsch. Die Bunkerstation war abgesperrt, es war alles falsch.

Ich muß nach Hause, sagte der Junge, mit einer halb gereizten, halb weinerlichen Stimme.

Warum, fragte er.

Warum warum, schrie der Junge, klau sie doch, du bist ja zu feige.

Nein, sagte er.

Doch, du bist zu feige, sagte der Junge.

Er hörte ihn weglaufen.

Das war alles falsch. Er hatte keine Angst. Er duckte sich nur an der Rangierlok vorbei, damit der Lokführer ihn nicht sehen konnte. Auch auf dem anderen Gleis stand ein Zug, so daß er wie zwischen hohen Wänden auf die schweren Schüttgeräusche unter der Verladebrücke zuging. Die Luft war voller Kohlenstaub, und er roch den Eisengeruch der Waggons. Schräg über ihm fuhr der Greifer mit einer neuen Ladung entlang. Das Zugseil vibrierte, und er hörte das schleifende Fahrgeräusch. Dann wurde die Bewegung gestoppt, und von oben rief jemand, das war der Kranführer, der sich aus seiner Kabine beugte. Auch von der Lok her kam jemand gelaufen. Auf einmal schien das ganze Gelände voller Menschen zu sein. Hinter der rechten Waggonreihe hörte er andere Stimmen. Das waren Arbeiter, denen der Kranführer zurief, wo er sich befand. Er kletterte zu einem Bremserhäuschen hoch und versuchte den Sack nachzuzerren. Aber jetzt war der Lokführer schon da, und er sprang auf der anderen Seite hinunter. Weit weg sah er den fremden Jungen hinter dem Drahtzaun und davor eine Fläche mit blitzenden Gleisen. Er lief dicht an den Waggons entlang, um nicht gesehen zu werden. Hinter ihm brüllte der Kranführer seinen Verfolgern Befehle zu. Alles wegen mir, dachte er noch, da sprang dicht vor ihm ein Mann zwischen den Waggons herunter und packte ihn.

Er versuchte sich loszureißen, aber der Mann drehte ihn herum und schlug ihm mit der Faust ins Gesicht. Es war, als platze etwas und schwölle zu einem riesigen tauben Klumpen auf. Der Schmerz saß klingend im ganzen Schädel. Er wußte, daß irgendwo Geschrei war, hörte es aber nicht richtig, dachte es nicht richtig, wußte nicht, wo er sich befand in den menschenleeren beflaggten Straßen, aus deren Häusern eine heisere Stimme drang, die von Beifallsrufen unterbrochen wurde.

Durch welche Verfahren hat Herr Roosevelt überhaupt festgestellt, welche Nationen sich durch die deutsche Politik bedroht fühlen oder nicht?

Mit verschwimmenden Augen sah er den Blick des Mannes und die entblößten Zähne. Er ließ sich seitlich fallen und versuchte wegzurollen. Niemand sprach.

Sie konnten auch stehengeblieben sein und den regungslosen Körper dort im Gebüsch betrachten, konnten sich stumme Zeichen machen und mit den Läufen ihrer Waffen auf ihn weisen.
Dann hörte er unten an der Straße den Wagen wegfahren und wagte langsam den Kopf zu heben. Sein Gesicht war voll mit Blattresten und Erde.
Hätt sie wegpusten können, dachte er.
Vielleicht war es besser, wenn er weiter in das Unterholz zurückkroch, wo es schon ganz dunkel war. Aber er hatte Angst, ein Geräusch zu machen. Vorsichtig richtete er sich auf und rückte das Halfter unter seinem Mantel zurecht.
Er machte Schießübungen auf Flaschen, Konservenbüchsen, kleine Gegenstände, die er auf einen Zaunpfahl oder aufgeschichtete Steine stellte und herunterschoß. Er schoß aus dem Stand und auf dem Bauch liegend über eine Deckung hinweg oder auch, indem er aufsprang und auf das Ziel zurannte. Dann fiel ihm ein, sich mit dem Rücken zum Ziel aufzustellen und plötzlich herumzuwirbeln und zu schießen.
Was er vermißte, war das Krachen des Schusses.
Er übte auf Schuttplätzen und in alten Kiesgruben. Vorher überzeugte er sich davon, daß niemand in der Nähe war.
Ihm fehlte das Krachen des Schusses, das Zerfetztwerden, Auseinanderspritzen oder Wegschnellen des Ziels.
Es war eine Luftpistole, kein Colt.
Aber er konnte damit kleine Tiere schießen, Spatzen, Tauben, Eichhörnchen, vielleicht Kaninchen. Er schlich

hinter den Schrebergärten herum, die Pistole unter seiner Jacke. Über Kimme und Korn betrachtete er seine Feinde, behielt sie im Visier, wenn sie sich bewegten. Dann sagte er sich, daß er gewonnen hatte.
Hände hoch, dreh dich um. Nimm gefälligst die Hände hoch. Wirds bald, nimm die Hände hoch. Tom Shark sah den Mann aus grauen kalten Augen an, und der andere nahm die Hände hoch. Tom Shark stieß Josef Dillagio den Lauf seines Colts in die Rippen und der andere nahm die Hände hoch. Die Hände der Männer gingen von selbst in die Höhe, als sie den Colt in seiner Faust sahen.
Flach auf dem Bauch liegend beobachtete er durch Zweige und abgestorbene Farnreste, wie die Polizisten zu ihren Gepäckstücken gingen. Sie beluden sich gegenseitig damit und kamen nacheinander, wie sie fertig wurden, den Forstweg hoch. Er senkte den Kopf, damit niemand seine helle Gesichtsfläche im Gebüsch erkennen konnte, und eine Zeitlang hörte er das weiche Stapfen und leise Klappern an sich vorbeikommen.
Schlaf jetzt, schlaf jetzt schön.
Er hörte sie hinter der Wand, ihre einschläfernden Geräusche. Dann rang sie wieder mit dem Vater oder einer großen, stummen, dunklen Gestalt, die sich von ihr losmachte und sie gegen die Wand warf. Er ist nicht da, sagte sie, er ist nicht da. Sie kreischte, weil die Gestalt sich umdrehte und das Bettzeug herunterriß.
Ihm fiel ein, sich mit dem Rücken zum Ziel zu stellen und plötzlich herumzuwirbeln und zu schießen.
Wenn wir im Schlaf die Vorstellung unseres Ich bewah-

ren, wenn wir immer im Mittelpunkt dieser vorgestellten Szenen bleiben, so darum, weil es in allen unseren Träumen ein gemeinsames Element ist: es kann sich nicht um ein Element der Bilder selbst handeln, sondern nur um das Gefühl des fortgesetzten, zugleich automatischen und konstruktiven Einflusses, den wir auf sie ausüben.

Langsam drehte sich die klebrig glänzende Spirale mit den schwarzen Fliegenleichen um die eigene Achse. Es war der Luftstrom, der entstanden war, als er die Tür hinter sich schloß. Niemand schien im Haus zu sein außer der fast gelähmten Großmutter im ersten Stock. Wenn sie am Fenster saß, hatte sie ihn über den Hof kommen sehen. Aber wahrscheinlich schlief sie. Er öffnete den Küchenschrank und dort in der blauen Schüssel, bei der er die Bäuerin öfter beobachtet hatte, fand er das Geld. Er steckte alles ein.

Nur weitergehen, weiter, an der langen Mauer entlang.

Der Hund kam herein, ein alter fetter Schäferhund, der langsam mit gesenktem Kopf auf ihn zuging, seine Beine beschnüffelte und mit lahmen gichtigen Schritten nach hinten verschwand. Er schloß die Tür, schob das Geld in seine Tasche. Als er aus dem Haus kam und in die helle Sonne trat, begann er zu laufen. Bis zur Ecke hielt er sich dicht beim Haus, um nicht gesehen zu werden.

Es gibt Krieg, sagten die Leute.

Sie standen in Gruppen zusammen und redeten.

Es gibt Krieg.

Nein, niemals. Glauben Sie das doch nicht.

Diesmal ist es zu weit gegangen. Diesmal kommt die Antwort.

Nein, niemals. Glauben Sie das doch nicht.

Musik kam die Straße herauf. Sie hörten auf zu sprechen und drehten ihre Köpfe.

Musik. Fahnen. Die blitzenden Instrumente. Kinder, die voraus- und hinterherliefen. Erwachsene, die stehenblieben und grüßten. Er lief mit und sah Leute, die den Arm hoben, neben der Straße stehen. Alle waren einverstanden, daß er dabei war.

Er lief jetzt neben dem Zug, um immer dicht bei der Kapelle zu sein.

Es gibt Krieg. Es gibt keinen Krieg.

Niemand sah ihn, niemand wußte, daß er da war. Die rauhe heisere Stimme schallte über die Gärten hinweg.

Der tschechoslowakische Staat hat seine innere Lebensunfähigkeit erwiesen und ist deshalb nunmehr auch der tatsächlichen Auflösung verfallen.

Unter den Sträuchern kroch er ein wenig näher, ohne daß sie ihn sehen konnte. Das Mädchen hinter der Scheibe stützte sein Gesicht in die Hand. Wahrscheinlich war sie zu Besuch hier, denn er hatte nie gesehen, daß in diesem Haus ein Mädchen wohnte. Ohne den Kopf zu drehen, richtete sie mit der freien Hand eine zusammengesunkene Puppe auf, die in der anderen Ecke des Fensters saß. Sie blickte über ihn hinweg in die Bäume. Dann verschwand sie, dann war sie wieder da. Er lag flach auf dem Bauch, und aus den Häusern kam die heisere Stimme und das Beifallrufen. Er konnte dem Mädchen kein Zeichen machen, weil er nicht wußte, was sie

tun würde. Es war besser, sie zu erschrecken. Er schob den Lauf der Pistole in eine Astgabel und zielte auf die Puppe.
Nimm die Hände hoch. Wirds bald, nimm die Hände hoch.
Oh, er war kaputt und zitterte am ganzen Körper, atmete durch den schiefen spannenden Mund, betastete mit der Zungenspitze die Lippen, die sich stellenweise ganz hart anfühlten.
Wer hat dich so geschlagen, fragte sie, ich geh zur Schule und frag, wer dich so geschlagen hat.
Aus den Augenwinkeln sah er die Zähne des Mannes und versuchte, wegzurollen. Wollte Zeit gewinnen bis die anderen kamen, die ihm vielleicht helfen würden.
Er vermißte das Krachen des Schusses, aber das Mädchen war verschwunden, und die Scheibe war plötzlich blind. Als er nach hinten durch den Garten weglief, hörte er die dröhnende Stimme und das Beifallrufen.
Was hast du gemacht? Was ist los mit dir? Wo warst du? Warum belügst du mich? Wirst dich unglücklich machen, wirst ins Heim kommen wie dein Bruder.
Er sah die Kripobeamten ins Haus gehen und drückte sich in den nächsten Hauseingang. Nach einer Weile kamen sie wieder heraus. Sie sprachen mit der Frau, die unten wohnte und sie bis auf die Straße begleitete. Eine ganze Weile sah er sie da stehen und reden, ihre Köpfe und Arme bewegten sich. Dann ging die Frau in das Haus zurück. Die beiden Männer grüßten mit erhobenen Händen, sahen sich noch einmal um und gingen die Straße hinunter.

Er hörte das Auto wegfahren und wagte langsam den Kopf zu heben. Sein Gesicht war voll mit Blattresten und Erde. Obwohl er es sich nicht eingestehen wollte, zitterte er, und seine Magenschmerzen wurden so schlimm, daß er sich krümmen mußte. Auf einmal war es vollkommen dunkel, er hockte immer noch in dem Gebüsch neben dem Forstweg, und seine Hände und sein Gesicht waren feucht von einem unmerklichen Regen.

Du mußt schalten, Bruno.

Was ist los mit dir?

Wirst wie dein Vater, wie dein Bruder.

Er konnte sie weinen hören. Rings um die Holzbude taute es, und er bewegte sich ein wenig in seinem Bett aus Torf und alten Säcken. Niemand suchte ihn hier, niemand wußte, wo er war. Im Halbschlaf hörte er das Weinen, als ob es über ihm in der Wand säße. Er hatte nicht gewußt, daß in diesem Haus ein Mädchen wohnte.

Kannst du nicht sprechen, Bruno, kannst du nicht sprechen? Erst war es der Arzt, dann war sie es wieder. Kannst du nicht sprechen, kannst du nicht hören, kannst du nicht sprechen?

Er hatte Ohrensausen und stechende Schmerzen in Schläfen und Stirn. Undeutlich konnte er sie wahrnehmen, wie sie an sein Bett traten, sich vorbeugten und wieder verschwanden. Ein Flimmern erfüllte das ganze Zimmer, und manchmal spürte er einen leisen Geraniengeruch. Er konnte sich an nichts erinnern. Dann hörte er, daß er und seine Mutter eine Gasvergiftung hatten. Sie

fragten, ob er sie verstünde. Er dürfe ihr keinen Vorwurf machen.
Sie sagten, daß er antworten solle.
Sie wurden wütend und gingen wieder.
Wenn er allein war, öffnete er den Mund, aber er konnte keinen Ton herausbekommen. Was ist los mit dir? Wirst wie dein Vater, wie dein Bruder. Er konnte sie weinen hören. Er rührte sich nicht, bewegte nicht einmal den Kopf. In der Nacht versuchte er, aus dem Krankenhaus fortzulaufen, aber sie hielten ihn an der Pforte fest.
Jetzt war freier Raum um ihn, im Hintergrund der schwarze Waldrand. Alle zehn Schritte blieb er stehen und lauschte.
Sie lagen am Waldrand unter den Sträuchern.
Sie standen hinter der Mauer. Nebeneinander kamen sie die Straße herauf. Das Licht brannte auf dem Gang und im Treppenhaus. Er lief bis zur nächsten Ecke und hörte das Zufallen einer Tür.
Bist du da, Fritz?
Ja, ich bin da. Ich muß gleich wieder weiter. Will nach Hamburg rauf und dann mit dem Schiff.
Nimm mich mit.
Nein.
Nimm mich mit.
Er hörte das Weinen. Das dumpfe Herumrollen des Karussels auf den Holzbohlen, das Läuten der Handglocke im Kassenhäuschen und die Sirene, wenn das Verdeck sich schloß. Knie beugt, Arme in Vorhalte, kommandierte der Heimleiter. Mit dem Schemel in seinen gestreckten Armen mußte er durch den Gang hüp-

fen. Jetzt wollen wir sehen, ob er Schmerzen aushalten kann, sagte der Heimleiter. Vier Mann vor zum Festhalten.
Das Läuten der Handglocke und die Sirene.
Ja, ich bin da, ich bin ausgebrochen. Ich muß weiter. Sag Mutter, daß ich da war.
Nimm mich mit.
Das Weinen kam aus ihm selber, während er mit dem Kopf wie alle anderen auf der Tischplatte lag und der Aufseher mit langsamen schweren Schritten zwischen ihnen auf und ab ging.
Ruhe. Jetzt ist Mittagsruhe. Ich will nichts hören.
Es war ein lautloses Schluchzen, das in ihm saß, ein trockener, trostloser Krampf, der sich nicht lösen konnte.
Ich will weg, dachte er, ich will nach Hause.
Auf dem Feld versuchte er zurückzubleiben. Er hatte die äußerste Reihe links. Oder war es besser, wenn er sich abmeldete, um auszutreten? Der Aufseher stand in der Mitte, hatte sie alle dauernd im Auge. Jetzt sprach er gerade mit der Bäuerin, die mit dem Fahrrad ankam, und drehte ihm den Rücken zu.
Er lief. Er hörte die Trillerpfeife und das Rufen. Die Handglocke aus dem Kassenhäuschen ertönte, und die Wagenschlange des Karussells setzte sich langsam in Gang. Fritz und er sprangen von Wagen zu Wagen, um zu kassieren; ließen sich von der rumpelnden stampfenden Auf- und Abbewegung immer schneller herumtragen, lehnten sich, breitbeinig auf dem Trittbrett stehend, immer weiter nach innen über die Wagen, wo die Leute

ihnen lachend entgegenrutschten oder versuchten, sich mit den Füßen gegen die Rückwand zu stemmen. In den Lautsprechern an den vier Eckmasten sang eine grelle Frauenstimme: Der Onkel Jonathan, der Onkel Jonathan, der ist ja gar nicht so, der gibt ja nur so an. Und jetzt steigerte sich die Fahrt zu einer schleudernden Bewegung, von der sie sich abwerfen ließen, mit zwei drei Laufschritten den Schwung auffangend. Er lief, hörte die Trillerpfeife hinter dem Kornfeld und die hellen Stimmen der ausgeschwärmten Zöglinge. Plötzlich sah er zwei am Ende der Ackerfurche, durch die er gebückt am Kornfeld entlanggelaufen war. Sie erkannten ihn im selben Moment und standen da.

Ich will nach Hamburg. Will mit dem Schiff weg.

Immer noch beschleunigte sich die Fahrt. Unter ihren Füßen wummerte der ganze Unterbau des Karussells, und durch die grüne Plane über der Wagenschlange kamen helle Schreie, Lachen und Kreischen.

Jetzt wollen wir sehen, ob er Schmerzen aushalten kann, sagte der Heimleiter.

Auf dem schwarzen nassen Asphalt oder vielmehr in seiner Tiefe unter seinen Füßen schwammen die Lichter. Er war allein hier. Streifen gelblich grauer Schatten unruhig überspielt von rosafarbenem Rot. Ungleiche Dunkelheiten. Er suchte in seiner Tasche, wo die kleine Schachtel mit den Tabletten war. Gestreift von Lichtern an den Häusern vorbei. Die Menschen, die mit ihm zusammen aus dem Bahnhof gekommen waren, hatten sich verlaufen, und der Vorplatz war leer bis auf zwei Taxis, deren Fahrer zu schlafen schienen. Der letzte Bus zum

Stadtrand fuhr in einer halben Stunde. Draußen würde er schon einen neuen Unterschlupf finden, aber bis dahin konnte er hier in Bahnhofsnähe leicht auffallen mit seiner Tasche, seinem langen Mantel.
Vor allem mußte er weitergehen, als habe er ein Ziel.
Als würde er erwartet.
Als gehöre er irgendwohin.
Geschlossene Geschäfte. Türen mit Scherengittern. Ein Fenster mit Bestecken, Jagdmessern und Geflügelscheren, eine Drogerie, ein Friseursalon mit Perücken.
Der Onkel Jonathan der Onkel Jonathan der ist ja gar nicht so der gibt ja nur so an.
Sein Gesicht in der Scheibe, grau, mit dunklen Augenhöhlen, dem tiefen Haaransatz, den Falten von den Nasenflügeln zu den Mundwinkeln.
Weitergehen, nicht stehenbleiben.
Weitergehen, als würde er erwartet.
Der Gesuchte trachtet danach, seinen Aufenthalt in Freiheit durch Begehung weiterer Diebstähle und notfalls durch Gewalttaten sicherzustellen.
Trachtet danach, fortgesetzt handelnd in wahllos auf Beute ausgerichteter Zueignungsabsicht unter den strafverschärfenden Bedingungen des wiederholten Rückfalls fremde bewegliche Sachen sich anzueignen, um seinen Aufenthalt in Freiheit zu verlängern.
Schmutziggraue Schneehaufen lagen unter den Laternen der Nebenstraße. Sie machte einen unvollständigen bedrohlichen Eindruck in dem trüben Licht, weil in ihrer ganzen Länge niemand zu sehen war.
Ich bin da, Fritz. Ich bin immer noch da.

Er lag still und wartete, die Hand am Oberschenkel, und wenn er merkte, daß er dabei war einzuschlafen, kniff er hinein. Dann war der Kopf auf einmal ohne Verbindung zu der kleinen schrumpfenden Stelle und der schwer gewordenen geblähten Hand, und er dachte, daß er jetzt einen dauernden rasenden Schmerz brauche oder schnell einen anderen Trick, um wieder aufzuwachen. Im Auf und Ab der Kreisfahrt erschienen Fritz und er wie außen am Karussell befestigte Figuren, die mechanisch in immer rascherem Rhythmus auf- und niederschwangen.

Er pfiff leise. Fritz trat aus dem Gebüsch hervor.

Sie wollten soweit wie möglich kommen in dieser Nacht. Übermorgen sind wir in Hamburg. Morgen pennen wir im Wald.

Es war eine Sommernacht, mild und ohne Wolken, mit dem warmen Geruch der Strohmieten und Feldscheunen, der manchmal zu ihnen herüberwehte. Auf den Weiden zu beiden Seiten der Straße standen oder lagen in regungslosen Gruppen die schwarz-weißen Kühe. Die Äpfel an den Bäumen der Landstraße waren fast reif. Sie schlugen sie mit ihren Luftpumpen herunter, und Fritz ging hin und verfütterte einen Apfel an ein junges Rind, das sich an den Zaun drängte. Aus dem Dunkel kam im Laufschritt eine ganze Herde junger Rinder an den Zaun. Er versuchte auch Äpfel zu füttern, drückte sie gegen die weichen nassen Mäuler, aber sie ließen sie wieder fallen.

Sie kamen durch Dörfer, in denen alles schlief.

Übermorgen sind wir in Hamburg. In drei Wochen sind wir in Amerika.

Sie fuhren nebeneinander und redeten. Er stotterte kaum, wenn er mit Fritz sprach.
In drei Wochen waren sie in Amerika. Schon von Hamburg aus wollten sie der Mutter schreiben. Später, wenn sie viel Geld hatten, wollten sie sie nachkommen lassen. Sie wollten jetzt immer zusammenbleiben. Morgen früh wollten sie Kuchen kaufen und sich im Wald verstecken.
Er konnte es sich nicht vorstellen, außer diesen letzten Moment: Fritz' Körper, der sich aufbäumte und mit einer halben Drehung zusammensank.
Vor ihnen war etwas auf der Kreuzung. Ein Lichtschein, der eine kreisende Bewegung machte, zeigte immer in dieselbe Richtung. Plötzlich wurde die Lampe gelöscht und aus dem Dunkel näherte sich der Lärm eines schweren Motorrades. Sie sahen undeutlich ein Beiwagenkrad mit zwei Gestalten die Straße hochkommen und hatten keine Zeit mehr, ihre Fahrräder seitlich ins Gebüsch zu zerren. Das Motorrad hielt, der Fahrer stellte den Motor ab und ging auf sie zu. Es war ein Soldat mit einem Stahlhelm und einer umgehängten Maschinenpistole.
Was macht ihr da, fragte er.
Sie erklärten ihm, daß sie unterwegs waren, um ihre Tante zu besuchen.
Mitten in der Nacht? fragte der Soldat. Wißt ihr, daß Krieg ist?
Was ist los? rief der Beifahrer.
Zwei Jungens mit Fahrrädern.
Sag ihnen, sie sollen die Straße frei machen.
Los, verschwindet, sagte der Soldat.

Ein zweites Motorrad kam die Straße hoch, und dahinter hörten sie das Brummen schwerer Motoren und ein hartes rasselndes Geräusch. Panzer. Das waren Panzerketten. Dann kamen die dunklen Umrisse mit geschlossenen Turmluken und kurzen Kanonenrohren, die in einem flachen Winkel über die wuchtigen gepanzerten Rümpfe zeigten, an deren Seiten sich die Führungsräder der Ketten drehten, dann folgten andere Fahrzeuge mit Zwillings-MGs, hinter denen Soldaten hockten, Geländewagen mit zwei, drei Offizieren und kleinere Kettenfahrzeuge mit angehängten Geschützen und wieder Panzer.

Sie lagen flach auf der Erde. Es mußte langsam hell werden. In der Nähe befand sich ein Bahnhof, wo die Panzer verladen wurden. Sie hörten den Rangierlärm und das Aufheulen der Motoren auf den Verladerampen.

Es war Krieg, und sie wollten mit dem Schiff nach Amerika. Was bedeutete das? War es nun vorbei?

Ich habe mich daher nun entschlossen, mit Polen in der gleichen Sprache zu reden, die Polen seit Monaten uns gegenüber anwendet. Polen hat nun heute Nacht zum ersten Mal auf unserem eigenen Territorium auch durch bereits reguläre Soldaten geschossen. Seit 5 Uhr 45 wird jetzt zurückgeschossen. Und von jetzt ab wird Bombe mit Bombe vergolten!

Einige träge Fahnen hingen in den Straßen, als sie am Morgen Kuchen kauften. In der Konditorei saßen ein paar Leute um ein kleines Radio versammelt. Die Reichstagssitzung, sagte die Verkäuferin. Aber es kam nur Marschmusik.

Die Musik gefiel ihnen. Sie grüßten mit erhobenen Armen und sagten Heil Hitler, als sie die Konditorei verließen. Draußen lachten sie und liefen mit dem Kuchenpaket zu ihren Fahrrädern. Sie fuhren durch vollkommen leere Straßen.
Fritz blieb zurück und überholte ihn. Er beugte sich tief über die Lenkstange und ahmte das Schießen eines Maschinengewehrs nach. Dann war er dran, jagte hinter Fritz her, der in wilden Schlangenlinien zu entkommen versuchte. Plötzlich bremste Fritz, fuhr den Bordstein hoch und versuchte, hinter ihn zu kommen.
Sie umkreisten sich. Sie waren Jagdflieger, die sich verfolgten und beschossen.
Ihr müdes Gesicht war über ihm, und er verstand, daß er aufstehen mußte.
Um acht wirst du abgeholt, sagte sie.
Er schob sich aus dem Bett und ging an ihr vorbei zum Spülstein, um sich zu waschen. Sie war im Nebenzimmer geblieben und kramte da herum. Plötzlich sah er im Spiegel, was sie machte, und hatte Herzklopfen.
Sie zog sein Bett ab.
Das Bett von Fritz stand schon zwei Tage leer.
Mach weiter, sagte sie, träum nicht.
Sie zog sein Bett ab.
Irgendetwas setzte sich wieder in Gang. Er bürstete die Zähne, wischte sich die Zahnpasta aus den Mundwinkeln, machte die kurzgeschorenen Haare feucht und zog einen Scheitel. Sie saß schon am Tisch, und bei der Tür stand der kleine braune Koffer, den sie für ihn gepackt hatte.

Sie hob ihre Tasse und wollte trinken, aber plötzlich weinte sie. Er saß unbeweglich ihr gegenüber und sah zu, wie sie das Taschentuch aus ihrer Kittelschürze zog und sich die Augen trocknete.
Ich will zu Fritz, sagte er.
Vielleicht hörte sie es nicht. Sie sah ihn aus ihren rotgeränderten Augen an, als müsse sie nachdenken, wer er war.
Ich will in dasselbe Heim wie Fritz.
Wieder sah er, wie sich ihr Gesicht zum Weinen verzog, und unter dem Tisch begannen seine Beine zu zittern.
Der Wagen stand dort einen Augenblick, schon fast angepaßt der Dämmerung, dann wurde die Hintertür aufgestoßen, und zehn oder zwölf Polizisten mit Karabinern kletterten heraus. Er lief. Hinter dem Kornfeld hörte er in kurzen Abständen die Trillerpfeife und lautes Rufen. Plötzlich wie aus der Luft gewachsen standen sie da. Erst zwei Zöglinge aus der anderen Stube, dann waren es vier, fünf, die ihn einkreisten und langsam näherkamen mit halb vorgestreckten Armen und starren Augen. Er blickte rasch von einem zum anderen. Alle hatten sie die gleiche lauernde geduckte Haltung.
Ich will nicht. Ich will nach Hause.
Wawawas hab ich euch getan?
Er wurde von hinten gepackt und zu Boden gerissen. Mit den Füßen versuchte er die Angreifer abzuwehren, aber der Junge, der von hinten seinen Hals umschlungen hatte, drückte ihm die Luft ab und die anderen knieten auf ihm und schlugen auf ihn ein. Ein Lied, schrie der Heimleiter. Er klapperte mit den Zähnen wie im Schüt-

telfrost. Der Heimleiter ging neben ihm her, um zu sehen, ob er sang, und wenn er wegblickte, trat ihm der Hintermann in die Hacken. Nachts kamen sie mit der Taschenlampe und zerrten ihn aus dem Bett. Zeig deine Flossen vor. Der frißt den Dreck unter seinen Fingernägeln, anstatt Flurdienst zu machen. Er flog mit dem Kopf gegen die Kachelwand und rutschte aus. Das Wasser strömte heiß über ihn, dann wieder kalt. Wawawawas hab ich euch getan? Sie lachten, und einer stieß ihn vor die Brust, daß er wieder ausrutschte und gegen die Kachelwand fiel. Er konnte kaum Luft bekommen unter dem kalten Wasser. Abteilung halt, kommandierte der Heimleiter.

Findeisen vortreten. Warum singst du nicht? Er antwortete nicht. Ich höre nichts, sagte der Heimleiter. Ich gebe dir den dienstlichen Befehl zu singen.

Er trat an ihn heran und neigte den Kopf.

Ich höre immer noch nichts.

Die Karabiner hoben sich, und der Offizier trat zurück, machte eine eckige Kopfbewegung.

Höre immer noch nichts.

Der Verurteilte hörte nichts durch seine schwarze Binde.

Dann bäumte sich der Körper auf, und während ein großer Blutfleck auf der Brust erschien, fiel er mit einer halben Drehung in sich zusammen.

Vor ihm in der undurchdringlichen Dunkelheit des Waldrandes knackte ein metallischer Verschluß, ein Patronenrahmen, der in das Magazin eines Karabiners gedrückt wurde oder das Durchladen und Spannen einer automatischen Waffe, die jetzt, wie vielleicht viele andere, auf ihn gerichtet war, während er ohne zu atmen in einer zeitlupenartigen Bewegung sich zu Boden sinken ließ und hoffte, daß die Läufe der Waffen ihm nicht folgen konnten, weil er vor ihnen in der Dunkelheit wegschmolz und spurlos verschwand.

Gegen den Boden gepreßt wartete er. Vor sich hörte er zwei leise Stimmen, die sich verständigten, dann war es wieder still.

Er war aufgelaufen, sie hatten den ganzen Wald besetzt. Langsam, Stück für Stück, mit großen Pausen, in denen er lauschte, begann er sich zurückzuschieben. Zwischendurch faßte er nach seiner Tasche, die er sich auf den Rücken gelegt hatte, und schob sie wieder zurecht.

Ich höre nichts. Höre immer noch nichts.

Der zum Tode Verurteilte wurde von zwei Bewachern an dem Erschießungskommando vorbeigeführt. Seine Hände waren auf dem Rücken aneinandergefesselt, sein Kopf hing vornüber, er schwankte, stolperte und schien in die Knie zu sacken. Die beiden Bewacher hielten ihn fest an den Oberarmen.

O du schöner Westerwald, über deine Höhen pfeift der Wind so kalt. Neben ihm neigte der Heimleiter den Kopf, als lausche er auf eine Spieluhr oder eine Stimmgabel, die an sein Ohr gehalten wurde. Es war kalt an diesem Morgen. Das Erschießungskommando, das auf den Verurteilten wartete, rieb sich die Hände warm und trampelte auf der Stelle. Jemand rief Achtung. Dann hielt der Wagen oben zwischen den Erdwällen. Zuerst stieg ein Bewacher aus, dann der Verurteilte, dann ein zweiter Bewacher. Sie stellten sich sofort, als hätten sie das besprochen, nebeneinander auf und gingen in die Tiefe des Schießstandes hinein.

Das Gesicht des zum Tode Verurteilten war starr geradeaus gerichtet. Als man ihm die schwarze Binde umband, wurde sein Kopf ein wenig in den Nacken gezogen.

Was macht ihr da? fragte der Soldat. Wißt ihr, daß Krieg ist? Fritz antwortete nicht. Er trug eine zerbeulte feldgraue Uniform, von der alle Abzeichen abgetrennt waren. Auf seiner Brust erschien ein großer dunkler Blutfleck. Ich höre immer noch nichts, sagte der Heimleiter, obwohl in der Ferne die Sirene ertönte und die Wagen donnernd auf den Holzbohlen herumrollten. Dann kamen die Häftlinge in ihren gestreiften Drillichanzügen die Treppe heruntergelaufen, und auf dem Dach heulte die Alarmsirene. Fünf zum Tode Verurteilte bildeten eine besondere Gruppe, sie waren aneinandergefesselt, sie kamen zuletzt, während über ihnen in der Nacht längst das Brummen der Flugzeugmotoren war und die Detonationen sich zu mischen begannen, oben in der Luft und unten auf der Erde.

Wißt ihr, daß Krieg ist?

Er schien nicht zu wissen, was mit seiner Brust passiert war.

Sie schienen nicht zu wissen, was sie getan hatten.

Niemand schien zu wissen, wie es weiterging.

Dieses Bild ändert sich nicht die ganze Nacht über, während das Schmelzwasser von den Bäumen tropft und unter den Baumkronen sich schwarze Flächen bilden,

Projektionen ihrer Umrisse in den nassen Schnee. Das ganze Areal war rechtwinklig eingeteilt, die Baracken trugen Hausnummern über den Eingängen, an den vier Ecken standen die Wachtürme.

Zusammengekrümmt, die Hand gegen den Magen gepreßt, versuchte er zu schlafen. Du bist der, der sich Bruno nennt. Du bist Mutters Liebling. Du bist der Letzte. Sie sah ihn aus rotgeränderten Augen an, als müsse sie nachdenken, wer er war. Du kannst hier nicht bleiben. Sie werden dich hier suchen. Dann machen sie dasselbe mit dir wie mit Fritz.

Langsam fühlte er den Schlaf kommen und hörte sie nebenan, ihre unbestimmten, leisen, einschläfernden Geräusche. Es waren Schritte, Klappern und Stapfen. Natürlich mußten sie ihn wegschaffen. Das Auto fuhr im Rückwärtsgang zwischen den Erdwällen zu dem vornübergestürzten Körper. Halt, schrie jemand. Sie beugten sich zu ihm herunter und hoben ihn auf die Ladefläche. Guck mal, sagte eine erstaunte Stimme, der hat sich erhängt. Während er sich drehte, wummerten unter ihm die Holzplanken, und sie fuhren auf- und abschwingend an langen Reihen starrender Gesichter vorbei. Auch die beiden Männer mit den Hüten waren darunter, nickten mit den Köpfen und zeigten mit den Armen zum obersten Stock. Er wußte zuerst nicht, was sie wollte und weshalb sie an seiner Schulter riß. Dann hörte er die Schläge an die Wohnungstür und eine Stimme, die Aufmachen rief. Er sprang hoch und tastete auf dem Schrank nach der Wäscheleine. Los, halt sie auf, sagte er und öffnete das Fenster. Aufmachen, rief die

Stimme, Wehrmachtsstreife. Ja ja, was ist denn, was soll das, ich komme ja schon, bin noch nicht angezogen, hörte er sie sagen. Sie machte es richtig, sie gewann Zeit, während die Schläge immer heftiger gegen die Tür dröhnten, ja ja ja, komme ja, einen Augenblick. Mit dem Ellbogen stieß er die Scheibe ein und schlang die Leine um das Fensterkreuz. Nebenan hörte er die Tür splittern und Geräusche eines kurzen Kampfes. Die Leine schnitt scharf in seine Handflächen, und über ihm im Fenster erschien der Kopf mit dem Stahlhelm.
Ich bin nicht da. Ich kann nicht springen. Ich bin nicht da.
Er lag unten auf der Kellertreppe und versuchte sich hochzuziehen. Hinter den beiden Stahlhelmen tauchte ihr bleiches Gesicht auf, stumpfe verstörte Augen, die seinen Blick nicht erwiderten, sondern etwas anderes, Unverständliches wahrnahmen, das offenbar an ihm sichtbar geworden war, und er lag still, um es ihr zu zeigen – siehst es ja, siehst es ja, was sie jetzt machen, siehst es ja – aber sie stand abgerückt auf ihrem Platz, wie ein zufälliger hilfloser Zuschauer, der erstaunt zu ihm herunterblickte und zusah, wie sie ihn packten.
Los Mann, steh auf, stell dich nicht an.
Sie rissen ihn an den Oberarmen hoch und stellten ihn auf die Beine, und er sackte sofort wieder ein.
Siehst es ja, siehst es ja.
Er wußte gar nicht mehr, ob sie da war, denn sie schlugen auf ihn ein, schlugen ihn in den Magen, daß er wie jemand, der sich erbrechen muß, in ihrem Polizeigriff hing. Plötzlich schrie sie, und noch gekrümmt von dem

letzten Schlag, der ihn getroffen hatte, hob er den Kopf und sah wieder zu ihr hin.
Hatte den Kopf gehoben und sich zu wehren begonnen in dem Wunsch, daß sie ihn zusammenschlügen.
Siehst es ja, siehst es ja.
Ohne zu wissen, was es war oder ohne es sagen zu können, in einem eigensinnigen, trostlosen und vergeblichen Protest saß er auf der Pritsche in seiner Zelle. Durch den Spion in der Tür beobachtete man ihn. Beobachtete, daß er nicht aß und immer auf die Wand starrte.
Jemand trat an ihn heran und neigte den Kopf.
Höre immer noch nichts.
Es war ein kurzes Knacken, das Durchladen einer Waffe oder das Einrasten des Patronenrahmens in das Magazin.
Führ dich gut, sagte sie, dann zog sie das Bett ab, und er hörte das Weinen. Auf dem Appellplatz, wo sie seit zwei Stunden standen, erschien der Lagerführer und ging mit einem Hund an den Reihen vorbei. Zwei Kapos mit Ochsenziemern folgten ihm. Die Posten auf den Beobachtungstürmen hatten ihre MGs auf den Platz gerichtet, und auch hinter ihnen standen Posten mit Maschinenpistolen. Das Durchsuchungskommando kam aus einer Baracke und ging in die nächste. Alles würden sie durchwühlen, würden die Spinde auskippen und die Strohsäcke von den Betten reißen und in einer Viertelstunde wieder herauskommen und in die nächste Baracke gehen. Sie standen mit angelegten Armen und geradeaus gerichtetem Kopf, den sie nicht zu bewegen wagten, und manchmal hörten sie den Lagerführer brül-

len und das gellende Geschrei eines Häftlings, der von den Kapos geschlagen wurde, dann ging ein Schauern durch die Reihen, ein unterdrücktes, fast lautloses Aufstöhnen, aber niemand rührte sich.

Ich bin nicht da, dachte er und sah in den Sommerhimmel über den Baracken, bis er schwindelig wurde. Durch die grüne Plane über der Wagenschlange kamen helle Schreie, Lachen und Kreischen. Wißt ihr, daß Krieg ist? Wie lange noch? Wie lange konnte er in das Blau starren? Wann konnte er sich setzen? Wann wurde er ohnmächtig? Wann trugen sie ihn fort?

Er wußte gar nicht mehr, ob sie da war.

Siehst es ja siehst es ja. Sie schlugen ihn in den Magen, und unter der Plane war das helle Schreien und Kreischen

lagen die toten Körper an der Fluchtstraße

neben der Bahnstrecke bei den ausgebrannten Waggons.

Es war ein kurzes Knacken, das Durchladen einer Waffe, aber er trat einen Schritt zurück und duckte sich.

Niemand schien zu wissen, wie es weiterging.

5 Verschiedene Bausteine zu einer Theorie des Verbrechens

Was täuschen soll und wirklich täuscht, sind die Ideenmuster, mit denen wir belastet sind. Die Nachbarn haben das Weinen gehört, die lauten Stimmen und dumpfen Schläge, das Wimmern und dann die Stille. Es kann nicht wahr sein, beruhigen sie sich selbst.

Was konnte mir schon passieren, mir war alles gleich. Zu verlieren hatte ich nichts, und antun konnte man mir auch nicht mehr, als man mir schon angetan hatte.

Er spricht leise, zerfahren, sucht nach Wörtern. An seinen Augen sieht man, daß er fertig ist. Um die einfachsten Dinge zu erledigen, braucht er immer mehr Zeit. Er merkt, wie er ermüdet und aus der Bahn gerät. Zunächst schläft er ein, ist aber nach wenigen Stunden mit einem Ruck wieder wach. Wenn er allein ist, kommen die alten Gedanken, die er nicht verscheuchen kann. Irgendwann wird ihm etwas Schlimmes passieren. Lange lebt er wahrscheinlich nicht.

Fehlhaltungen mit unkorrigierbaren Erlebnissen. Erregungsprozesse im autonomen Nervensystem. Als ob die Pubertät alle körperlichen und geistigen Schwächen des Menschen zu einem gefährlichen Probestück mobilisierte. Seine Akten malen ihn Schwarz in Schwarz.

Ich war davon angeekelt, daß ich alle meine Angelegenheiten verpatzt hatte. Es war daher in hohem Maße befriedigend für mich, die Leitung meines Lebens einem anderen anzuvertrauen, dessen Sachkenntnis größer war als die meine. Ich sagte zu allem ja, fand alles gut und richtig. Er verschwendete an mich die ganze Zärtlichkeit und den Großmut seines Wesens. Er war es, den ich meine Zukunft organisieren ließ. Ich hatte Ruhe, hatte Ruhe.

Das Erlernen von kriminellem Verhalten umfaßt sowohl Techniken, mit deren Hilfe das Verbrechen begangen wird, als auch die entsprechenden Beweggründe, Strebungen und Einstellungen.
Eine Person wird dann delinquent, wenn sie mehr Definitionen erlernt hat, die die Gesetzesübertretung begünstigen, als solche, die sie mißbilligen.
Der Behaviorist sagt: »Dieses Kind hat die schlanke Figur seines Vaters, die gleichen Augen. Seine Gestalt ist so wunderbar wie die seines Vaters. Auch er hat die Figur eines Fechters.« Und weiter sagt er: »... und sein Vater ist sehr stolz auf ihn. Er legte ihm einen kleinen Degen in die Hand, als er gerade ein Jahr alt war, und auf allen ihren Spaziergängen spricht er vom Fechten, von Angriff und Verteidigung, von den Regeln des Duells und ähnlichen Dingen.«
Mir einmal Erdbeeren mit Schlagsahne, sagte er in plötzlichem Hohn. Auf allen Seiten erhoben sich Leute von ihren Stühlen.
Es sieht so aus, als ob die Rebellen gegen die gesellschaftliche Ordnung mit versteckten und mühsam verhohlenen Gefühlen der Massen in Einklang stehen. Was erklärt werden muß, ist also die Konformität.
Wenn man annimmt, daß in jedem Menschen aggressive und destruktive Triebe angestaut sind, dann tut der Verbrecher genau das, was im geheimen alle tun möchten. Der Normale versöhnt seine aggressiven Wünsche mit seiner Moral, indem er den Verbrecher verfolgt.
Das schnelle Fahren, das hastige Laufen entsichern die motorischen Impulse. Das Schreien, das Peitschen der

Geschosse, das Heulen der Polizeisirenen reizen akustisch auf. Auf allen Seiten bricht die Panik aus. Das Wahrnehmungsfeld ist akut verengt.
Schwermütig und aufs äußerste gereizt.
Alles wiederholt sich jetzt wie in seinen Träumen.
Wechselnde Schauplätze, die immer dasselbe bedeuten.
Wenn man ihn fragt, könnte er nichts sagen.
Er weiß nicht, wozu er bereit ist.
Der alte Verfolger nimmt neue Gesichter an.
Um uns gleich zu bleiben, müssen wir ihn bestrafen.
Er würde einwilligen, wenn er es wüßte.
Er hat Angst, sich bemerkbar zu machen, aber er kann es nicht lassen.
Dauernd entdeckt er, daß er sich verraten will.
Um sich zu beruhigen, muß er essen oder umherschweifen.
Der Zustand, in dem er ist, ist immer der Zustand, dem er entfliehen möchte.
Es ist wahr, daß es eigenartige Verkettungen unverdienten Unglücks gibt. Warum ist der oben, warum bin ich hier? Die erlaubten Wege scheinen immer versperrt zu sein.
Es geht ihm schlechter, sein Aussehen verändert sich, aber das Leiden verringert sein Schuldgefühl.
Was konnte mir schon passieren? Mir war alles gleich.
Nach Merton führt unsere Gesellschaft mit ihrem gleichmäßig hohen Erfolgsziel in besonderem Maß einerseits zu vielen Anstrengungen und Fertigkeiten, andererseits zu Frustrationen und Druck – besonders in den unteren Schichten mit beschränktem Zugang zu den institutionell

zugelassenen Mitteln. Menschen mit ungleichen Chancen werden nach denselben Standards gemessen, so daß viele die Erfahrung des Versagens machen. Eine Möglichkeit, dieses Problem zu lösen, ist es, sich aus dem Spiel zurückzuziehen.

Er wirkt undurchsichtig, unaufrichtig und verstockt, als ob er eine Mauer um sich errichtet hätte.

Er überhöht in der Phantasie fortwährend die eigene Stellung. Er will nicht, daß man ihn totschweigt. Er ist leicht gereizt.

Ich wollte einfach raus, den Schikanen der Wärter entrinnen. Dann sah ich durch den Türspalt einen Mann mit Maskenbrille, hörte den Knall. Sie schossen Tränengas in die Zelle. Daraufhin aus der Zelle gelaufen, wieder rein. Durchgedreht. Messer in die Hand genommen und eine Gabel. Der Sanitäter kam und wollte mir eine Spritze geben. Ich wollte sie aber nicht, obwohl er meinte, sie sei etwas Gutes. Ich sagte, er solle sie in den Ausguß spritzen.

Sie kamen dann wieder und waren zu sechs.

Die feindliche Haltung einem Gesetzesbrecher gegenüber birgt den einzigartigen Vorteil der Einigung aller Mitglieder einer Gemeinschaft in emotional-aggressiver Solidarität.

Es klingt seltsam, wenn ich sage, daß ich jetzt froh bin, daß sie mich geprügelt haben. Es hat mir gut getan. Nicht in der Art freilich, wie es beabsichtigt war.

Gelingt es beispielsweise, die Autoritätspersonen zu übermäßiger Strenge zu provozieren, so verlieren sie ihre Autorität. Das Ich bekommt freie Hand, den Tendenzen seines Unbewußten nachzugeben.

Ich will dir einen Rat geben, mein Junge. Gib den Widerstand auf, bevor die Wärter dich fertigmachen. Halt deine Schnauze, tu, was sie dir sagen.
Ich machte mich nicht mehr mausig, ich hatte Ruhe. Wer ruhig ist, wird zur Arbeit geschickt.
Er hat Zeit, über das Unrecht nachzudenken, das ihm angetan worden ist. In den langen Stunden des Alleinseins tauchen alte Verluste, Beleidigungen und Widerwärtigkeiten auf.
Die Eintönigkeit des Landes erzeugt einen hohen Grad von Reizhunger.
Der einsame Mensch des Landes häuft in sich Spannungen auf.
Die Waffe wird so lange drohend vorgehalten, bis sie sich eines Tages entlädt.
Von Kindheit an befalle ihn in unregelmäßigen Zeitabständen ein Drang zum Davonlaufen. Werde der Drang immer heftiger, könne er sich selbst nicht mehr helfen. Tue er sich dennoch Gewalt an, komme eine furchtbare Unruhe über ihn; er bekomme Schmerzen in der Brust, wo er ganz pelzig werde und sich wie Stein anfühle. Beim Fortlaufen verliere er alle Gedanken und müsse planlos in die Welt laufen, irgendwohin, wo es ruhig sei. Finde er eine ruhige Stelle, so lege er sich hin und schlafe bald ein.
Die Füchse haben ihre Höhlen, die Vögel im Himmel haben ihre Nester, aber des Menschen Sohn hat keine Stelle, wo er sein Haupt hinlegen könnte.
Jetzt ist er ganz allein mit seinen Schwierigkeiten, und es ist still und reglos um ihn her. Da er nicht gewohnt

ist, zu Hause zu bleiben, da es im Winter kalt ist, steht er auf und geht bei schönem Wetter in einen Park, bei schlechtem in einen Bahnhofsaal. Die anderen kommen ihm gut genährt und sorglos vor, auch wenn sie krank sind und vor Angst nicht schlafen können.

Man will Zimmer vermieten, obwohl die Wohnung zu eng ist. Man will zu Verwandten aufs Land ziehen, vor denen man sich fürchtet und die sich vor einem fürchten.

Man will eine billigere Wohnung nehmen, und Tausende wollen das gleiche.

Vor ihm tut sich ein langer Tag erzwungenen Nichtstuns auf.

Er kann sich nicht mehr vorstellen, wie die anderen leben, und wenn er es versucht, steht alles in ihm still, und er fühlt sich in Angst schweben. Das Bedrohende ist da, aber nicht in beherrschbarer Nähe. Sein Nervensystem zeigt keine Abweichung von der Norm. Er weiß selbst nicht, was er tun wird. Leise, zerfahren, sucht er nach Worten und merkt, wie er aus der Bahn gerät.

Fassen Sie mich nicht an, das hab ich nicht gerne. Sagen Sie mir, wo ich hingehen soll.

Wenn er allein ist, kommen die alten Gedanken, die er nicht verscheuchen kann.

Dieses Kind hat die Figur seines Vaters, die gleichen Augen. Und weiter sagt er: und sein Vater ist sehr stolz auf ihn.

Das, was nach der Geburt geschieht, macht den einen zum Holzfäller und Wasserträger, den anderen zum Diplomaten, Dieb, erfolgreichen Geschäftsmann oder weltberühmten Wissenschaftler.

Er sieht ein, daß es keinen Zweck hat. Seine Intelligenz kann er nur momentan gebrauchten, nie auf längere Sicht. Irgendwann wird ihm etwas Schlimmes passieren. In eigentümlicher Ruhe wartet er darauf. Der wahre Gegner, den er hätte vernichten müssen, wäre er selbst gewesen.

Selbst unsere Hunde bellen diese Typen an.

Schließlich entwickelt sich aus der verschwommenen Erkenntnis des Täters, daß sein Leben leerlaufe, ein Haß gegen jedermann, der sich dann in irgendeinem Brennpunkt konzentriert: im späteren Opfer.

Hemmende Kräfte, die während der ersten 5 bis 15 Lebensjahre vorhanden sind, werden allmählich abgebaut. Die moralischen Kräfte schwinden. Es kommt zu einer psychologischen Verwesung auf Grund derer nichts Zentrales und Dauerhaftes mehr bleibt als eine ziellose und grenzenlose Sehnsucht.

Vor der herannahenden Katastrophe verharrt der Verbrecher oft wochen- und monatelang in vollständiger Untätigkeit und wird dabei immer schwächer. Er begibt sich in die Welt des Selbstbetrugs und eines phantastischen Scheinlebens. Es besteht eine Verwandtschaft seines Seelenlebens mit dem minderbegabter Kinder.

Nicht so sehr übermäßig starker Triebdruck, als die Auflösung der Hemmungsinstanzen ist verantwortlich für die Tat. Der Täter will nun einen endgültigen Zustand erreichen. Einer auf Entladung hinzielenden angestauten Aggression, die über eine niedrige Reizschwelle ausgelöst werden kann, muß ein besonders hohes Maß an Hemmung entgegengesetzt werden. In einem solchen

Fall muß ein Mensch über zusätzliche Energie verfügen. Wenn nun jemand ständigen Belastungen ausgesetzt ist, dann wird es verständlich, daß sich seine Energie durch Überbeanspruchung langsam verbraucht und im entscheidenden Augenblick nicht mehr zur Verfügung steht.
Er lebt jetzt für sich nach ganz eigenen Gesetzen.

6 Trifft ein Geschoß auf die Haut

Wie sich das von alleine bewegt
in seinem Kopf.
Wie sich das bewegt und immer weiter so von alleine wenn er dabei in seinem Kopf redet was niemand hören kann wenn er wieder sich bewegt so von alleine so weiter fährt und niemand ihn hören kann denn das Wetter ist gut weil es schlecht ist ist es gut wie sich das bewegt wie er weiter so geradeausfährt der Onkel Jonathan der Onkel Jonathan der ist ja gar nicht so der wird sich gleich schlafen legen der hat die Pullen im Sack hat niemand getroffen so alleine so schnell wieder zurück zu sein von seinem Ausflug bei diesem Wetter sieht ihn niemand geradeausfahren so wird es gemacht.
Denn das Wetter ist gut
weil es schlecht ist
ist es gut.
Alle sind zu Hause in ihren Betten. Da besucht er sie ohne zu stören. Da ist er schon wieder da schon wieder zurückgekommen von seinem Ausflug bei diesem Wetter besucht er sie wieder mal ohne zu stören.
Der ist ja gar nicht da. Der ist ja gar nicht so.
So alleine
so schnell so schwer geradeauszufahren
und immer weiter.

Plötzlich, als ob er durch eine durchlässige und unsichtbare Wand gefahren wäre, verlor er fast das Bewußtsein. Er mußte absteigen und stand, umflossen von nachgiebigen Dunkelheiten, irgendwo auf dem Weg. Weich und unabänderlich glitt die Lenkstange mit seinen Hän-

den zur Seite, bis er das Gleichgewicht verlor und wieder hochruckte. Einen Augenblick war er wach. Ich kann nicht mehr, dachte er, ich bin fertig. Während die Benommenheit wieder zurückkehrte, sah er, was er hinter sich hatte, sah es schon als etwas Entferntes, Nicht-zu-ihm-gehöriges, den wirren Zustand der letzten Tage, das dauernde Trinken aus den beiden Likörflaschen, um sich aufzuheizen, das erschöpfte schlaflose Dösen und Frieren im Gebüsch und sein unvorsichtiges empfindungsloses Herumschwanken in den fremden Häusern, bei dem ihm jedes Gefühl von Angst abhanden gekommen war und er dauernd gegen den Wunsch ankämpfen mußte sich hinzulegen.
Sich hinzulegen und zu warten.
Lärm zu schlagen und zu warten.
Etwas umzustoßen und zu lachen.
Und immer weiter. Hat er alles, was er braucht? Er hat alles, was er braucht, in seiner Tasche, wenn er sich nicht irrt, hat er alles in der Tasche.
Er war wieder aufgestiegen und fuhr weiter mit langsamen müden Tretbewegungen, die das Rad auf dem weichen Boden gerade so schnell vorwärtstrieben, daß es im Gleichgewicht blieb oder jedenfalls immer wieder aus dem Stürzen heraus ein Stück vorankam. Das Schwanken und Flattern des Vorderrades auf dem Grasweg bestimmte sein Trampeln und die ruckenden Bewegungen seines Körpers, die sich in seinem Kopf wiederholten, als blinke dort mitten in seiner Ohmacht ein kleines trübes kaum sichtbares Signal, das ›jetzt‹ bedeutete, jetzt, und immer noch weitertickte, als er wie-

der in Grätschstellung über dem zur Seite gekippten Rad stand.
Sich hinlegen und warten.
Lärm schlagen und warten.
Etwas umstoßen und lachen.
Diesmal sagte er sich, daß er ein paar Stunden schlafen müsse. Er kam nur darauf, weil neben dem Weg, ein paar Meter von ihm entfernt, ein Schuppen oder ein Stall auf der Weide stand. Jetzt ein paar Stunden sich hinlegen und kurz vor dem Hellwerden noch ein Stück weiterfahren. Es war keine Einsicht, kein Ergebnis seines Nachdenkens, sondern ein Gedanke, der mit dem Bild der schwarzen Holzhütte zugleich da war, als gehörten sie zusammen. Steifbeinig stieg er ab und schob sein Rad darauf zu.
Die Hütte roch nach Moder und Tierdunst, und als er an der verschlossenen Tür rüttelte, hörte er innen das erschreckte Blöken eines Schafes.
Gut, dachte er, dann ist es warm.
Wieder rüttelte er, und das Blöken diesmal von mehreren Tieren antwortete ihm.
Abwarten. Bin gleich da.
Er trat gegen die Tür, warf sich dann mit der Schulter dagegen, daß sie im Schloßblech splitterte und wieder zurückschnappte. Innen war ein dumpfes Poltern zu hören, die entsetzte und blinde Flucht der Schafe, die sich anscheinend der Tür genähert hatten und plötzlich zurücksprangen und gegen die Rückwand des Stalles bumsten. Moment, dachte er, Moment, Moment. Weiter oben an der Tür war ein Vorhängeschloß mit Kette

angebracht, eine dieser zusätzlichen Sicherungen, die er haßte, nicht so sehr wegen der Schwierigkeiten, die sie ihm machten, sondern weil sie Beweise einer überall auf ihn wartenden zähen Feindschaft waren oder auch nur das zusätzliche und überflüssige Zeichen, daß er ausgesperrt war. Widerwillig und nicht wie an eine wirkliche Möglichkeit dachte er an das Werkzeug in seiner Tasche. Stattdessen wickelte er sein Taschentuch um die Kette und versuchte sie mit der Halterung aus dem morschen Holz zu reißen, und als das nicht gelang, hielt er sich an ihr fest und stieß mit dem Fuß unterhalb der Klinke gegen die Tür, bis sie krachend aus dem Schloß sprang.
Moment. Bin gleich da.
Er keuchte jetzt. Die Schafe hatten sich im hinteren Teil des Stalles zusammengedrängt. Er hörte sie dort, als er sich bückte und durch den Türspalt im Vorraum herumtastete, bis er den Stiel einer Schaufel zu fassen bekam und sie herauszog. Wieder blökte ein Schaf, und er konnte das Plätschern eines Urinstrahls hören, gedämpft durch die Streu, mit der der Boden des Stalls bedeckt war, so daß es ihm wie etwas Heimliches vorkam. Es bepißt sich vor Angst, dachte er, es merkt, daß ich komme und bepißt sich vor Angst. Einen Augenblick lang, während er die Schaufel in der Luft herumdrehte und den Stiel durch die Kette zwängte, versuchte er sich das blökende, pissende und ein wenig in den Hinterbeinen eingeknickte Schaf vorzustellen. Gleich war er da, gleich würde er Ordnung schaffen, er packte den Schaufelstiel mit beiden Händen und riß ihn mit einem heftigen Ruck herum.

Das dumpfe Knacken, mit dem die Kette platzte, enttäuschte ihn. Er stieß mit der Schaufel die Tür auf, und vor ihm in der Dunkelheit prallten die Schafe gegen die Rückwand, drängten sich in eine Ecke und liefen dann blökend hinter der Barriere herum. Es waren drei Stück, wie er erkennen konnte, obwohl er es mehr hörte als sah, die Stimmen kannte er schon, während die Körper in der Finsternis des Stalles nur unbestimmt vorbeihuschten in ihrem dumpfen kreisenden Aufruhr, den er vergeblich mit der Schaufel zu stoppen versuchte, Ruhe, dachte er, Ruhe, und versuchte die plumpen blökenden Schatten zu treffen, aber das Schaufelblatt rutschte weich und glatt an der Wolle ab und er spürte seine Erschöpfung.

Er merkte nicht einmal, daß er die Schaufel fallen ließ, und als er sich umdrehte, trat er darauf und schob sie mit dem Fuß fort. Dann fiel ihm ein, daß er sie brauchte, um den Draht von einem der Strohballen zu sprengen, aber indem er sich bückte, verlor er den Gedanken und neben ihm war die schattenhafte Bewegung der Tiere. Wieder scheuchte er sie und hörte das plumpe entsetzte Wegspringen und Blöken. Eingeengt von Strohballen und Futtersäcken sah er zu der aufgebrochenen Tür und dachte, daß er herauswollte aus dieser stickigen Finsternis, daß er schlafen wollte, hier heraus wollte und ohne Überzeugung, mehr so als wäre es der einzige, schon wieder verbaute Ausweg, begann er Stroh aus dem Ballen zu zerren. Ich muß den Draht sprengen, dachte er, und bückte sich nach der Schaufel. Hinter dem Holzbalken war das ruhelose Scheuern und Drängen, und obwohl er nichts sah, schlug er mit der Schaufel danach und traf auf einen wattigen Widerstand. Wieder hatte er das Schaf kaum berührt, aber das dunkle Blöken und der warme dunstige Geruch erfüllten den ganzen Raum.

Moment. Bin gleich da.

Es war so, als gäbe es für ihn nur eine Richtung, er konnte hineinkommen, aber nicht mehr hinaus.

Als er über den Holzbalken stieg und die Waffe aus dem Halfter zog, standen die Schafe leise blökend in einer Ecke, und er dachte, sie wissen Bescheid, und deshalb war alles in Ordnung, und deshalb wußte er auch Bescheid. Er mußte sich nur an die weiche aufgewühlte Streu gewöhnen, auf der er unsicher auf sie zutapste, als ob er sie beschleichen müßte. Plötzlich preschten sie aus dem Dunkel hervor, undeutlich, aber dicht und körperhaft, eine vorwärtsdrängende Masse zwischen ihm und der Mauer, die ihn herumriß und irgendwo anprallte und jetzt auf der anderen Seite zurückkam und auseinandergeriet, ein Schaf war abgetrennt und lief blökend an der Absperrung entlang, um an ihm vorbei zu den anderen zu kommen, aber er drehte sich mit und trat danach, um es in die Ecke zu treiben, tastete mit dem Lauf nach dem ausweichenden Kopf, der nach hinten wegwollte, und glaubte ein kleines reflexartiges Zucken zu spüren, das war das Ohr oder das Auge, kleines verräterisches Zeichen, hier bin ich, und er drückte ab.

Schweres weiches Sacken an der Wand, schlaffes Nachlassen.

Das geht ganz von alleine. Ganz von allein geht er auf

die anderen Schafe zu. Die drängen sich zusammen, steigen in der Ecke blökend übereinander, und er schießt mitten hinein in den Tumult und trifft auch, hat wieder eins erwischt. Aber das kommt wieder hoch und stolpert röchelnd an der Mauer entlang. Das weiß nicht, wo es ist. Das dreht sich und röchelt, und er findet den Kopf nicht. Das dreht röchelnd den Kopf weg, und hinter ihm ist das Blöken, das die Leute im Dorf weckt, wenn es irgendwo ein Dorf gibt, er weiß das nicht genau, er ist gefahren und wollte irgendwo rein, um zu schlafen, und er wird alles abknallen, was Lärm macht und sich muckst. Wie sich das von alleine bewegt so schnell und immer weiter.

Polizeiobermeister Wiedemann in Hunteburg begann sein morgendliches Konditionstraining mit Übungen wie Armschwingen, Schulterrollen, Rumpfkreisen, Kniebeugen und lockerem Schütteln von Armen und Beinen. Das war, wie er sagte, zum Wachwerden. Danach begann die zweite Phase, eine wohlüberlegte Folge von Übungen mit Hanteln und Expander zur Stärkung der Arm-, Schulter-, Rumpf- und Beinmuskulatur, die vorsichtig dosiert waren, denn sie sollten auf keinen Fall den Effekt einer nicht-funktionalen Vermehrung des Muskelgewebes haben, wie bei den schwerfälligen Athleten der Body-Building-Institute, sondern waren nur eine Ergänzung des eigentlichen Programms, das ein Organtraining war oder spezieller, ein Herz-, Lungen- und Kreislauftraining, denn Wiedemann war Läufer.
Auf den ersten Blick sah er nicht danach aus. Er er-

schien, zumal in Uniform, mit seinen 1,90 Meter Körpergröße zu herkulisch und sein Auftreten war zu ruhig und würdevoll als daß man an Schnelligkeit, Leichtigkeit und Ausdauer gedacht hätte. Aber das sind Vorstellungen über die besonderen körperlichen Voraussetzungen des Läufertyps, die widerlegt oder immerhin doch durch Gegenbeispiele relativiert sind. Kraft kann vor allem auf der kurzen Mittelstrecke die Leichtigkeit schlagen und Größe wird zum Vorteil, wenn motorische Dynamik in ihr steckt. Wiedemann war ein explosiver Vierhundermeter-Sprinter. Er hatte viele Meisterschaften gewonnen und verteidigte seit Jahren bei den Polizeisportfesten in Osnabrück die erste Position, allerdings in der Seniorenklasse. Er hatte vorausgesagt, daß er bis zu seinem fünfundvierzigsten Geburtstag im nächsten Jahr seinen Meistertitel behalten würde.

Deshalb trainierte er. Oder vielmehr war dies ein Ziel innerhalb der umfassenderen Vorstellung, der zu bleiben, der er seit Jahrzehnten war. Läufer, vor allem Langstrecken- und Mittelstreckenläufer, sind die Menschen mit der besten Kondition. Ihr Organismus kann mehr Sauerstoff verarbeiten als der anderer Menschen, was im einzelnen bedeutet: Vitalkapazität der Lunge und Schlagvolumen des Herzens sind bedeutend vergrößert, die roten Blutkörperchen sind mit der Gesamtblutmenge vermehrt, das Gefäßsystem ist elastischer und besser verästelt, der Querschnitt vor allem auch der Herzkranzgefäße ist größer, die Skelettmuskulatur ist weniger ermüdbar, die allgemeine Regenerationsfähigkeit des Organismus ist größer, die Entschlackung gründlicher, das Lebensgefühl vitaler.

Wiedemann besaß eine kleine sportmedizinische Bibliothek, aus der die Überlegenheit der aerobischen Trainingsarten wie Laufen, Radfahren und Schwimmen gegenüber dem gymnastischen Training oder dem Krafttraining hervorging. Besonders beeindruckten ihn manche Bilder der Autoren. Einer verglich das Gefäßsystem mit einem Rasensprenger, unter dessen belebendem Sprühregen der Rasen üppig wächst und eine frische grüne Farbe bekommt. Daran mußte Wiedemann bei seinem Lauftraining denken. Es entsprach dem Gefühl, das er von sich selber hatte, wenn er dampfend und tiefatmend von seinen Läufen zurückkam. Fünfmal in der Woche lief er mit der Stoppuhr in der Hand eine abgemessene Strecke von 3,2 Kilometern in etwa 15 Minuten, wobei er Zwischenspurts und kurze Gehstrecken einlegte. Danach hatte er bis zur Rückseite seines Grundstücks noch zweihundert Meter zu gehen und benutzte das zu Atem- und Lockerungsübungen, um wieder auf physiologischen Normalwerten zu sein, bevor er unter die Dusche ging, sich rasierte, ankleidete und sich, allerdings noch ohne Uniformjacke, an den Frühstückstisch setzte.

Seine beiden Kinder waren Fahrschüler und hatten das Haus schon verlassen, und seine Frau, die halbtags in einem Lebensmittelgeschäft in Welplage arbeitete, war gerade dabei zu gehen und kam nur noch einmal herein, um sich zu verabschieden. Er las Zeitung während des Frühstücks. Das war die Unterbrechung, die er brauchte, bevor er sich seinen dienstlichen Angelegenheiten zuwandte. Ohne daß er es wußte, stellte er sich dabei um.

Die leidenschaftliche Person, der Läufer, wurde abgelöst durch eine ruhige und distanzierte, den Beamten, der in seinem Amtsbereich für Ordnung sorgte und zwar nicht erst durch sein Erscheinen, sondern schon durch seine prinzipielle Anwesenheit. Was ihm Respekt verschaffte, war neben seiner Körpergröße vor allem eine leise, ihm selbst nicht bewußte Gleichgültigkeit gegenüber den Sachverhalten, mit denen er sich befassen mußte. Es handelte sich immer wieder um dieselben Vorkommnisse und kleinen Delikte wie Verkehrsunfälle mit und ohne Trunkenheit am Steuer, kleine Diebstähle, Sachbeschädigungen, Körperverletzungen, groben Unfug, gelegentlich um einen Exhibitionisten, selten um einen Brand und immer wieder um die alten und neuen Betrugsmanöver durchreisender Händler. Die Ruhe, mit der Wiedemann diesen Dingen nachging, war die Folge seines Gefühls für die persönliche Unangemessenheit dieser täglichen Beschäftigung. Um sie mit seinem Bewußtsein von sich selbst zu vereinbaren, zeigte er bei allem eine überlegene Gelassenheit, die von den einen als kühler Kopf, den anderen als dickes Fell bezeichnet wurde, sich aber immer beruhigend auf seine Umgebung auswirkte. Er war so zu einer ausgleichenden friedensstiftenden Autorität geworden, denn selbst Streitenden oder Geschädigten schien in seiner Nähe alles ein wenig belangloser oder geringfügiger zu sein.

Wiedemanns Amtsbereich umfaßte neben Hunteburg die Streusiedlungen Schwege, Welplage und Meyerhöfen sowie die umliegenden Gehöfte. Es war ein ziemlich ausgedehntes von Weideland, Moorwiesen und kleinen

Buschgruppen umgebenes Gebiet südlich des Dümmersees, das er gewöhnlich mit dem Fahrrad durchfuhr. Er war deshalb optisch dauernd anwesend und wurde von allen Seiten gegrüßt. Zugleich stellte das Radfahren eine Ergänzung seines Trainings dar, obwohl man ihn, sobald er Uniform trug, nie in Eile oder gar Hast sah.

An diesem Vormittag hing über dem gesamten Moor und Weideland nördlich des Wiehengebirges eine dichte graue Wolkendecke, die nur ein trübes Licht durchließ. Regen war angekündigt. Wiedemann nahm trotzdem das Fahrrad und fuhr zunächst nach Meyerhöfen, wo ein an einem Privathaus angebrachter Zigarettenautomat ausgeraubt worden war. Der Pächter bezifferte seinen Verlust an Bargeld und Ware mit rund 160 DM. Einen bestimmten Verdacht konnte er nicht äußern. Wiedemann setzte mit ihm zusammen eine Anzeige gegen Unbekannt auf und fuhr weiter nach Schwege. Dort wollte er zwei Zeugen vernehmen, von denen er sich einige nachträgliche Auskünfte über eine Wirtshausschlägerei erhoffte.
Um dieselbe Zeit erreichte ein anderer Radfahrer von Westen kommend das Schweger Moor und trug, nachdem er sich mehrmals umgesehen hatte, sein schwarzes Damenfahrrad, auf dem sich hinten eine Tasche befand, in ein Erlengebüsch. Er bewegte sich vorsichtig und vermied es, auffällige Spuren zu hinterlassen. Als er sicher war, daß man ihn vom Weg aus nicht mehr sehen konnte, legte er das Rad flach auf den Boden und setzte sich.
Etwa fünfzehn Kilometer weiter westlich näherte sich

der 85-jährige Färbermeister Hermann Kuhl aus der Ortschaft Epe seinem hinter dem Vördener Damm gelegenen Stall, um seine drei Schafe zu füttern. Er fand die Tür aufgebrochen und wunderte sich über die Stille. Dann sah er den Kopf eines Schafes, dem aus Maul und Nasenlöchern blutiger Schaum getreten war. Als er sie alle drei in dem blutigen Stroh erblickte, machte er einen vergeblichen Versuch zu laufen, der aus drei lahmen, eckigen und für ihn zu großen Schritten bestand. Dann ging er auf zitternden Beinen zu der Ortschaft zurück. Sobald er in der Nähe der Häuser war, begann er zu winken. Aber niemand sah ihn. Oder niemand dachte daran, ihm entgegenzugehen und zu fragen, was passiert war.

Wiedemann traf in Schwege nur einen der beiden Zeugen an und bekam nur allgemeine unbrauchbare Auskünfte. Er wollte vor allem wissen, wie es zu den verschiedenen nicht unerheblichen Sachbeschädigungen gekommen war, aber der Zeuge redete sich, wenn er nach Einzelheiten gefragt wurde, immer auf das große Durcheinander heraus. Schließlich brach Wiedemann die Vernehmung verärgert ab und fuhr nach Hunteburg zurück.

Er war nicht informiert über die Einbrüche in der Ortschaft Vörden nördlich von Epe, die man inzwischen verspätet entdeckt hatte und die deutlich die Arbeitsweise Bruno Findeisens zeigten, der seit über zwei Wochen sich nicht mehr bemerkbar gemacht hatte. Die dorthin beorderten Beamten waren gerade mit den Tatortbesichtigungen und den Zeugenvernehmungen fertig,

als sie über Funk von den in einem Stall bei Epe aufgefundenen erschossenen Schafen erfuhren. Sie begaben sich mit ihrem Fahrzeug sofort dorthin.
Inzwischen rief Kriminalhauptmeister Scheuner von der Sonderkommission in Osnabrück beim Bundeskriminalamt in Wiesbaden an, um Kriminaloberrat Bernhard, der zu einer Besprechung über Möglichkeiten der Computerfahndung dorthingefahren war, von der Rückkehr Findeisens zu unterrichten. Er erhielt die Auskunft, daß Bernhard mit einigen Kollegen heute Nachmittag eine Besichtigungsfahrt nach Frankfurt mache, und entschloß sich, ihn abends im Hotel anzurufen.
Wiedemann hatte mit seiner Frau und den beiden Kindern spät zu Mittag gegessen und sich von den Vorbereitungen zu einem Schulfest erzählen lassen. Am Nachmittag wollte er sich endlich lange überfälligen Schreibarbeiten widmen.
In dem Schafstall bei Epe durchsuchten zwei Polizeibeamte die etwa dreißig Zentimeter hohe Streu vergeblich nach Geschossen. Schließlich trennte der anwesende Tierarzt aus Bramsche einem starken Mutterschaf, das einen Steckschuß hatte, mit Erlaubnis des alten Färbermeisters, der dauernd dabei stand, den Kopf ab, um ihn beim Tiergesundheitsamt sezieren zu lassen.
Noch immer regnete es nicht. Aber es wurde frühzeitig dämmerig. Um diese Zeit füllten sich die Wirtschaften mit Männern, die von der Arbeit kamen. Um 17.30 erschien in der Manufakturwarenhandlung Reuter in Welplage ein fremder Mann, der einen langen grauen Wollmantel, eine graue Wollmütze und einen schwar-

zen gestrickten Schal trug. Er kaufte einen Stern Nähgarn und ein Heft mit verschiedenen Nähnadeln, stieg dann draußen auf ein abgestelltes Fahrrad und fuhr davon. Um 18.00 stand derselbe Mann vor dem Schaufenster der Metall- und Eisenwarenhandlung Hollmeyer in Welplage, kam dann herein und kaufte fünf Metallsägeblätter, 15 cm lang, und eine kleine runde Taschenlampenbatterie von drei Volt. Um 18.15 begegnete der Landwirt Graf diesem Mann im Eingang der Gastwirtschaft Heese in Meyerhöfen und dachte, der gehört auch nicht hierher. Draußen stand der Gerätewagen der freiwilligen Feuerwehr und pumpte den unter Wasser stehenden Keller der Gastwirtschaft leer. Graf unterhielt sich mit den beiden Feuerwehrmännern und sah das schwarze Damenfahrrad mit der aufgeschnallten Tasche, das weiter seitwärts an der Wand lehnte. Er hatte dabei ein unbehagliches Gefühl, als sähe er etwas Wichtiges, etwas, das vor seinen Augen stand, aber gleichzeitig verdeckt war. Obwohl es zu regnen anfing, unterhielt er sich weiter mit den beiden Feuerwehrmännern. Kurz darauf kamen die Wirtin Frau Heese und der Bundesbahnangestellte Josten aus der Wirtschaft heraus und sagten, an der Theke stehe der Gewaltverbrecher Bruno Findeisen.

An der Theke, mitten unter allen anderen, ruhig hinter seinem Glas Bier, dem zweiten, das er sich bestellt hatte, auf ein Kotelett wartend, das in der Küche für ihn gebraten wurde, umgeben von redenden Männern, die nicht wußten, wer er war, unverkennbar, wenn man ihn ansah, das Gesicht mit den tiefen Falten des Magen-

kranken, der kleinen Narbe, den blaugrauen Augen, betrachtet von den Eingeweihten, die sich hinter seinem Rücken verständigten, unberührbar.
Halt, stehenbleiben oder ich schieße!
Es war dunkel. Es regnete. Man sah nichts. Man sah das Blaulicht des Gerätewagens einmal aufzucken.
Ihr haltet die Verbindung. Ich hol Wiedemann. Wenn wir da sind, fahrt zur Seite.
Es war dunkel. Es war das, womit niemand gerechnet hatte.
Er war immer weiter in das Gelände gefahren, und der Gerätewagen war ihm gefolgt.
Wenn man ihn sah, glaubte man nicht, daß er es war.
Wenn erst Wiedemann da war, konnte man ruhig sein.
Halt, stehenbleiben oder ich schieße!
Niemand hörte etwas, niemand folgte ihnen.
Alle folgten bis zu der Stelle, wo das Fahrrad auf der Straße lag.
Er war plötzlich mitten drin und ganz draußen.
Die stillstehenden Sträucher, der Rücken des Verfolgten, die Luft, die sie beide atmen, der nasse Boden, die Zurufe.
Was für ein Datum ist heute, wie fing der Tag an?

Mitten im Laufen merkte er, daß er nicht mehr mit sich einig war. Er verfügte nicht über seine gewohnte Kraft, und sein Atem ging keuchend, so daß es ihm vor sich selber peinlich wurde. Hinter ihm hatte Josten gerufen Schießen Sie doch!, und noch während er sich durch das Gebüsch zwängte, um auf die Weide zu kommen, über die Findeisen davonlief, hörte er sich »Halt« rufen, Halt, stehenbleiben oder ich schieße!

Aber es war nicht seine gewohnte Stimme, sie klang leise und erstickt, als übe er verlegen diesen Ruf für sich allein, und es war ihm eingefallen, daß das vielleicht ein Zeichen des Ernstfalls war: alles stimmte nicht, man war nicht bereit, nicht ganz fertig mit seinen Vorbereitungen, mit denen man alles vorwegzunehmen geglaubt hatte, so daß er, als Josten bei ihm eingetreten war, sich zunächst mit einem Gefühl feierlicher Würde hinter seinem Tisch erheben konnte und das Koppel mit der Pistolentasche und die Mütze mit einem einzigen ruhigen Griff vom Wandhaken nahm. Aber draußen, als er mit Josten durch den Vorgarten zu dessen Wagen lief und sich auf dem engen Beifahrersitz zurechtsetzte, fühlte er die befremdende Steifheit seines ganzen Körpers und blickte kaum zu der Ansammlung von Leuten hin, die vor der Gastwirtschaft Heese standen und alle mit großen Armbewegungen in Richtung Lemförde zeigten. Er begriff, daß sie auf ihn gewartet hatten, auf sein Erscheinen, seine Haltung, seine Uniform, seine Statur, mit der er sie alle überragte, er war jetzt der wichtigste Mann im Ort, und seine aufgereckte Haltung versteifte sich noch mehr, als vor ihnen zweimal das Blaulicht des Gerätewagens aufblitzte, der Findeisen in einigem Abstand folgte.

Sie fuhren mit aufgeblendeten Scheinwerfern vorbei, und gleich danach nahm Josten den Fuß vom Gas. Vor ihnen war er. Ein Radfahrer in einem langen dunklen Mantel mit einer Aktentasche auf dem Gepäckständer.

Er fuhr unerwartet langsam in ihrem Scheinwerferlicht, als ob er sie täuschen wollte, aber als sie neben ihm herfuhren und er das Fenster herunterkurbelte, um ihn anzurufen, war er plötzlich nach rechts weggekippt und in dem Gebüsch neben der Straße verschwunden.
Viel zu langsam war er aus dem Wagen herausgekommen, und in der Dunkelheit des Gebüsches hatte er sich rufen hören: Halt, stehenbleiben oder ich schieße! und war, durchdrungen von einem Gefühl der Lächerlichkeit, gestürzt. Niemand hat es gemerkt, sagte er sich, und kam kriechend aus der bewachsenen Senke heraus, ohne jemand sehen zu können. Schon jetzt keuchte er, als er auf eine der unbestimmten Verdichtungen der Dunkelheit zulief. Er ist entwischt, dachte er, ich war zu langsam. Aber er war ja von vorneherein entschuldigt durch die Mißerfolge früherer Verfolger, denen er sich bereits anschloß, nur noch ein Stück weiterstolpernd über Maulwurfshügel oder Grasbuckel, als er plötzlich vor sich einen Mann erkannte, der im Laufen mit seltsamen windenden Bewegungen seinen Mantel abzustreifen versuchte. Schießen, dachte er, und zerrte an seiner Pistolentasche, die er schon im Wagen hätte öffnen sollen. Dann stolperte er über etwas, das sich in seinen Beinen verfing. Das mußte der Mantel sein, denn der Mann lief vor ihm jetzt gleichmäßiger, aber in unverändertem Abstand, ohne schneller zu werden, und auch er lief nicht schneller, er war nicht mit sich einig, mit seinem mächtigen durchtrainierten Körper, von dem er sich enttäuscht fühlte, weil er schon außer Atem war und nur noch mit äußerster Anstrengung die Verbindung zu dem

kleinen laufenden Mann halten konnte. Aus Angst vor seiner atemlosen Stimme rief er nicht und hörte hinter sich auf der Straße die Motoren der Fahrzeuge, die irgendwo seitlich in einen Feldweg setzten, und plötzlich kamen sie mit aufgeblendeten Scheinwerfern durch das Gattertor auf die Weide gefahren. Die Lichtstrahlen schwankten und standen zu hoch und nicht ganz in der Fluchtrichtung, und er war froh, daß er weiter durch die Dunkelheit laufen und sich immer weiter von ihnen entfernen konnte. Sie dahinten mit ihren Autos erschienen ihm jetzt als seine Feinde. Sie waren nicht mitgelaufen, sie ließen ihn allein. Gleich, wenn er ausgepumpt zu ihnen zurückkam, würden sie fragen, warum er nicht geschossen hatte.

Ja, er mußte schießen, er mußte die Warnschüsse abgeben.

Er zerrte an seiner Pistolentasche, während er weiterlief mit dem faden metallischen Geschmack im Mund, wie manchmal auf dem letzten Bahnstück seiner 400-Meterläufe.

Aber es wurde anders jetzt. Er merkte, daß er schneller wurde und immer leichter lief. Der Krampf löste sich, und der Mann vor ihm sah sich im Laufen mehrmals nach ihm um und änderte plötzlich die Richtung. Da mußte ein Hindernis sein, über das er nicht hinwegkonnte, ein Draht, der Weidenzaun, an dem er nun entlanglief und eine Lücke suchte. Wieder kam er ihm ein ganzes Stück näher, so daß er ihn fast mit der Hand erreichen konnte, als Findeisen mit einem Ruck nach links abbog und jetzt dicht vor ihm wieder auf das Gebüsch an der Straße zulief. In diesem Augenblick kamen sie beide in den Suchscheinwerfer des Gerätewagens, und er machte drei lange Schritte, um Findeisen an der Schulter zu packen. Neben ihm war das bleiche, angespannte Gesicht, das er von dem Plakat kannte, aber es kam ihm auf andere Weise vertraut vor wie eine Erinnerung nicht an einen bestimmten Menschen, sondern an Hoffnungslosigkeit und Unterwerfung, die er früher einmal in anderen Gesichtern gesehen hatte, und als er zugreifen wollte, keuchte Findeisen Laß mich doch, als ob sie beide, weit von den anderen entfernt, sich verständigen könnten, und einen Augenblick kam er aus dem Schritt und verlor die Verbindung. Aber Findeisen war nur ein paar Schritte zur Seite ausgewichen und schien vor Erschöpfung nicht weiterzukommen. Ohne Eile konnte er sich aufrichten und ihm zuwenden, um dadurch auszudrücken, daß er jede Gemeinsamkeit ablehne, daß er nicht mit sich handeln ließ. In dieser Haltung empfing er den ersten Schuß.

Der Schmerz dauerte nicht länger als das Mündungsfeuer, das er vor sich aufblitzen sah – es war eine Spiegelung des Feuerscheins in seiner Brust, die ihn überraschte, so daß er mit einer beschwichtigenden Bewegung die Hand ausstreckte. Aber der nächste Schuß riß ihm den Arm herunter. Und er begriff die demütigende Übermacht, mit der der kleine Mann, der zwei Schritte vor ihm stand, ihn kaputtmachte, denn als er vorwärts taumelte, traf ihn ein Schuß in den Bauch, und er dachte, daß das bereits zuviel sei und nicht wieder gutzumachen, als er mit demselben Aufblitzen etwas höher wieder

einen rasenden Schlag in den Bauch bekam, der seinen ganzen Unterkörper sprengte und auslöschte.
Er glaubte, daß er weich und senkrecht falle und sich dabei an etwas festklammere. Das war der Fuß von jemand, der sich über ihn beugte. Er klammerte sich daran, wie ein nicht abzuschüttelnder Bittsteller, als könne der, zu dessen Füßen er lag, alles rückgängig machen. Denn er spürte ja auch keine Schmerzen, nur noch einmal diesen krachenden Schlag in den Rücken unter seiner Schulter, und jetzt kam der Schmerz mit einer riesigen heulenden Autohupe direkt auf ihn zu, und er versuchte sich aufzurichten und seine Pistole in die Hand zu bekommen. Wenn er jetzt schoß, würde alles anders ablaufen, in der richtigen Reihenfolge. Aber er bekam die Arme nicht hoch, und knieend sah er zwei Scheinwerfer über die Weide näherkommen. Jemand rief etwas, und er glaubte, daß er zurückrief. Dann kam ein dicker Schwall Blut aus seinem Mund, und er hustete, während er undeutlich mehrmals seinen Namen hörte. Aber sie sollten ihn in Ruhe lassen, damit er nachdenken konnte, was geschehen war.

Trifft ein Geschoß auf die Haut, so ruft es auf ihr eine Ausbuchtung hervor, was darauf beruht, daß die Haut zäh und elastisch ist und die darunterliegenden Gewebe keinen Widerstand leisten. Infolgedessen wird unmittelbar unter der Geschoßspitze die Haut gespannt. Das Geschoß, das eine rotierende Bewegung beschreibt und gleichzeitig vorwärts getrieben wird, verlangsamt beim Aufschlag seine Geschwindigkeit und bohrt sich mehr oder weniger tief in den Körper ein. Es setzt dabei auf der Haut Rauch, Ruß und Metallpartikel ab und hinterläßt um den Einschuß einen grauen Ring. Obwohl die Haut beim Eindringen des Geschosses in den Körper gedehnt wird, kehrt sie in ihre frühere Lage zurück. Die Größe des Einschusses erscheint daher oft kleiner als der Durchmesser des Projektils. Typische Einschußwunden haben saubere runde Öffnungen mit einem gleichmäßigen grauen Rand, aus denen verhältnismäßig wenig Blut quillt. Auf seinem Weg durch die inneren Körpergewebe verlangsamt sich rasch die Geschwindigkeit des Geschosses, wodurch die Ausschußwunden meist viel größer werden als sein Durchmesser. Sie sind lappig und zerrissen und bluten gewöhnlich stärker als der Einschuß. Oft quellen Fettstückchen und andere Teile von Körpergeweben aus der Wunde heraus. Falls das Geschoß nur auf weiche Gewebe trifft, durchdringt es den Körper in gerader Linie. Schlägt es jedoch auf einen Knochen auf, kann man nicht sagen, welchen weiteren Weg es nehmen wird. Es kann den Knochen glatt durchschlagen, aber auch einen Splitterbruch mit weitgehender Zerstörung der umliegenden Weichteile verursachen. Diese Wirkung ist auf die Übertragung der Bewegungsenergie auf die Knochensplitter zurückzuführen, wobei diese dann wie ein neues Projektil wirken. Aber nicht nur die Knochensplitter richten große Zerstörungen an, sondern auch das Geschoß selbst, und zwar wenn es sich überschlägt oder deformiert wird und dadurch größere Verletzungen in den Geweben verursacht, mehr Gefäße zerreißt und die Blutung verstärkt. In derartigen Fällen ist die

Ausschußwunde viel größer, zerrissener und verheerender.

Der zu Tode Verletzte schreit nicht. Er weiß nicht genau, was mit ihm geschieht. Durch sein getrübtes Bewußtsein dringen Stimmen und Geräusche auf ihn ein. Er wird angehoben und getragen und auf etwas Hartes gelegt. Er möchte etwas sagen und hustet. Luft, will er schreien, gleichzeitig ist ihm kalt. Als er sich aufrichten will, spürt er ein schweres Gewicht, das er selbst ist. Geräusche sind gleichzeitig größer und ferner. Er versucht sie zu deuten, aber sie bedeuten nichts. Auf mein Herz, denkt er, kann ich mich verlassen. Dann fällt ihm ein, daß das Herz Blut braucht, und er will es ihnen sagen und dreht den Kopf. Jemand berührt ihn, den er nicht sehen kann. Andere bewegen sich in unbestimmtem Abstand. Manchmal sieht er sie, manchmal hört er sie, jetzt ist nichts da. Er weiß, daß die Verbindung schwächer wird. Er vergißt, was er sagen wollte. Erst muß er Kraft sammeln, muß diese Ohnmacht überwinden. Er kann nicht sprechen, weil er atmen muß.

Ich, der Bundesbahnangestellte Herbert Josten aus Meyerhöfen, betrat am 24.2.1966 gegen 18.30 die Gastwirtschaft Heese in Meyerhöfen, wo ich gut bekannt bin. Außer mir waren noch fünf andere Gäste da. An der Längsseite der Theke stand ein mir unbekannter Mann, der ein Kotelett verzehrte. Ich habe ihn zunächst nicht weiter beachtet. Dann wurde ich von Frau Heese unter einem Vorwand in ein Nebenzimmer gebeten, wo sie mir sagte, daß sie den fremden Mann für den Gewaltverbrecher Bruno Findeisen halte. Ich ging darauf an meinen Platz zurück und beobachtete den Mann. Aus der Presse war mir die Personenbeschreibung des gesuchten Findeisen in Erinnerung. Besonders auffallend war für mich eine Narbe über dem linken Auge. Bekleidet war der Mann mit einem schlichtgrauen Mantel. Weiter erkannte ich einen dunklen Schal, von dem ich die Farbe nicht angeben kann. Der Mann hatte den Mantel geschlossen. Er war ohne Kopfbedeckung. Seine Haarfarbe war mittelblond oder etwas heller. Der Mann war glatt rasiert, sein Haarschnitt war in Ordnung. Soweit ich mich erinnern kann, trug der Mann dunkle Schnürschuhe, ich meine damit Schuhe, die bis über die Knöchel reichen. Ich habe auch auf seine Hände geachtet. Ringe habe ich nicht gesehen. Ob der Mann eine Uhr trug, kann ich nicht sagen. Ich schätzte den Mann auf 35 Jahre. Er war von kräftiger Gestalt. Gesprochen hat der Mann nichts, jedenfalls nicht, während ich in der Gaststätte war. Aufgefallen ist mir, daß der Mann etwas unruhig wurde, als ein neuer Gast das Lokal betrat, und diesen Gast genau musterte.

Ich verließ die Gaststätte gefolgt von Frau Heese, der ich ihren Verdacht bestätigte. Wir teilten ihn auch den beiden Feuerwehrleuten mit, die mit dem Gerätewagen vor dem Haus standen. Sie und der ebenfalls anwesende Landwirt Graf wollten die Verfolgung übernehmen, wenn der Mann inzwischen das Lokal verlassen würde, während ich mit meinem Wagen zu dem Polizisten Wiedemann fuhr.

Wiedemann schnallte sofort die Pistole um und fuhr mit. Als ich mit ihm bei der Gaststätte ankam, standen Heese, Graf und andere Gäste vor dem Lokal und winkten mit einer Lampe. Uns wurde zugerufen, daß der Feuerwehrwagen hinter dem Mann hergefahren sei. Sie waren noch nicht lange weg in Richtung Bohmte. Wir fuhren ein Stück, konnten aber nichts erkennen und drehten wieder um. Noch vor der Kreuzung nach Lemförde fuhren wir rechts in einen Gemeindeweg. Als wir wieder auf die befestigte Straße kamen, sahen wir in Richtung Bauernhof Bosse ab und zu ein Blaulicht aufblitzen. Wir überholten dann den Feuerwehrwagen, der die ganze Zeit dicht hinter dem Mann hergefahren war. Unmittelbar vor uns fuhr der Mann auf einem Damenfahrrad. Ich erkannte ihn an seinem Mantel. Wiedemann sagte mir, daß ich neben ihn fahren sollte, und kurbelte die Scheibe herunter. Im gleichen Augenblick sprang der Mann von seinem Fahrrad und rannte rechts durch ein Gebüsch in eine Weide. Wiedemann sprang aus dem Wagen und folgte ihm. Ich fuhr weiter bis zur Kreuzung, es waren nur noch 30 bis 40 Meter, bog dann nach rechts ab in Richtung Bauer Bosse, da sah ich wie der Mann 30 Meter vor mir über den Weg sprang, in kurzem Abstand hinter ihm kam Wiedemann. Ich schrie: Schießen Sie doch! und verlor sie aus dem Scheinwerferlicht. Ich fuhr noch ein Stück weiter und bog links auf die Weide ein. Dann kam der Gerätewagen und hielt neben mir. Sie gaben im Leerlauf immer Vollgas, um Licht für den Scheinwerfer zu haben, mit dem sie das Gelände absuchten. Vielleicht haben wir deshalb die

Schüsse nicht gehört. Die beiden Laufenden kamen aber noch einmal dicht hintereinander durch den Lichtkegel. Ich bin daraufhin parallel zum Zaun auf die Weide gefahren und sah plötzlich etwa 50 Meter vor mir Wiedemann und den fremden Mann. Wiedemann ging gerade in die Knie. Ich sah ihn nur von hinten. Ich konnte nicht beobachten, was dann geschah. Wegen des unebenen Bodens verlor ich die beiden wieder aus meinem Scheinwerferlicht. Jedenfalls lag Wiedemann dann am Boden und der andere Mann lief in Richtung Bruch davon. Als ich bei Wiedemann anlangte, war der andere schon nicht mehr zu sehen. Wiedemann kniete wieder, hatte die Hand an der Pistole, sein Arm fiel aber wieder zurück. Ich sagte: Ich hole einen Arzt, und Wiedemann sagte: Ja!

Ich fuhr sofort zurück und rief zum Gerätewagen, daß sie ihn holen sollten. Von der Gaststätte Kloßmann aus rief ich Dr. Hörnsche an und dann die Polizei. Es meldete sich der Sohn von Wiedemann, den ich bat, sofort die Funkstreife zu verständigen. Inzwischen kamen Klaus Ditges und sein Beifahrer mit dem Gerätewagen. Die beiden holten zusammen mit einigen anderen Leuten Wiedemann aus dem Wagen heraus und trugen ihn in die Gaststätte, wo sie ihn auf den Fußboden legten. Ich wartete draußen auf Dr. Hörnsche, der auch bald kam, und ging mit ihm hinein. Dr. Hörnsche sagte zu dem am Boden liegenden Wiedemann: Guten Abend! Wiedemann nickte etwas mit dem Kopf, als wolle er den Gruß erwidern. Ich hatte den Eindruck, daß Wiedemann nicht mehr alles mitbekam. Sein Körper war an der Vorderseite in Höhe des Bauches stark mit Blut verschmiert. Dr. Hörnsche ordnete die sofortige Überführung in das Krankenhaus Ostercappeln an. Um Zeit zu sparen, trugen wir ihn in den Gerätewagen und legten ihn auf die hintere Sitzbank. Ich und ein anderer Mann stiegen hinzu, um zu verhindern, daß Wiedemann während der Fahrt von der Bank fiel. Er war sehr unruhig und atmete röchelnd. Sein Aussehen verfiel immer mehr. Einmal sagte er: Luft, Luft! Ich machte ein Seitenfenster auf. Daraufhin sagte er: Zuviel! Ich schloß das Fenster wieder und öffnete ganz wenig ein anderes. Weiter hat Wiedemann während der Fahrt nichts gesagt. Ich meine, er ist in Bohmte verstorben.

7 Schöne Grüße von Bruno

Kurz vor Ostercappeln begegnete der Krankentransport, jetzt schon ein Leichentransport, dem ersten Einsatzkommando der Polizei aus Osnabrück. Es waren drei Funkstreifenwagen und zwei Mannschaftswagen, die die Anweisung hatten, sich am Treffpunkt der Bundesstraßen 51, 65 und 218 zu trennen. Alle Fahrzeuge sollten von dort ab ohne Blaulicht und Martinshorn und mit abgeblendeten Scheinwerfern weiterfahren und verdächtige Einzelpersonen kontrollieren. Die beiden Mannschaftswagen und ein Funkstreifenwagen sollten auf der B 51 über Bohmte direkt zum Einsatzort in Meyerhöfen durchfahren und mit der Spurensicherung und der Durchsuchung des Geländes beginnen. Die beiden anderen Funkstreifenwagen sollten zunächst auf der B 218 in Richtung Bramsche fahren und jeweils bei Herringhausen und Schwagstorf in die Landstraßen 2. Ordnung einbiegen, die über Welplage nach Meyerhöfen führen. Ein weiterer Funkstreifenwagen war von Bramsche unterwegs. Er hatte den Auftrag, bei der Streusiedlung Niewedde nördlich der B 218 über die Ortsverbindungsstraße von Niewedde nach Welplage durch das Vennermoor zu fahren und auf der Kreuzung des Weges von Vörden nach Broxten Position zu beziehen. Alarmiert waren ferner die Polizeiposten in Vörden, Damme, Diepholz und Stemshorn. Der Polizeiposten Vörden sollte auf dem Weg nach Broxten die Wegkreuzung Campemoor sichern. Der Beamte aus der Ortschaft Damme sollte zusammen mit einem Hilfspolizisten am Haltepunkt Schwegekolonie im Schwegermoor die Bahnstrecke und die parallel laufende Landstraße von Welplage nach Damme sichern, bis er von dem Einsatzkommando aus Osnabrück Verstärkung bekam. Der Polizeiposten Stemshorn sollte die B 51 bei Lemförde kontrollieren. Die Beamten aus Diepholz sollten bei Lehmbruch nördlich des Dümmersees über Dümmerlohhausen, Damme, Vörden und Engter fahren und alle verdächtigen Personen kontrollieren. Ferner waren unterwegs die Mordkommission aus Osnabrück bestehend aus Kommissar Freye und den Kriminalhauptmeistern Thiele und Kroll, und in einem weiteren Wagen zwei Hundeführer der Schutzpolizei mit ihren Suchhunden. In der Gastwirtschaft Klossmann in Meyerhöfen hatte sich inzwischen eine Gruppe Freiwilliger aus der Bevölkerung gebildet, die, teilweise bewaffnet mit Jagdflinten, schon entlang der Hunte in Richtung Dümmersee das Gelände des Ochsenmoors absuchten, bevor die Einsatzgruppe der Polizei aus Osnabrück am Tatort eintraf.

War nun alles geschehen? Alles, was im Augenblick geschehen konnte, war geschehen. Trotzdem war es soviel wie nichts, wenn der Täter sich nicht auf den Straßen fortbewegte, sondern ins Gelände auswich. Die verschiedenen Posten der Polizei im großen Moor waren durchschnittlich vier bis fünf Kilometer voneinander entfernt. Sie kontrollierten nur das Straßennetz. Das Gelände dazwischen, teilweise unbegehbar, bestand aus Viehweiden, nassen Wiesen, sumpfigen Niederungsmooren und Hochmooren mit Torfstich, kleinen Gehölzen aus Weiden, Moorbirken und Erlen und zahllosen Wassergräben. Das zum Naturschutzgebiet erklärte Flachmoor am West- und Südufer des Dümmersees war ein breiter sumpfiger Schilfgürtel, durchsetzt von Verlandungszonen und kleinen Gehölzen. Schmale Knüppeldämme führten zu den Bootsstegen und Schutzhütten am eigentlichen Seeufer.

Der Täter konnte sich überall versteckt halten.

Während sie ihn im Ochsenmoor suchten, konnte er in den Borringhäuser Wiesen sein. Wenn sie in die Borringhäuser Wiesen kamen, konnte er ins Kemphauser Moor ausweichen. Falls sie ihm dorthin folgten, war er vielleicht schon weiter ins Hüder Moor oder ins Osterdammer Moor oder in den Achelforthwiesen oder ins Dievenmoor oder zurück ins Ochsenmoor.

Er lag irgendwo in einem dunklen Torfstich und ließ sie vorbeigehen. Er duckte sich in einen Abzugsgraben. Er stand bis zu den Knien im Wasser, tief im Schilf. Er lag in einem Boot, das er unter einen der Stege geschoben hatte. Er lag im Garten eines Einzelgehöftes, in einer leeren Scheune, in einem zugedeckten Leiterwagen. Er lag im Straßengraben und ließ die Polizeiautos vorbeifahren, dann überquerte er die Straße und war außerhalb des kontrollierten Gebietes. Er begab sich auf Nebenwegen in den Vehrter Staatsforst und schlief in einer Tannenschonung. Er war in den Wäldern der Dammerberge verschwunden, versteckte sich dort in einem Geräteschuppen der Ziegelei, in einem Stollen des alten Kieswerks. Er wärmte sich in einem Viehstall. Er schlief in einem Schreberhäuschen in der Nähe der Stadt.

Es regnete. Nordöstlich von Meyerhöfen stiegen die Leuchtkugeln des Suchkommandos hoch und verbreiteten momentweise ein weißes, flackernd erlöschendes Licht. Überall im Moor saßen die Polizeibeamten in ihren Wagen und unterhielten sich über Sprechfunk, um nicht einzuschlafen. Die Windschutzscheiben waren blind vom Regen. Im Gebiet der Ortschaften Welplage, Drohne, Dielingen, Haldung, Stemshorn, Quernheim, Lemförde, Brockum, Hüde und Lehmbruch führten die Streifenwagen eine Reihe von Personenkontrollen durch. Die Beamten der Mordkommission hatten bei der Inspektion des Tatortes fünf Geschoßhülsen des Kalibers 5,6 mm (lang) gefunden. Sie befanden sich jetzt auf der Fahrt in das Krankenhaus in Ostercappeln. Die Leiche des Polizeiobermeisters Wiedemann sollte am nächsten Tag von zwei Gerichtsmedizinern der Universität Münster seziert werden. In den Orten Hunteburg, Welplage, Schwege, Meyerhöfen, Dielingen, Stemshorn und Lemförde blieb die Straßenbeleuchtung die ganze Nacht an. Auch die umliegenden Höfe waren beleuchtet. Die Landeskriminalpolizei Osnabrück gab erste Meldungen über das Verbrechen und die Fahndung an die Presseagenturen und die regionalen Redaktionen durch. Der Einsatz der Suchhunde hatte sich wie vorausgesehen in dem nassen Gelände als zwecklos erwiesen. Sie verloren die Spur an einem breiten, etwa 1,20 Meter tiefen Wassergraben, den der Flüchtling offenbar eine längere Strecke durchwatet hatte. Der erfolgreiche Rüde »Held vom Preußenblut« wurde in das Wasser gelassen, fand aber keine Ausstiegsspur. Dennoch setzte das Komman-

do der Schutzpolizei zusammen mit freiwilligen Helfern aus der Bevölkerung die Durchsuchung des zum Teil sumpfigen oder überschwemmten Geländes zu beiden Seiten der Hunte fort. Polizeioberrat Bernhard war nach mehrmaligen Versuchen telefonisch in seinem Wiesbadener Hotel erreicht worden und konnte gerade noch einen späten F-Zug bekommen. Er ging sofort ins Schreibabteil und rief über das Zugtelefon die Sonderkommission in Osnabrück an. Scheuner meldete sich, ein wenig überrascht. Die Verbindung war schlecht. Bernhard verstand, daß die Fahndung bisher ohne Ergebnis war und verabredete, in einer Stunde wieder anzurufen.
Um ein Uhr nachts hörte der Polizeimeister Jürgensmeier, der am Haltepunkt Schwege-Kolonie die Bahnstrecke kontrollierte, ein verdächtiges Geräusch. Er hatte den Eindruck, daß in der Wiese auf der Westseite des Bahndammes jemand gehustet hatte, und leuchtete das Gelände mit seiner Handlampe ab, ohne etwas wahrzunehmen. Zwanzig Minuten später passierte ein Güterzug die Strecke in nördlicher Richtung. Darin könnte er jetzt auch sein, sagte sich Jürgensmeier, der inzwischen seine Beobachtung für eine Einbildung hielt.
In der Ortschaft Rottinghausen nördlich des Rottinghausener Moors wurde die Bäuerin Annegret Steuwer mitten in der Nacht wach und sah an ihrem Fenster den Umriß eines Mannes, der sofort verschwand.
Der Polizeiposten an der Kreuzung Campemoor hatte den Vorzug, daß sich dort eine Gastwirtschaft befand, die allerdings um 24 Uhr schloß. Erst danach stellte der Polizeimeister Henrichs fest, daß er keine Zigaretten

mehr hatte. An der Vorderfront der Gastwirtschaft befand sich kein Automat. Als er um das Haus herumging, sah er bei den Wirtschaftsgebäuden eine Bewegung, so als verschwände eine Person in den Garten. Als er der Sache nachging, konnte er nichts feststellen. Ein Einbrecher hätte in der Dunkelheit nach allen Richtungen verschwinden können.

Es regnete ununterbrochen, seit in den Abendstunden das Thermometer um drei Grad gestiegen war. Die Fläche des Dümmersees, die Abzuggräben, die Sumpftümpel waren aufgewühlt vom Regen. In der Nähe des Sees hörte man das dichte Rauschen des in den Schilfgürtel einfallenden Wassers. Auch der Zug, in dem Bernhard saß, wurde von der Regenfront erreicht. Die Scheiben wurden plötzlich naß, und das Wasser lief in schrägen Bahnen an ihnen herunter. Die Zugsekretärin kam mit einer Kanne Tee und zwei Tassen aus dem Speisewagen zurück. Sie lächelte und zog hinter sich die Tür zu. Schreckliches Wetter, aber hier drinnen war es um so gemütlicher. Sie strömte einen leisen Parfümduft aus, als habe sie sich draußen zurechtgemacht.
Wann machen wir weiter? fragte sie. Ich bin Feuer und Flamme.
Für die Polizei?
Diesmal bestimmt.
Ja, sie hatte ihre kleine Handtasche mit und legte sie beiseite, bevor sie das Tablett abstellte. Die Kripo sieht alles, dachte er zufrieden, während sie ihm Tee eingoß und sich ihm gegenüber in das Polster fallen ließ, als

wollte sie ihm zeigen, wie sie die Situation genoß. Sie hatte sich geschminkt, sie sah frisch aus, eine Blondine Ende Dreißig, wie er schätzte, mit einer ganz brauchbaren Figur und der Erwartung, daß etwas Aufregendes passieren würde.

Erzählen Sie mir von Ihrem Beruf, sagte sie.

Manchmal ist es nur Bürokram, sagte er, und manchmal, Sie sehen es ja, wie im Partisanenkrieg.

Er war, während er weiterredete, noch überrascht von seinem Einfall. Partisanenkrieg. Wenn das stimmte, wenn das die Struktur der Sache war, mußte er taktische Konsequenzen ziehen.

Findeisen war der Partisan, der eine ganze Armee narrte, die sich nicht auf ihn einstellen konnte.

Partisanenkrieg. Unter diesem Stichwort mußte er alles neu durchdenken, wenn er noch Zeit dazu hatte. Wenn Bruno Findeisen diese Nacht durchstand und ihm die Chance verschaffte. Er brauchte sie. Er würde dann alles wieder in die Hand bekommen. Das Lehrbeispiel einer neuen Fahndung würde er liefern.

Er hatte plötzlich eine neue Verbindung zu allem. Da saß sie, eine Blondine in einer kirschroten Bluse.

Sie bedeutete für ihn etwas, nicht als Person, aber als ein Zeichen, das Zukunft verkündete. So wie sie aufgetaucht war, so konnte überhaupt Neues geschehen. Jeder Augenblick war neu. Auch die Wiederholungen waren Angebote, neu anzufangen. Jeder Augenblick war eine weiße Leinwand, auf der plötzlich etwas erscheinen konnte. Ja, dachte er, man ist viel zu eingeengt, viel zu skrupulös, und sah in das Gesicht gegenüber, ohne mehr wahrzunehmen, als seine lächelnde Anwesenheit.

Sie hatten gerade in Bonn gehalten. Wenige Reisende, Postsäcke, die verladen wurden. Das Fahren war eher ein Gleiten. Dunkle Stadthäuser und Regen. Flaches Land und Regen. Lichter von Raffinerien in kunstvoller Anordnung, scheinbar körperlos in der Dunkelheit. Er hatte einen neuen Gedanken im Kopf, noch unbestimmt, aber schon ganz sicher. Er besaß die Richtung, den Umriß.

Sie versuchte gerade wieder für ihn anzurufen. Renslage kam an den Apparat, und diesmal war die Verständigung gut.

Ich höre Sie, als ob Sie hier wären, sagte Renslage.

Neue Nachrichten gab es nicht. Die Fahndung lief natürlich weiter, um Findeisen keine Ruhe zu lassen. Er hatte wieder alles verloren und mußte bald irgendwo einbrechen. Das Wetter war saumäßig. Durch das ganze Haus sei ein Aufschrei gegangen, als die Nachricht von dem Mord kam. Und noch etwas: in Hannover und Oldenburg stand die Bereitschaftspolizei schon unter Alarm.

Gut. Alles ging gut. Jetzt mußte nur noch Zeit vergehen. Warum erzählte er dieser Frau von seiner Vergangenheit, seinen Erfolgen und beruflichen Schwierigkeiten und vom Krieg?

Er war Fallschirmspringer gewesen. Hier in der Nähe lag der Feldflughafen, von dem sie im Dezember 44 starteten, um bei Bastogne hinter den amerikanischen Linien abzuspringen. Er war einer der wenigen Über-

lebenden. Es war ein angenehmer Gedanke, das überstanden zu haben und immer noch da zu sein.
Noch mitzumachen an der richtigen Stelle, auf dem gewünschten Platz.
Sollte er ins Abteil gehen und noch ein wenig schlafen?
Er war zu unruhig, zu angeregt.
Der Chef kommt morgen um 4.30 Uhr, sagte Renslage.
Wir müssen einen Wagen zum Bahnhof schicken.
Wir müssen wach bleiben. Der Einsatz wird fortgesetzt.
Sie wollte mehr wissen. Sie fand alles aufregend.
Im Funksprechverkehr kamen nur noch Standortmeldungen durch.
Pausenlose Annäherung, weiches sausendes Gleiten.
Das war immer noch dasselbe Wetter, das ihm seine Chance bewahrte. Vielleicht tapste der Verfolgte immer noch in den nassen Wiesen herum.
Das Suchkommando war inzwischen zurückgekehrt. Im Hinterzimmer der Gastwirtschaft Klossmann in Meyerhöfen schliefen einige Polizisten, die an der Aktion im Ochsenmoor teilgenommen hatten. Sie lagen zugedeckt mit ihren Mänteln auf den Wandbänken. Ihre Karabiner und Koppel hingen über ihnen. In einem anderen Teil des Raums diktierte ein Beamter des Erkennungsdienstes einem völlig übernächtigt aussehenden Polizeischüler eine Liste der in Findeisens Aktentasche und in seinem Mantel gefundenen Gegenstände, die nach Gruppen geordnet auf einem besonderen Tisch ausgebreitet waren. Die Aktentasche, der weggeworfene Mantel, das Fahrrad, die Geschoßhülsen waren außer

seinen Fußabdrücken die Spuren, die Findeisen hinterlassen hatte, wenn man die Leiche im Keller des Krankenhauses Ostercappeln nicht dazurechnen wollte.

Beweismittel, sichergestellt am Tatort in Meyerhöfen:

a) 1 schwarze Kunstlederaktentasche mit ff. Inhalt:

1. 1 Meißel
2. 1 Stemmeisen (Stecheisen)
3. 1 Flachfeile
4. 2 Schraubenzieher
5. 1 Metallbügelsäge
6. 1 Fahrtenmesser mit Scheide (Aufschrift »Löns-Messer«)
7. 5 Sägeblätter (zur Metallbügelsäge Nr. 5)
8. 1 Bürste
9. 1 Zahnbürste
10. 1 Tube Blendax Zahncreme
11. 1 Paar Nappa-Lederhandschuhe Gr. 8 ³/₄, grau
12. 1 Teil eines Wollstrumpfes
13. 2 Hanfseile
14. 1 Erdal Schuhcreme, schwarz
15. 1 Ford Autokarte (Deutschland)
16. 1 Flasche Likör »Halb und Halb«, Edeka, halb gefüllt
17. 1 volle Flasche mit rotem Inhalt, offensichtlich Likör
18. 1 halbgefülltes Glas Marmelade
19. 2 gr. Tafeln Schokolade »Sügena« Vollmilch
20. 1 gr. Tafel »Trumpf« Feine Vollmilch

21. 13 Täfelchen »Wissol« Schokolade
22. 1 Packung Nervogastrol »Heumann«,
    fast halb gefüllt
23. 13 Päckchen Juno-Zigaretten à 12
24. 8 Päckchen HB-Zigaretten à 12
25. 2 Päckchen Ova-Zigaretten à 12
26. 1 Packung Lux-Zigaretten à 12
27. 2 Päckchen Kräuterkäse
28. 1 angebrochene Packung Datteln
29. 1 angebrochene Packung Käse

b) 1 grauer Herrenwintermantel, Knopfleiste innen und gerade Taschen. Firmenbezeichnung »Müller-Wipperfürth«. Taschen mit ff. Inhalt:

1. 1 Rowenta-Gasfeuerzeug (lederbezogen)
2. 1 Taschenlampenbatterie (Varta Stab 3 Volt)
3. 1 volle und 1 angebrochene Packung Juno-Zigaretten
4. 1 Nadelmappe Marke Nesthäkchen
5. 1 Tüte mit der Aufschrift »Agnes Reuter – Hunteburg« Inhalt: 1 Sternchen Zwirn
6. 1 Taschentuch
7. 1 zum Mantel gehörender Knopf
8. 5 Bonbons »Hustelinchen«.

Seit Stunden waren die Spediteure unterwegs, die die überregionalen Zeitungen von den Druckereien zu den Grossisten fuhren, wo sie zwischen 3.00 Uhr nachts und 5.00 Uhr morgens erwartet wurden, Lastzüge schwer beladen mit großen Stapeln frisch bedruckten Papiers. Alle Ausgaben des Norddeutschen Raumes enthielten Berichte und Bilder vom Tod des Polizeiobermeisters

Wiedemann aus Hunteburg. Zum Teil war deshalb der Umbruch der Zeitungen geändert und der Druck verzögert worden. Jetzt kam als weitere Schwierigkeit der starke Regen hinzu. Die Versandleiter der Grossohäuser rechneten schon mit der Verspätung und überlegten, ob sie mit einer Teilauslieferung der lokalen Stadt- und Landausgaben beginnen sollten.

Mord Mord Mord. Neue Bluttat des Gewaltverbrechers.

Stellen Sie sich vor, was das bedeutet, sagte Bernhard. Sie werden in alliierter Uniform hinter den amerikanischen Linien abgeworfen, eine abenteuerliche Idee, von einem Abenteurer, dem Mussolinibefreier Skorzeny, dem Handstreichspezialisten, die natürlich strategisch nichts einbrachte, nicht einmal große Verwirrung, die man hätte ausnützen können, denn die Angriffsspitzen waren steckengeblieben, das war nicht wie 1940, jetzt war niemand da, außer natürlich massenhaft Toten, genau wie bei dem anderen Haufen, bei dem ich war, den letzten 1200 einsatzfähigen Springern, die damals aufgerieben wurden –

Ich erzählte es ja.

Ich denke selten daran.

Aber alles ist noch lebendig.

Jemand ging an dem Maschendrahtzaun der großen Geflügelfarm bei Lemförde entlang, überquerte eine Fahrstraße und bog wieder in die Wiesen ab.

In den Wohnungen der Zeitungsträger klingelten die Wecker. Rentner erwachten aus ihrem leichten Altmännerschlaf und machten sich mit dem Tauchsieder warmes

Wasser für einen Tee. Alleinstehende Frauen horchten auf das Geräusch des Lieferwagens und gingen, wenn sie ihn kommen hörten, an die Haustür, um das Klingeln zu verhindern. Junge Männer, die nicht wach werden konnten, rauchten halb schlafend ihre erste Zigarette.

Bist spät dran, sagten sie zu dem Fahrer, während sie die Pakete in Empfang nahmen und den Lieferschein unterschrieben.

Alles ist heut später, sagte der Fahrer.

Mord Mord Mord. Neue Bluttat des Gewaltverbrechers.

Er hockte auf einer Viehtränke und sah angespannt zu der Straße hinüber, die in der regnerischen Finsternis kaum zu erkennen war. Nun gebt doch mal klare Auskunft, Leute, sagte der Versandleiter ins Telefon. Wann ist die Ladung bei euch abgegangen?

Die Schritte der Zeitungsboten und das Klappern der Briefkastenschlitze, in die sie die zusammengefalteten Zeitungen schoben, waren noch die einzigen Geräusche in den dunklen Wohnstraßen. Manchmal kamen von innen die verschlafenen Schritte eines Frühaufstehers zur Tür. Er bückte sich, hob die Zeitung auf und ging lesend in die Küche, wo er seinen Kaffee trank.

Im Wagen der Feuerwehr verblutet – Seine letzte Diensthandlung war Tapferkeit – Empörung und Abscheu bei der Bevölkerung – Mit der Kamera am Ort des Schreckens.

Wieder ging er ein Stück parallel zur Straße und dann neben einem Wassergraben direkt auf sie zu. Kurz vor der Straße duckte er sich, beobachtete sie in beiden Richtungen und horchte. Mit ein paar schnellen Schritten lief er hinüber und verschwand auf der anderen Seite in den Wiesen westlich der Ortschaft Stemshorn und der Bahnlinie nach Bassum.

Bald darauf fuhr auf dieser Strecke der erste Vorortzug nach Osnabrück. Alle paar Minuten hielt er auf einer kleinen zweigleisigen Bahnstation und neue Männer jeden Alters drängten sich zu den anderen herein und bildeten mit ihnen zusammen eine immer dichter gestaute, schweigende, nach Regen, Tabak und ungelüfteten Arbeitskleidern riechende Menge, die an der nächsten Station wieder schweigend nachgab, wenn ein neuer Schub hereindrängte. Es waren fast alles Arbeiter der Klöckner-Georgsmarienhütte und der Kabelwerke von Osnabrück, die sich zum Teil gegenseitig kannten, jedenfalls morgens und abends im selben Zug fuhren, aber offenbar wegen der Enge keine Lust hatten miteinander zu sprechen. Draußen zog das dunkle Bruchland vorüber, undeutliche Konturen, kaum erkennbar hinter den schmutzigen verregneten Scheiben, die fast alle beschlagen waren. In den Gehöften neben der Bahnlinie brannte das erste Licht. Vielleicht waren sie auch die ganze Nacht beleuchtet gewesen. Kaum einer der Männer sah hinaus. Die meisten standen mit dem Rücken zum Fenster. Ihre Gesichter waren schlecht durchblutet, mürrisch und nicht ganz wach. Sie vermieden es, sich anzusehen. Wer einen Sitzplatz hatte, schlief oder las Zeitung. Die in der Nähe standen, versuchten die Schlagzeilen zu lesen.

Neue des ... verblutet ... letzte Diensthandlung ... Ort des Schreckens.

Der Zug fuhr von Nordwesten in Osnabrück ein, wo inzwischen viele Fenster erleuchtet waren und immer mehr Menschen in ihren Briefkästen die Stadtausgabe der Zeitung vorfanden, die die Arbeiter in den einfahrenden Zügen im Augenblick des Bremsens fast gleichzeitig zusammenfalteten. Kurz nacheinander liefen die Nahschnellverkehrszüge aus Rheine, Vechta, Quakenbrück und Bünde ein oder standen schon leer und erleuchtet auf verschiedenen Gleisen, und in der Unterführung mischten sich die Menschenströme, die dicht und in schnellem gleichmäßigem Tempo die Bahnsteigtreppen hinuntergingen und sich dann, kaum gebremst und aufgelöst von den wenigen Reisenden, die ihnen entgegenkamen, durch die Halle ergossen, wo die Kioske gerade die verspätet gelieferten überregionalen Zeitungen auslegten.

Die meisten kauften erst draußen bei den uniformierten Ausrufern, die sich in genügendem Abstand vom Bahnhof mit frisch gefüllten Tragtaschen aufgestellt hatten und den Vorbeigehenden ihre Zeitung entgegenhielten und das abgezählte Geld in Empfang nahmen.

Neue Bluttat des Waldmenschen, neue Bluttat des Waldmenschen,

riefen sie, während die Menge wortlos an ihnen vorbeiging und immer neue Hände die Zeitung wie eine tägliche Zuteilung in Empfang nahmen. Kurz danach wiederholte sich derselbe Vorgang vor den Toren der Fabriken, als die Nachtschicht herauskam und andere

Verkäufer oder auch dieselben mit eilig aufgefüllten Tragtaschen dieselben Schlagzeilen ausriefen.
Überall in der Stadt war jetzt Bewegung. Der Berufsverkehr mischte die Menschen durcheinander, ließ flüchtige Ballungen, dauernd veränderte Ansammlungen entstehen und löste sie wieder auf, und überall, in den Verkehrsmitteln, an Knotenpunkten und Haltestellen waren die Menschen mit sich allein und nahmen Nachrichten und Signale in sich auf.
Was war denn passiert? War es das Leben?
Pst, der flüsternde Vollautomat ist da. Aktuelle Frühjahrsmode. Neue Bluttat des Waldmenschen.
Sie wußten es schon. Sie wollten es aber lesen und die Bilder betrachten. Sie blieben vor den Aushängen der lokalen Zeitungen stehen. Sie standen lesend unter den Schutzdächern der Haltestellen.
Pst, der flüsternde Vollautomat. Mörder hat nichts mehr zu verlieren.
Sie stiegen ein und entfalteten ihre Zeitungen. Die Gesichter waren darüber gebeugt, ungestört durch das Anfahren und Halten des Busses, das sie mit einem weichen Ruck auffingen, ohne mit den Augen den Text zu verlieren. Es mußte etwas Wichtiges sein. Niemand konnte ihnen ansehen, was sie dachten.

Was sagen Sie dazu?
Wird höchste Zeit, daß die Polizei endlich zupackt.
Und was sagen Sie dazu?
Der hätte eben selber schießen sollen.
Und was sagen Sie dazu?

Ich meine, der Mann hätte nie aus dem Zuchthaus raus gedurft.
Und was sagen Sie dazu?
Schrecklich für die Frau und die armen Kinder.
Und was sagen Sie dazu?
Da gehört die Rübe runter.

Das können wir so nicht bringen, sagte der Redakteur zu dem Mitarbeiter, der die Umfrage gemacht hatte. Schreiben Sie: Ich bin für die Todesstrafe.
Wissen Sie was, sagte der Redakteur vom Nachbarschreibtisch, die Leute meinen nur was, wenn sie nach ihrer Meinung gefragt werden.
Was soll das heißen?
Meistens meinen sie eben nichts. Sie sind nur betäubt. Aber dann plötzlich auf ein Stichwort kommen die Meinungen hoch.

Der Körper des Polizeiobermeisters Wiedemann war inzwischen im Zustand voll ausgebildeter Totenstarre in die Leichenhalle des Stadtkrankenhauses Osnabrück transportiert worden, wo am Nachmittag die gerichtliche Leichenöffnung stattfand. Als die Kommission aus Juristen und Ärzten eintrat, lag die Leiche halb entkleidet, eine Blechrolle im Nacken, auf dem Sektionstisch. Sie trug ein Krankenhaushemd und eine auf der linken Seite blutverschmutzte blaugraue Uniformstiefelhose, mit schrägen, nach innen ziehenden Abrinnspuren. Die durchschossenen und stark durchbluteten Kleidungsstücke lagen auf einem besonderen Tisch. Der Sektionsgehilfe, ein älterer grauhaariger Mann, hatte schon das Besteck bereitgelegt und die Spülwanne mit Wasser gefüllt. Das Licht über dem Tisch war eingeschaltet und beleuchtete den Toten gleichmäßig in ganzer Länge. Er sah gelblichweiß aus, mit zur Seite verstrichenen, blaßbräunlichen, am Rand vertrockneten Lippen, die Schläfen waren eingesunken und Kinn und Nase traten spitz hervor. Die beiden zur Identifizierung geladenen Polizeibeamten, die auf Aufforderung des Richters herantraten, warfen nur einen kurzen Blick auf die Leiche, dann gaben sie beide zu Protokoll, daß sie in dem Toten den ihnen bekannten Polizeiobermeister Wiedemann erkannt hätten, und wurden sofort entlassen.

Ich glaube, wir fangen an, sagte der Richter, und der Staatsanwalt und der Amtsarzt nickten, um ihre offizielle Anwesenheit zu bestätigen. Die Kommission ging zuerst zum Kleidertisch hinüber. Der Obduzent und sein Assistent nahmen jedes Kleidungsstück einzeln in die Hand, durchsuchten es nach Ein- und Ausschußspuren, maßen ihren Abstand vom unteren und seitlichen Rand des Kleidungstückes und diktierten ihre Feststellungen dem Urkundebeamten.

Dann versammelten sich alle wieder um den Sektionstisch und sahen zu, wie die Leiche von dem Sektionsgehilfen mit ein paar Handgriffen vollständig entkleidet wurde. Auf der bleichen Haut erschienen die Einschüsse als braunrote Vertrocknungen, die sich auf leisen Druck mit der Sonde öffneten und den Schußkanal freigaben. Nur der Einschuß an der Brust war ein kleines rundes Loch, umgeben von einem angetrockneten Blutsaum und einer kreisförmigen dunklen Unterlaufung. Auf dem Rücken fanden sich ein weiterer Einschuß, ein Steckgeschoß, gut tastbar in einer Hautbeule, und ausgeprägte blaurote Totenflecken. Dann wurde die Leiche, starr wie ein großer holziger Gegenstand, wieder in die Rückenlage gebracht, und der Obduzent begann mit der Öffnung. Er zog das Messer ohne abzusetzen von der linken Schulter des Toten unter den Schlüsselbeinen zur rechten Schulter tief durch Haut und Muskelfleisch, dann mit der gleichen zügigen glatten Bewegung von der Mitte des Schnittes über das Brustbein, um den Nabel herum bis herunter zum Ansatz des Genitals und noch einmal in einem Bogen über die Leisten zu den Schenkeln.

Wer wissen will, was der Tod ist, muß jetzt das Gesicht des Toten betrachten, seine mehlige Stille, seine unberührbare Versunkenheit, während Bauch- und Brustfleisch zur Seite geklappt werden und die feuchte blutige Dunkelheit der Organe freigeben, während die Knorpelzange das Brustbein aus dem Rippenkorb heraustrennt und dann mit einer Kelle das Blut aus den Körperhöhlen geschöpft und in ein Meßgefäß gefüllt wird, seine starre Unwissenheit und Würde, wenn Herz, Lunge, Leber, Nieren, Magen, Därme und Harnblase aus ihm herausgeschnitten und in der Wanne zu seinen Füßen gewaschen werden, wenn er in den entleerten Flüssigkeiten und breiigen Massen seines Inneren liegt und der Sektionsgehilfe den Tisch mit der Handbrause abspült, seine Stille, seine Versunkenheit, seine Ruhe bei den knirschenden Schnittgeräuschen der Scheren und dem Raspeln der Knochensägen – wer wissen will, was der Tod ist, muß in der feierlichen Starre des Leichengesichtes den fast unüberwindlichen Schein einer entrückten Anwesenheit gesehen haben, hinterlassenes Gesicht der entschwundenen oder zerfallenen Person, die noch festgehalten zu werden scheint von den zu unverständlichem Frieden gelösten und wieder versteiften Muskeln, während der Obduzent die zerstückelten Organe wieder in den leeren Körper zurücklegt, Brust- und Bauchdecke zuklappt und wieder vernäht, um das da, die Hülle, das Behältnis mit seinem zerfallenden Inhalt noch einmal zurechtzumachen für unsere Trauer, bevor die Täuschung sich auflöst, unsichtbar unter der Erde dem Kadavertod preisgegeben, adressiert an nichts.

Mit dem Gegner in Fühlung bleiben, nicht für ihn erkennbar sein, ihm mit seinen eigenen Mitteln begegnen, das waren die Prinzipien einer neuen Fahndung wie Bernhard sie sich wünschte. Aber er hatte wachsende Schwierigkeiten mit der Schutzpolizei, die nach den dauernden vergeblichen Geländeeinsätzen, diesem »blöden Herumrennen in der Scheißgegend« nicht auch noch auf ihren technischen Komfort, Fahrzeuge und Funkgeräte, und auf die Uniform verzichten wollte. Das war es aber, was er unter dem Phantasiewort »Aktion Jägermeister« sich immer deutlicher vorstellte, ein dichtes unsichtbares Netz scheinbarer Zivilisten, die das ganze Land überschwemmten und wie Partisanen aus dem Land lebten, unterscheidbar von den wirklichen Bauern, Spaziergängern, Jägern und Waldarbeitern nur in dem entscheidenden Moment, in dem sie plötzlich die verborgene Pistole zogen.

Er war sich bewußt, daß dies der gefährliche Augenblick war, der Moment, in dem der wirkliche Zivilist den scheinbaren nicht zu erkennen vermochte und der scheinbare Zivilist in dem anderen, der sich verdächtig bewegte, den Verbrecher sah und unsicher durch seine Einsamkeit, sein Warten, das Dämmerlicht oder die Dunkelheit und alles, was er über den Waldmenschen, den Moormörder, den schießwütigen Schwerverbrecher gehört hatte, vielleicht zwischen Anruf und Schuß, Warnschuß und Fangschuß keine Pause machte. Je belastender und ungewohnter für den einzelnen Polizisten die Situation war, um so größer war das Risiko. Andererseits hatten sich die konventionellen Methoden als erfolglos erwiesen und der Polizist in Hunteburg, der in voller Uniform, rufend, mit zu spät gezogener Pistole hinter Findeisen hergelaufen war und versucht hatte, ihn korrekt zu verhaften, lebte nicht mehr.

Er mußte weiterkommen, er mußte umdenken, er war letzten Endes auf den Erfolg verpflichtet. Er mußte eine spezielle Methode für einen speziellen Fall entwickeln. Und dies war, wie sich bis zur Peinlichkeit gezeigt hatte, kein Fall für eine Straßenpolizei. Bei der letzten Besprechung mit der Schutzpolizei hatte er das vorgebracht. Man hatte ihm geantwortet, daß die Fahndungsabteilung der Kripo doch auf diese Weise eingesetzt werden könne. Außerdem wisse man ja nicht im voraus, in welchem Gebiet man Findeisen zu erwarten habe. Der Sperriegel durch das Wiehengebirge sei ja auch ein Mißerfolg gewesen.

Das stand ihm im Wege. Diese Niederlage. Eine fürchterliche Strapaze für alle, die daran teilgenommen hatten. Er konnte sich vorstellen, wie man bei der Mannschaft über ihn redete.

Trotzdem arbeitete er mit seinen Mitarbeitern von der Sonderkommission am Konzept der »Aktion Jägermeister« weiter. Er mußte auch die Einheiten der Bereitschaftspolizei einbeziehen, die in den Jugendherbergen von Bad Essen, Melle und Osnabrück wieder auf den Einsatz warteten. Sie und die Hubschrauber sollten in seinem Plan nach dem alten Verfahren des Großeinsatzes verwendet werden, wenn Findeisen irgendwo gesichtet worden und wieder entkommen war. Das Neue aber war die Vorstufe, der sozusagen beweglich und unsichtbar gewordene Sperriegel in Form zahlreicher Doppelstreifen in Zivil. Sie sollten das Gebiet zwischen Wiehengebirge und Teutoburgerwald in einem etwa 25 Kilometer breiten Streifen östlich von Osnabrück durchsetzen. Dort, in seinem alten vertrauten Gebiet, erwartete er den Gejagten. Er glaubte zu wissen, daß er sich jetzt nach dem Mord dort sicherer fühlte. Findeisen war aufgestört, verwirrt, er würde sich dorthin zurückziehen, wie zu einer besseren Erinnerung. Um das zu unterstützen, konnte man das Moorgebiet im Norden durch auffällige Polizeistreifen noch unwohnlicher für ihn machen. Man konnte ihn den Jägern zutreiben, die weiter südlich auf ihn warteten.

Jede Fahndung hatte ihre bestimmten psychologischen Voraussetzungen. Eine war Bernhards Sicherheit gegenüber den Widerständen. Das war vielleicht nichts anderes als der allgemeine Stimmungsumschwung, der sich auch in ihm vollzog. Er war die leitende Instanz, der Handelnde, der planende Kopf, aber auch Instrument. Und er bekam den erwarteten Rückenwind von der Presse.

Landesfeind Nr. 1

Ist die Polizei schlechter als ihr Ruf? Der Skandal der verlorenen Sicherheit und die Vertrauenskrise.

Der Fall des flüchtigen Banditen und Mörders Bruno Findeisen wird jetzt zu einem Fall, der das Ansehen der Polizei aufs Schwerste gefährdet. Und das Innenministerium in Hannover schweigt, obwohl das Katz- und Mausspiel nun schon monatelang dauert und es nach dem letzten Fehlschlag nicht danach aussieht, daß die Polizei endlich zufassen könnte.
Die Jagd nach dem Mörder hat ganz augenscheinlich die Schwerfälligkeit der Polizei in derartigen Situationen erwiesen, denn es ist einfach nicht einzusehen, weshalb ein Mörder vom Kaliber Findeisens noch immer auf freiem Fuß ist. Längst ist er zum Landesfeind Nr. 1 geworden, weil er rücksichtslos von seiner Schußwaffe Gebrauch macht, wenn sich ihm bei seinen nächtlichen Einbrüchen in Gehöfte und Lebensmittelgeschäfte jemand in den Weg stellt.
Der Fall Findeisen dokumentiert, daß vor allem auf dem Lande die Polizei sich nicht der technischen Möglichkeiten ihres Apparates zu bedienen weiß. Großangelegte Suchaktionen mit Hilfe von Bereit-

schaftspolizei, Hunden und Hubschraubern wurden bisher stets zu spät gestartet, so daß Findeisen sich längst dem Kordon entzogen hatte. Findeisen ist ein ungewöhnlicher Verbrecher, und man sollte endlich zu ungewöhnlichen Maßnahmen übergehen, um ihn zu ergreifen. Oder will man bei der Polizei das alte Sprichwort auf den Kopf stellen; heißt es bei den Verantwortlichen in Osnabrück und Hannover: Lieber ein Schrecken ohne Ende als ein Ende mit Schrecken?

Bevölkerung in Panik

Wie die sprunghaft angestiegenen Waffenkäufe beweisen, hat Findeisen inzwischen die ganze Bevölkerung in Angst und Panik versetzt. Abseits wohnende Bauernfamilien gehen abends mit Todesangst ins Bett. Die Inhaber von ländlichen Lebensmittelgeschäften bangen dem nächsten Tag entgegen. Viele Häuser sind verbarrikadiert. Die Hoflampen brennen vom frühen Abend bis zum späten Morgen. Eltern schließen sich mit ihren Kindern nachts in einem Zimmer ein. Hundertfach wird die Frage gestellt, wie schützen wir uns, wenn der Mörder kommt? Das Vertrauen der Bevölkerung in die Sicherheitsbehörden ist inzwischen grundsätzlich erschüttert.

Weshalb nicht längst die Bundeswehr um Hilfe angegangen worden ist, um mit vollmotorisierten Einheiten einen wirklich undurchdringlichen Sperrgürtel um das Moor- und Waldgebiet zu ziehen, ist ein

Geheimnis des Innenministeriums in Hannover, wo man offenbar zu weit vom Schuß ist.

Generalstabsplan X

Die Zahl der für Findeisen in seinem Gebiet in Frage kommenden Nachschubmöglichkeiten ist nicht so groß, als daß man sie nicht Tag und Nacht durch mit Funksprechgeräten ausgerüstete Posten überwachen lassen könnte. Sie brauchten gar nicht persönlich gegen den schießwütigen Verbrecher vorzugehen – wenn das nicht Sache beispielsweise von Wehrpflichtigen sein darf – sondern könnten im Falle des Auftauchens des Gesuchten über Funk den dann anlaufenden Generalstabsplan X auslösen.
Mit jedem Tag, da Findeisen weiter auf freiem Fuß ist, wird der Ruf der Polizei weiter ruiniert. Im Osnabrücker Raum geht schon der Witz um »Findeisen ist tot. Er hat sich über die Polizei totgelacht.« Dieser Rufmord sollte endlich das Innenministerium zu durchgreifenden Maßnahmen veranlassen.

Ist das schlimm für dich, fragte seine Frau.
Nein überhaupt nicht. Es paßt mir.
Wie erträgst du das, diesen Haß, diesen Geifer?
Ich bin Profi. Ich will diesen Burschen fangen.
Ich wünschte, ihr hättet ihn bald.
Er hatte das für das Ende des Gesprächs gehalten und sich wieder seiner Arbeit zugewandt. Für die Vormittagsbesprechung beim Regierungspräsidenten mußte er den Einsatzbefehl perfekt haben. Es schien ihm besser,

die Sonderkommission von den Aufgaben des Meldekopfes zu entlasten und nur mit der Auswertung der eingehenden Nachrichten und den Ermittlungsaufgaben zu betreuen. Sie sollte zwei Fahndungstrupps zur besonderen Verfügung haben, von denen er den einen bei Engter, den anderen bei Schledehausen stationieren wollte. Der Meldekopf übernahm mit dem ganzen Funkverkehr die Einsatzleitung nach den jeweiligen Erkenntnissen der Sonderkommission. Das Netz der Kontrollpunkte, die die Schutzpolizei besetzen sollte, hatte er ausgearbeitet. Die einzelnen Bestimmungen für den Einsatz der Bereitschaftspolizei und der Hubschrauber lagen fest. Jetzt mußten noch die allgemeinen Anordnungen formuliert werden. »Allgemeine Anordnungen«, schrieb er auf ein leeres Blatt. Dann hob er den Kopf, um nachzudenken, und sah sie wie in einem schon vergangenen Moment immer noch im Zimmer stehen.

Was ist? fragte er.

Erst danach sah er in ihrem Gesicht den fremden Ausdruck mühsam beherrschter Hysterie.

Es ist alles so stupide, sagte sie.

Was? fragte er wieder und hatte das Gefühl, daß er immer hinter dem Ereignis herlaufe.

Wenn du es nicht weißt, ist es ja gut. Jedenfalls für dich.

Entschuldige, sagte er, glaubst du, ich sitze freiwillig hier?

Ja, sagte sie, das glaube ich. Du florierst dabei.

Einen Moment lang betrachtete er sie mit Neugier, aber es geschah nichts weiter. Der gespannte Ausdruck in ihrem Gesicht verschwand und sie sah nur müde aus, als sie ging.

Allgemeine Anordnungen. Allgemeine Anordnungen. Erzählen Sie mir von Ihrem Beruf. Ich bin Feuer und Flamme. Allgemeine Anordnungen. Funksprechverkehr ist nur im Notfall aufzunehmen oder bei Ergreifung der gesuchten Person. Allgemeine Anordnungen. Zur gegenseitigen Erkennung der an den Aktionen beteiligten Beamten wird das Stichwort »Alpenrose« ausgegeben, wobei der Anrufende »Alpen« sagt und der Angerufene mit »Rose« antwortet. Waffen mit Ersatzmagazinen, Schließketten und Lampen sind mitzuführen. Erzählen Sie mir von Ihrem Beruf. Allgemeine Anordnungen. Du florierst dabei. Es soll dem Einsatz entsprechende Zivilkleidung getragen werden. Oder: Es wird empfohlen, dem Einsatz entsprechende Zivilkleidung zu tragen. Allgemeine Anordnungen, nur für den Dienstgebrauch. Mit jedem Tag, den Findeisen weiter auf freiem Fuß ist, geht der Ruf der Polizei weiter kaputt. Wie erträgst du es, diesen Haß, diesen Geifer? Ich bin Feuer und Flamme. Ich bin Profi. Erzählen Sie mir von Ihrem Beruf. Allgemeine Anordnungen. Alle Beamten haben außerhalb des Gebäudes ständig ihre Dienstwaffe bei sich zu führen. Zur Behebung von Zweifeln wird besonders darauf hingewiesen, daß Findeisen im Sinne von § 7 (1)3 UZwVO vom 15. 11. 51 eines Verbrechens dringend verdächtig ist und deshalb zur Vereitelung der Flucht von der Waffe Gebrauch gemacht werden kann. Dem Schußwaffengebrauch muß ein einmalig deutlich vernehmbarer Anruf: Polizei! Halt, oder ich schieße! oder Polizei! Hände hoch oder ich schieße! oder ein ähnlicher Anruf vorausgegangen sein. Der Anruf kann, soweit es die Umstände erfordern, durch einen Warnschuß ersetzt werden. Allgemeine Anordnungen. Wie erträgst du das? Du florierst dabei. Und wenn? Das war sein Beruf.

Allgemeine Anordnungen. Findeisen hat durch sein bekanntes Verhalten bewiesen, daß er von der Schußwaffe rücksichtslos Gebrauch macht. Ich mache es allen Beamten zur Pflicht, diesen Umstand bei ihrem Eingreifen zu berücksichtigen. Die Beamten haben die Kenntnisnahme dieses Einsatzbefehls durch Abzeichnen zu bestätigen.

Er war zufrieden. Zugleich erregt und erschöpft.

Er ging ins Wohnzimmer hinunter, aber seine Frau war in ihrem Zimmer. Vielleicht schlief sie schon. In dem alten Tiroler Bauernschrank, in dem er seine Getränke aufbewahrte, fand er den Whisky, den er neulich gekauft hatte, halb leer. Er nahm sich ein Glas und ging in die Küche, um Eiswürfel zu holen. Am Kühlschrank fiel ihm ein, daß er Hunger hatte. Was gab es denn? Cervelatwurst, Schinken, Fleischsalat, Camembert und Quark. Er ging zum Brotkasten, schnitt sich eine Scheibe herunter und machte sich ein Schinkenbrot zurecht. Mit dem Brot auf einem kleinen Holzbrett und dem Glas in der anderen Hand ging er in das Wohnzimmer zurück, goß Whisky über die Eiswürfel und schaltete das Fernsehen ein.

Auf dem Bildschirm erschien ein dicker, in einer Zimmerecke schlafender Mexikaner, über dessen schlaff ausgestreckten Beinen eine Flinte lag. Ein anderer Mann mit einem breitkrempigen Hut griff dem Mexikaner unter das Kinn und betrachtete einen Augenblick das gedunsene Gesicht des Betrunkenen, dann ließ er es vornüberfallen und spähte um die Fensterecke nach draußen. Der Mann, der sich jetzt umwandte, trug den Sheriffstern. Er stieg über die Beine des Betrunkenen hinweg, und man sah seine Stiefel dicht an einer Wand entlanggehen. Erst jetzt merkte Bernhard, daß der Ton nicht angestellt war, aber er blieb sitzen und sah kauend und trinkend zu, wie der Sheriff einen anderen, barhäuptigen Mann, der mit gezogenem Colt auf ihn lauerte, zu beschleichen versuchte. Beide Männer sahen sich nicht. Sie duckten sich, liefen durch den Schatten der Ranchgebäude, in denen außer ihnen und dem schlafenden Mexikaner niemand zu sein schien, und wenn sie sich kurz erblickten oder hörten, schossen sie. Die Kugeln sprengten kleine Steinsplitter von den Mauern ab oder wirbelten den Sand auf. Dann erschienen wieder die Köpfe der Männer, der barhäuptige und der andere mit dem breitkrempigen Hut, dann die Hände mit den Colts, dann wieder die Augen. Der Sheriff, der wußte, wo sich sein Gegner versteckt hielt, wandte den alten Trick mit dem Stein an, um den anderen einen Moment abzulenken und näher an ihn heranzukommen. Der Barhäuptige durchschaute das, und als der Sheriff aufsprang, schoß er und traf ihn am Oberarm, und der Sheriff mußte am Boden liegend den Colt von rechts nach links wechseln. Zu spät, weil er erst nachladen mußte, versuchte der andere näherzukommen. Der Sheriff rollte am Boden herum und trieb ihn zurück. Inzwischen wurde der Betrunkene von einem Geschoß gestört, das über ihm in die

Wand einschlug und Mörtel und Kalk über ihn rieseln ließ. Sein Gesicht zuckte ein wenig unter dieser Belästigung, aber er machte die Augen nicht auf. Draußen ging der Sheriff mit hängendem Arm an einer Mauer entlang und suchte den Barhäuptigen. Man konnte sehen, daß er Schmerzen hatte und sich mühsam aufrecht hielt. Unruhig beobachtete er die Fensterhöhlen der gegenüberliegenden Gebäude. Plötzlich fiel ein Schatten über ihn. Hinter ihm auf dem Dach stand der Barhäuptige und zielte auf seinen Kopf. Es war eine aussichtslose Situation. Auf einmal zuckte der Schatten und der Barhäuptige stürzte tot in den Hof herunter. In der Tür gegenüber stand der Betrunkene. Ein breites Grinsen trat auf sein Gesicht. Er hatte begriffen, daß er geschossen hatte und sackte zufrieden in sich zusammen.

Es war das Ende des Films. Nur eine Pointe, ein Gag, aber er hatte es nicht vorausgesehen. Was ihn wirklich überraschte, war der Titel »Ein Deserteur wird gejagt«. Er las ihn, als er schon aufgestanden war, um den Ton für die Nachrichten einzuschalten, und sah hinter dem Rolltitel den Sheriff sein Pferd besteigen und davonreiten.

Er setzte sich wieder und ließ die Nachrichten ablaufen, die er alle schon kannte. Dann kam ein Kommentator, und er bedauerte, daß er den Ton wieder eingeschaltet hatte, war aber zu gleichgültig, um aufzustehen. Er mochte diese Allgemeinheiten nicht, diese Stimmen und Gesichter. Wenn er die Augen schloß, konnte er Bilder aus dem Film sehen. Kalk rieselte über das zuckende betäubte Gesicht des Betrunkenen. Der Sheriff stürzte und

rollte angeschossen auf dem Boden. Der andere war damit beschäftigt nachzuladen. Alles in allem entspannten einen diese Filme.
Er stand auf und schaltete den Fernseher aus. Auf dem Weg zur Küche hörte er das Telefon. Er dachte, daß es vielleicht die Sonderkommission sei, und ging sofort zurück.
Ja? sagte er.
Wer ist da? fragte eine Männerstimme.
Bernhard, sagte er.
Es entstand eine kleine Pause. Dann sagte die Stimme: Schöne Grüße von Bruno.
War er das? Er überlegte, was er tun sollte. Den Mann festhalten, in ein Gespräch verwickeln?
Ja, wer ist denn da, fragte er.
Es kam keine Antwort. Der Mann war immer noch am Apparat.
Was wollen Sie von mir? Wollen Sie mich sprechen?
Er glaubte, den Mann am anderen Ende atmen zu hören. Dann wurde der Hörer aufgelegt.
Als Bernhard sich umdrehte, stand seine Frau in der Tür.
Er hat heute nachmittag schon einmal angerufen, sagte sie.

8 Verschiedene Bausteine zu einer Theorie der Konformität

Siehst du den Mann da drüben?

Ja.

Gut, ich hasse ihn.

Aber du kennst ihn nicht.

Deshalb hasse ich ihn.

Was machen wir, wenn er kommt? Wenn er nachts in der Finsternis an unsere Tür kommt und um Hilfe bittet?

Es ist nichts weiter als ein Gedankenspiel.

Er steht draußen, er drückt die Klingel, er sagt seinen Namen, er will etwas zu essen haben, er will herein.

Nein, so wird es nicht sein, er wird uns zu täuschen versuchen, aber wir werden ihn erkennen.

Er wird erst bitten und dann drohen.

Was werden wir tun?

Es ist nichts weiter als ein Gedankenspiel.

Ich kann das nicht ernstnehmen. Ausgerechnet bei uns sollte er auftauchen. Das ist abwegig. Das sind müßige Spielereien. Dazu habe ich keine Geduld.

Sag ganz schnell, was du meinst.

Ihn festhalten, ihn täuschen, ihm was in den Tee tun, ihm etwas über den Kopf schlagen, die Nachbarschaft alarmieren, hinter seinem Rücken die Polizei rufen?

Nein, das alles werdet ihr nicht tun. Dazu seid ihr nicht direkt genug. Ihr werdet ihn psychologisch fangen.

Er wird eingelassen, ihr schließt hinter ihm die Tür. Ihr sagt ihm, daß er hier bei euch vorläufig in Sicherheit ist. Er soll zunächst einmal sich setzen und etwas essen. Seinem mißtrauischen Blick haltet ihr lächelnde Gesichter entgegen. Er ist im Irrtum mit seinem Argwohn. Er hat

keinen Grund zu glauben, daß ihr von der anderen Seite seid.
Es fällt ihm schwer zu vertrauen?
Ihr erkennt daran, wie einsam er ist, wie erstarrt, wie abgeschnitten, wie ausgestoßen. Aber hier bei euch ist er aufgenommen, und er kann sagen, wie ihm zumute ist. Ihr seid alle da, um zuzuhören, wenn er von sich sprechen will.
Guten Tag, ich bin Ihr Arzt. Bitte setzen Sie sich und erzählen Sie mir von Ihrem Problem.
Ich bin unglücklich.
Ich bin betrübt, zu hören, daß Sie unglücklich sind.
Was soll ich dagegen tun?
Vertrauen. Vertrauen und sprechen. Den Widerstand aufgeben und ein Geständnis ablegen. Ausatmen. Die Qual beenden.
Ihr werdet ihn weich machen. Er soll abhängig werden von eurer Freundlichkeit, damit ihr ihn bestrafen und belohnen könnt. Ah, schon kommt er näher, schon bettelt er, schon will er zu euch gehören und klagt sich an.
Ich bin unglücklich.
Wir wissen, daß du einsam bist.
Was soll ich dagegen tun?
Es ist einfach, aber du mußt es selbst finden. Ihr werdet nur nachhelfen. Denn er weiß schon, daß alles falsch war. Es hat keinen Zweck, so zu leben. Die Menschen sind nicht seine Feinde. Es war eine sinnlose, selbstgewählte Einsamkeit.
Geh und wasch deine Hände und zeig sie uns vor.
Wir alle zusammen bilden ein Bündnis. Prüfe, ob du zu

uns gehören willst. Prüfe, ob außerhalb von uns noch Raum für dich ist. Wenn du deine eigenen Wünsche verstanden hast, wirst du zur Polizei gehen und dich stellen.

Verzichten, Opfer bringen, warten, Umwege machen, lernen, einsehen, belohnt werden. Die Konformität wird bekräftigt durch Lächeln, Zuhören, Nicken, Schulterklopfen. Die Konformität ist die Übereinstimmung. Sie wird abgegrenzt durch Verweigerung.

Der Prozeß, durch den tieferreichendes Lernen ermöglicht wird, umfaßt den Aufbau von Bedürfnissystemen und deren Frustrierung, die eine Vorbereitung für das Erlernen neuer Ziele und Bedürfnisse darstellt. Der wesentliche Punkt ist, daß der Vermittler der Sozialisation in der Lage sein sollte, das Kind wirklich ernsthaft zu frustrieren, ohne es aus seiner Kontrolle zu verlieren.

Siege des Verdrängungsfortschritts gegen den Triebdurchbruch. Siege der Erwachsenen über das Kind. Das Geliebtwerdenwollen als Falle. Lernen als Streben nach Lust und Vermeiden von Unlust. Straftechniken machen sich die Unlustvermeidung zunutze, Ratten, die sich auf dem elektrischen Boden des Labors krümmen. Reifung durch Streben nach Ersatzlust. Sexuelle Energien, abgeleitet auf Gegenstände. Arbeit als Flucht. Charakter als Panzer. Güte als Herrschsucht. Moral als Rache. Die Teilhabe an der allgemeinen Neurose spart dem Individuum die private. Die Kultur als das System der allgemeinen Lebenserhaltung verlangt von jedem ihrer Mitglieder Leistungen und Verzichte, und deshalb müssen wir alle ein Stück in ihr sterben.

Sterben, um leben zu können. Ich verstehe das nicht.
Dann vergiß es.
Manchmal möchte ich um mich schlagen oder aus dem Fenster springen. Aber niemand merkt etwas davon. Ich bin nur etwas still.
Hast du nicht alles, was du brauchst? Kannst du nicht dankbarer sein, freundlicher?
Während seiner ganzen Kindheit hatte er einen häufig wiederkehrenden Traum, in dem er eine auf- und zuklappende Schere umherfliegen sah. Es ergab sich, daß diese Schere die Stimme seiner Mutter war.
Warum setzt du dich nicht? Was tust du da? Warum tust du nichts? Du bist zu spät nach Hause gekommen. Komm nicht so spät nach Hause. Sitz gerade. Sei nicht so dumm. Tu nicht so dumm.
Sei ein guter Junge.
Die Party begann chaotisch zu werden. Auf der Treppe gab es eine Schlägerei. Der Raum sah aus wie ein Schlachtfeld, und als irgendein Arsch anfing, mit zerbrochenen Flaschen Fußball zu spielen, entschloß ich mich zu gehen.
Man braucht für Aggressivität eine moralische Begründung.
Der junge Mensch muß lernen, dort am meisten er selbst zu sein, wo er auch in den Augen der anderen am meisten bedeutet.
Er will herausfinden, wie er in den Augen anderer erscheint.
Zeigt er Solidarität? Stimmt er zu? Macht er Vorschläge? Äußert er Meinungen? Fragt er nach Meinungen?

Erbittet er Vorschläge?
Er spricht, er hört zu, er blickt den anderen an, er sieht weg, er wird angesehen, er spricht, er versucht zu blikken, er wird niedergestarrt, er spricht wegblickend, er spricht leiser.
Warum sollen wir es nicht auch zu etwas bringen?
Warum sollen wir nicht auch mit der Zukunft rechnen?
Planen. Vorbeugen. Sich bescheiden. Sich anpassen.
Als ich zur Abendschule ging, fühlte ich mich wohl.
Selbstgefühl ist die Überzeugung, daß man auf eine erreichbare Zukunft zuschreitet.
Ich weiß nicht. Ich gebe es auf. Ich bin fertig.
Hoffnungslose, niedergeschlagene, abstrakte Diskussion über den Sinn des Lebens. Er sitzt da und starrt vor sich hin. Ich habe das Gefühl, daß alles, was ich gesagt habe, automatisch war.
Ich weiß nicht. Ich weiß nicht, wer ich bin. Ich denke manchmal, ich bin jemand anderes. Ich habe Angst. Ich weiß nicht wovor. Wer erklärt mir, was ich falsch mache?
Ich möchte nicht ins Rutschen geraten und dann nicht anhalten können.
Was wohl passieren würde, wenn ich dich genauso lange ansehen würde, wie du mich?
In viel größerem Maße, als wir es glauben, sind wir Maschinen.
Warum leiden wir eigentlich? Wie geht es euch? Alles Okay?
Nichtigkeit, die sich von der Nichtigkeit des anderen nährt.

Schmutzige Zähigkeitsproben, überwachsen von dem Schimmel der Intimität und der gegenseitigen Verachtung. Pseudoharmonisches Zusammenklumpen. Der Charakter als Panzer. Die flexible Konformpersönlichkeit. Abweichler sorgen für den Kontrasteffekt.
Man sieht deutlicher, wo die Grenzen sind. Ausnahmen bestätigen die Regel. Man unterscheidet sich. Man erkennt sich. Man rückt zusammen. Man sieht deutlicher, wo die Grenzen sind.
Die richtigen Bedürfnisse, der richtige Lebensstil.
Ein Motor, der eine neue Sprache spricht.
Nichts ist erfolgreicher als der Erfolg.
Die Welt der Sachzwänge.
Es fällt ihm nicht schwer, ins Bett zu gehen und einzuschlafen, und es fällt ihm nicht schwer, aufzustehen und die Konsequenzen des Wachseins auf sich zu nehmen. Es fällt ihm nicht schwer, pünktlich zu kommen, und auch nicht, wieder zu gehen. Es fällt ihm nicht schwer, seine Arbeit zu tun, und es fällt ihm nicht schwer, mit der Arbeit aufzuhören.
Er meint, daß er ihr nicht auf die Nerven geht. Sie sagt, er geht mir auf die Nerven. Er erkennt nicht, daß er ihr auf die Nerven geht. Sie glaubt, er weiß, daß er ihr auf die Nerven geht. Weder glaubt er, daß er ihr auf die Nerven geht, noch daß sie glaubt, daß er wisse, daß er ihr auf die Nerven geht.
Er tritt zuversichtlich ein und läßt sich in einen Stuhl fallen.
Drang, die Augen zu schließen, diese Welt in mir untergehen zu lassen.

Ich spürte, daß mein Blick starr war und mein Lächeln mühsam.
Lernen, einsehen, warten, Umwege machen, verzichten, belohnt werden.
Ich habe keinen Willen, keine Tapferkeit, keine Vernunft mehr.
Erfüllt von dem Drang, laut und anhaltend zu schreien.
Die Zivilisation muß sich gegen das Traumbild einer Welt verteidigen, die frei sein könnte.
Moral der Bewegungsaskese. Eine sitzende Kultur.
Seid still, ruhig, sauber, anständig, vernünftig.
Er kontrolliert, was er sagt, er kontrolliert seine Stimme, er kontrolliert seine Haltung, er kontrolliert, was er denkt, er kontrolliert seine Träume.
Mir ist es am liebsten, wenn alles seinen Gang geht.
Vermeiden Sie Aufregungen.
Wovor hast du Angst?
Ich habe keinen Willen, keine Tapferkeit, keine Vernunft mehr.
Ich weiß nicht mehr, wer ich bin.
Ich könnte schreien, alles in Stücke schlagen.
Alles wird langsamer, alles wird leerer.
Siehst du den Mann da drüben?
Ja, er steht abseits. Er sieht zu uns herüber.
Ich hasse ihn.
Ich hasse ihn auch.
Was machen wir, wenn er kommt?

9 Schnell und langsam

Mit dem Daumen zog er den Sicherungsbügel zurück, und dann hielt er die Mündung an die Schläfe. Im Augenblick, in dem sie ihn entdeckten, wollte er abdrücken. Aber sie sahen sich nur flüchtig in der Hütte um und gingen wieder. Der eine hatte noch zu dem anderen gesagt, er solle hinter den Bohnenstangen nachsehen. Aber der andere weigerte sich, er wollte seinen Sonntagsanzug nicht dreckig machen. Es war also Sonntag, Sonntagmittag. Er lebte immer noch, hätte jetzt tot sein können.
Seit dem Morgengrauen lag er steif vor Kälte in dem engen Winkel zwischen der Hüttenwand und den Stangen. Meistens döste er, den Kopf auf dem Unterarm, immer mehr durchdrungen von Empfindungslosigkeit. In flüchtigen dünnen Träumen lief er noch davon, und wenn er hochschreckte, wußte er, daß er nur wenige Minuten oder auch nur Augenblicke geschlafen hatte, und die innere Bewegung setzte sich fort als ein nervöses Zucken seiner Beinmuskeln. Manchmal kam Sodbrennen hoch. Dann hob er ein wenig den Kopf, spuckte den fadenziehenden Magensaft vor sich in den Lehm und legte den Kopf vorsichtig auf den Arm zurück.
Er war sofort wach, wenn er Stimmen hörte.
Der ist bestimmt zum Dratumer Berg, sagte jemand. Ein anderer, ganz dicht hinter der Wand, räusperte sich. Es klang so, als wolle er zu reden beginnen. Durch die Bretterritzen konnte er ein Stück Feldweg sehen. Dann schien die Zeit einen Sprung zu machen. Ein Polizeiauto stand da, umgeben von Leuten, und war wieder weg. Seit einiger Zeit flog ein Hubschrauber die Ge-

gend ab. Das Geräusch wurde leiser, verschwand fast und kam langsam aus einer unbestimmten Tiefe zurück.

Der kommt im Tiefflug, dachte er. Der kommt direkt auf die Hütte zu.

Zuerst versuchte er seinen Kopf zu schützen. Jetzt war es ein Schmettern und Preschen, eine riesige Lärmfläche. Durch die Bretterritzen sah er einen auseinanderwogenden Strauch und lag in einem wirbelnden Staubsturm, der an seinen Kleidern zerrte. Nach Luft schnappend und ohne etwas zu sehen, kroch er unter den Stangen hervor. Die Hütte war erfüllt von einem dichten Staubschleier. Seine Augen tränten. Er hustete in die hohle Hand und suchte ein Taschentuch. Draußen hörte er eine Trillerpfeife und kroch gegen den Hustenreiz kämpfend auf Unterarmen und Knien wieder hinter die Stangen zurück. Er wollte leben. Er wollte sich nicht erschießen, wenn sie gleich kamen. Er war zu erschöpft, noch etwas anderes zu wollen. Auf dem Bauch liegend, wartete er auf das Ruhigerwerden seiner Atemzüge. Sie kamen nicht. Sie waren nicht gekommen. Erst jetzt erinnerte er sich an die Uhr in seiner Jackentasche, aber sie stand.

Gegen Abend fuhren drei Jungen auf Fahrrädern den Feldweg herunter. Hinter der Hütte stiegen sie ab und er hörte, wie sie miteinander sprachen. Er verstand nur Worte. Es war eine leise Unterhaltung, in der sich immer wieder eine Stimme vordrängte. Ja sie sprachen über ihn. Oder täuschte er sich? Einer schien sich ein Stück entfernt zu haben und rief etwas herüber, das

sich anhörte wie: Hier ist was! Es konnte auch heißen: Hier ist Wasser!, denn einer der Jungen rief zurück: Dann piß hinein.
Sie lachten. Auch er in seinem Versteck wurde von einem lautlosen Lachen geschüttelt. Ja, das war die richtige Antwort.
In dem Winkel, in dem er lag, war es schon fast dunkel. Wenn es Nacht war, wollte er versuchen, aus dem abgeriegelten Gebiet herauszukommen.

Die Flucht beginnt kurz vor Mitternacht. Er hat solange gewartet, weil Vollmond ist mit wenigen Wolken. Er schleicht von Deckung zu Deckung, an Hecken und Gebüschen entlang bis zum nächsten Dorf. Es ist zwei Uhr nachts, als er ein Fahrrad stiehlt. Er kann die Uhr auf dem Kirchturm lesen, so hell ist es. Gegen Morgen erreicht er den Stadtrand von Bielefeld und kauft eine Zeitung. Auf der dritten Seite ist sein Bild. 6000 DM Belohnung sind auf ihn ausgesetzt. Er fährt um die Stadt herum, oft gekreuzt vom beginnenden Berufsverkehr. In einem kleinen ländlichen Laden kauft er bei einer alten Frau etwas zu essen und eine Flasche Bier. Den Tag verbringt er schlafend in einer Tannenschonung. Am Nachmittag beobachten Leute, wie er sich in einem Bach rasiert. Sie rufen sich etwas zu, und er ist schon fast umstellt von ihnen, während er seine Sachen zusammenrafft. Er flieht durch den Wald, streckenweise trägt er sein Fahrrad durch das Unterholz, immer verfolgt von ihren Stimmen. Er hetzt den Berg hoch, orientiert sich an ihren Rufen und läßt sie vorbeilaufen.

Nachts fährt er auf einer kleinen Landstraße nach Süden, bricht unterwegs in ein Bauernhaus ein und versorgt sich mit Lebensmitteln. Kurz vor Paderborn sichtet ihn eine Polizeistreife. Er bleibt hinter einem Haus stehen, läßt sie vorbeifahren, kehrt um und versteckt sich im Wald. Nachmittags plagt ihn starker Durst. Zweihundert Meter von seinem Versteck entfernt befindet sich ein kleiner Fluß. Er wagt es, dorthin zu gehen, und trinkt aus seinem Hut. Auf der Landstraße wendet ein Auto und kommt zurückgefahren. Drei Männer steigen aus. Es sind Jäger, sie beobachten ihn durch ein Fernglas. Während er auf den Wald zuläuft, kommt das Auto hinter ihm her. Er lockt sie in eine andere Richtung, damit sie nicht sein Fahrrad finden. Nachts fährt er durch Altenbeken nach Driburg. Hoch über der Stadt schläft er in einer alten Burgruine und wird am Vormittag durch eine Schulklasse geweckt. An ihren Gesichtern sieht er, daß sie ihn erkannt haben. Zwei Schüler stellen sich ihm in den Weg, die anderen sind hinter ihm und in der Nähe. Weg da, sagt er, und sie weichen ängstlich zur Seite. Jetzt wird er sie nicht mehr los. Er bleibt stehen, sie zögern. Plötzlich springt er über die Burgmauer in den Wald hinunter und läuft halb stürzend den steilen Abhang bis zur Ortschaft hinab. An einer Hauswand lehnt ein Fahrrad. Er steigt sofort auf und fährt davon. Er kommt durch Ortschaften, in denen niemand auf ihn achtet, und er wird ein wenig sorglos. Hier scheint ihn niemand zu kennen, hier wird er nicht gesucht. Er steigt ab und kauft bei einem Bäcker eine Tüte Kuchen. Als er aus der Tür kommt, sieht er zwei Polizisten, umgeben von einigen Leuten. Er weiß sofort, daß sie sich nach ihm erkundigen und wendet sich ab. Ruhig geht er bis zur nächsten Straßenbiegung. Als er das Anfahren des Autos hört, läuft er eine schmale enge Straße mit Steintreppen hoch. Frauen kommen ihm entgegen und machen ihm Platz, hockende Kinder stehen auf und starren ihm nach. Erst als er oben ankommt, merkt er, daß ihm niemand folgt. Er geht ruhig weiter, kommt Kuchen essend zum Waldrand. Ein leerer VW steht dort, aber er erinnert sich daran erst, als fünfzig Meter weiter zwei Polizisten auf ihn zulaufen. Sie haben ihm aufgelauert. Er hört Trillerpfeifen und Rufe. Anscheinend ist er mitten in einer Großfahndung. Man muß ihn seit Driburg verfolgt haben, und jetzt ist er umstellt, das Gebiet ist abgeriegelt. Überall hört er sie, und dauernd ändert er die Richtung. In der Dämmerung kommt er wieder an denselben Ortsrand zurück. Niemand scheint mehr da zu sein. Die Polizei hat Dienstschluß. Er kann ruhig noch ein paar Stunden weitergehen und in irgendeiner Scheune schlafen. Am Morgen sieht er, daß er in der Nähe eines Bauernhofes ist. Die Tür zum Wohnhaus steht auf, und er wagt es hineinzugehen. Wenn ihn jemand sieht, wird er sich nach dem Weg nach Kassel erkundigen. Im Flur ist niemand, eine Tür ist angelehnt. Er schiebt sie auf, es ist das Wohnzimmer, und auf dem Tisch liegt eine Brieftasche. Er faßt in das Geldfach und nimmt einen Packen Scheine heraus. Walter? sagt nebenan eine Frau. Er zieht hinter sich die Tür zu. Im Flur sieht er ein Paar Schuhe und eine Jacke und nimmt sie mit. Ruhig, ohne sich umzudrehen, entfernt er sich. Erst als er außer Sichtweite ist, läuft er ein Stück. Er hat fast dreihundert Mark erbeutet. Das hilft ihm weiter. In Kassel will er baden, sich neu einkleiden und neues Werkzeug beschaffen. Er kommt nachmittags vom Wald her im Park Wilhelmshöhe an. Bei Dunkelheit geht er in die Innenstadt, um sich für den nächsten Tag zu orientieren. Er ißt ein Hähnchen und geht in ein Kino. Fast sofort muß er eingeschlafen sein, denn er kann sich an nichts erinnern, als es wieder hell wird. Eigentlich hatte er das Kino vorher verlassen wollen, jetzt geht er zwischen den andern hinaus und schleppt sich durch immer leerere Straßen müde in den Park zurück. Lange wandert er unter den Bäumen herum und sucht einen Unterschlupf. Schließlich versucht er, auf einer Bank zu schlafen, aber es regnet, und er zieht sich in eine künstliche Grotte zurück. Es ist kalt, er schläft nicht. Er kann sich nirgendwo hinlegen. Das Rauschen der Bäume stört ihn, oder es ist dieser fremde Ort, der ihn nervös macht. Am Morgen, als er frühstückt, kommt eine Polizeistreife in den Park. Er sieht sie zuerst und entflieht durch einen Seitenausgang. Er geht sofort zum Bahnhof. Hinter einer Gruppe von Reisenden betritt er die Halle und sieht sich unauffällig um. Der nächste Zug geht nach Koblenz. Es bleibt ihm gerade noch Zeit, in der Bahnhofstoilette Rasierzeug zu kaufen. Im Vorbeilaufen nimmt er auch noch eine Zeitung und eine Schachtel Kekse mit. Der Zug steht schon da, er kommt als Letzter. Sofort geht er in den Waschraum und spürt erleichtert, daß der Zug fährt. Die Bartstoppeln sind eben lang genug für einen dünnen Schnurrbart. Aber er findet sich kaum dadurch verändert und hat Angst, sich in ein Abteil zu setzen. Er verbirgt sich hinter der Zeitung oder starrt zum Fenster hinaus. Allmählich gewöhnt er sich an seine Mitreisenden, die ihn nicht beachten. Er hat die dreiviertellange Jacke an, die er in dem Flur des Bauernhauses gestohlen hat, und weiß nicht, wie er sie ausziehen soll, weil er darunter im Halfter seine Waffe verbirgt. Das Abteil ist überheizt. Die anderen haben ihre Jacken ausgezogen. Langsam treten ihm die Schweißtropfen auf die Stirn. Er steht auf und geht auf den Gang hinaus. Zwei Männer drängen sich an ihm vorbei, und einer berührt dabei seine Waffe, geht aber weiter, ohne etwas begriffen zu haben. Was soll er in Koblenz machen, wenn er zum Friseur geht? Die Waffe ist jetzt sein größtes Hindernis, aber er will sich nicht von ihr trennen. Er weiß nicht, was kommt, worauf er zugeht. Jeder Schritt, den er macht, jeder nächste Augenblick ist neu und zwingt ihn zu dauernder Aufmerksamkeit. Eigentlich ist er erstaunt, daß der Schaffner nur seine Fahrkarte sehen will und sie ihm zurückgibt. Die Ortschaften an der Bahnstrecke sind lauter mögliche Verstecke und Fallen. Kann er irgendwo für längere Zeit untertauchen, kann er neu anfangen? Im Vorbeifahren sucht er sich Häuser aus, in denen er wohnen möchte, abgelegene Häuser, hinter Bäumen versteckt, kleine Zimmer unter dem Dach. Dort unter fremden Namen leben, aber wie, wovon? Er kann das nicht ausspinnen. Hat er also keine Chance? Doch doch, später, er muß Zeit gewinnen, vorläufig immer in Bewegung bleiben. Koblenz. Langsame Einfahrt, während sein Herz pocht. Auf dem Bahnsteig ziehen Uniformen vorbei, Soldaten, auch zwei Bahnpolizisten. Sie sehen nicht so aus, als suchten sie jemanden. Sein Arm wird berührt, und er schnellt im Gehen herum. Es ist einer der Mitreisenden. Verzeihung, haben Sie das vergessen? Er hält ihm etwas hin, eine rote Schachtel. Nein, sagt er. Es lag auf Ihrem Platz, sagt der Mann hartnäckig. Nein, sagt er, danke. Er stottert ein wenig und der andere starrt ihn an. Es ist die Keksschachtel. Aber jetzt kann er sie nicht mehr nehmen ohne aufzufallen. Der Mann geht neben ihm, dann hinter ihm. Vielleicht will er ihn nur beobachten und plötzlich einen Polizisten rufen. Sie sind an den Uniformen vorbei, jetzt ist auch der Mann fort. Da sieht er ihn wieder, hinter einigen anderen Leuten, er hat die rote Keksschachtel in der Hand und schaut sich suchend um. In der Halle läßt er ihn vorbeilaufen und beobachtet, wo er hingeht, steigt dann selbst in einen Postbus, der nach Winningen fährt. Dort geht er an der Mosel spazieren, ißt zu Mittag, läßt sich die Haare schneiden und setzt seine Besichtigung fort. In einer Eisenwarenhandlung besorgt er sich die Werkzeuge, die er braucht, und in der Nacht bricht er in zwei nah beieinanderliegende Häuser ein. Im ersten findet er eine Armbanduhr und ein paar Mark Kleingeld in einer Jackentasche. Am Kühlschrank stehend löffelt er eine Schüssel Pudding leer und trinkt zwei rohe Eier aus. Das zweite Haus, in das er eindringt, ist eine Bäckerei. Er kommt von hinten durch die Backstube und gelangt in ein kleines Büro. Im Schreibtisch findet er einen großen braunen Umschlag, der so aussieht, als enthielte er wichtige Papiere, aber es sind gebündelte Geldscheine. Auf den ersten Blick erkennt er, daß es die größte Beute ist, die er jemals gemacht hat. Er zählt sie sofort, es sind 1500 Mark. Noch in der Nacht marschiert er die 17 Kilometer nach Koblenz zurück. Er ist in gehobener erregter Stimmung und muß zwischendurch ein Stück laufen. Dann erzählt er sich Geschichten. Der Mann mit der Keksschachtel hat die Kekse selber gefressen. Nein, er hat sie seiner Frau mitgebracht, und die hat sie vor seinen Augen aufgefressen, und dann hat er gesagt, gib mir auch einen Keks. Und gibt sie ihm dann einen? Nein, sie gibt ihm keinen. Er könnte sich kaputtlachen. Der Mann wollte ihm unbedingt die Schachtel geben. Der hat nicht verstanden, daß er sie nicht haben wollte. Nein, das sind nicht meine Kekse. Dabei lagen sie auf seinem Sitz. Der kapierte überhaupt nichts mehr, der wußte nicht, wen er vor sich hatte. Ist immer mit der Schachtel hinter ihm hergelaufen. Dauernd denkt er daran und muß grinsen. Dann läuft er wieder ein Stück. Er hat es geschafft, er hat Geld, um unterzutauchen. Jetzt muß er nur noch von hier verschwinden. Er wird sich neu ausrüsten und verschwinden. Er frühstückt in einer Kneipe am Stadtrand von Koblenz und geht dann zum erstenmal seit langer Zeit in ein Kaufhaus. Es fällt ihm schwer, nicht sein Gesicht zu senken, wenn ihn jemand ansieht. Kunden, die sich auffällig benehmen, werden von den Warenhausdetektiven beobachtet, und so einer könnte ihn erkennen und die Polizei rufen. Langsam geht er an den Verkaufstischen und den gleichgültigen Gesichtern der Verkäuferinnen vorbei, immer im Auge behaltend, wo die Treppen und die Notausgänge sind. Wenn im Lautsprecher Nummern aufgerufen werden oder wenn er an einem scheinbar beschäftigungslosen Mann vorbeikommt, verzieht er sich aus der Abteilung oder wechselt das Stockwerk. Er kauft Sokken, Unterwäsche, eine zusammenlegbare Regenhaut, Schuhputzzeug und eine Aktentasche. In der Toilette zieht er frische Unterwäsche an und stopft die schmutzige hinter das Becken. Bevor er in die Abteilung für Herrenbekleidung fährt, verpackt er die Waffe mit dem Halfter in der Aktentasche. Er kauft eine Hose und eine Jacke, weit genug, um darunter das Halfter verbergen zu können. Als er sich im Spiegel sieht, ist er so zufrieden, daß er noch in die Imbißstube geht und ein Kotelett ißt. Gegen die aufkommende Müdigkeit trinkt er ein großes Glas Cola und betrachtet das Gedränge der Menschen um sich herum. Sie tragen Pakete, Tüten und Einkauftaschen und ziehen benommene Kinder hinter sich her. Sobald sie sitzen, warten sie ungeduldig auf die Bedienung. Sobald sie gegessen haben, wollen sie bezahlen. Die Frau gegenüber möchte den Senf haben. Er schiebt ihn ihr zu und lächelt. Er fühlt sich unsichtbar. Am frühen Nachmittag fährt er nach München. Er geht in ein Abteil, in dem türkische Arbeiter sitzen, die nach Hause fahren, und verkauft ihnen eine Uhr und zwei Ringe. Dann tut er so, als müsse er aussteigen, verzieht sich in ein Abteil am anderen Ende des Zuges und schläft ein. Als er abends in München ankommt, fährt er sofort mit dem Bus nach Oberhaching weiter und versteckt sich im

Deisenhofener Forst. Er schläft zugedeckt mit seiner Regenhaut auf einem Lager aus abgerissenen Tannenzweigen. Nur gegen Morgen muß er aufstehen wegen der Kälte und sich bewegen, aber am Vormittag, als die Sonne durchkommt, kann er wieder schlafen. Nachmittags treibt er sich am Rand von Grünwald herum und betrachtet die Villen und Gartengrundstücke. Er ist noch nie in so ein Haus eingebrochen, sie sind ihm fremd, und wahrscheinlich haben die reichen Leute Hunde und Alarmanlagen. Abends um 6 Uhr fährt er nach München, geht in ein Kino, anschließend in eine Stehbierhalle und ißt sich satt. Die Waldgebiete südlich von München sind sein täglicher Aufenthalt. Er taucht in Sauerlach, Endhausen, Otterfing und Oberbiburg auf, ißt in ländlichen Gasthöfen und gibt sich mal als Geschäftsmann, mal als Urlauber aus, um mit den Leuten sprechen zu können. Er braucht Kontakt. Wenn er mehrere Tage nicht gesprochen hat, wird er redselig und erzählt unglaubhafte Dinge. Er ist Grundstücksmakler, Bauunternehmer, er sieht sich hier die Gegend an. Hier im Staatsforst? Nein, nicht direkt hier. Das hier soll alles so bleiben. Die Menschen sind immer freundlich, scheinen niemals mißtrauisch zu sein. Er trifft Waldarbeiter, die ihn fragen, ob er der Neue ist, der heute bei Steiner angefangen hat. Ja, sagt er, den such ich gerade. Sie zeigen ihm die Richtung. Er verteilt Zigaretten und verschwindet. Es ist Vorfrühling, mildes Wetter, fast ohne Regen. Manchmal kommt es ihm so vor, als sei er wirklich das, was er von sich erzählt. Einmal hört er sich selbst im Wald reden und erschrickt vor seiner Stimme. Er schüttelt heftig den Kopf, um es zu verscheuchen. Etwas Fremdes will sich in ihn einnisten, so ein dauerndes Reden. Er beschließt, wieder einmal nach München zu fahren und dort zu essen. Es ist Sonntag. Im Bahnhof Deisenhofen sitzt er auf der Bank und wartet auf den Vorortzug. Noch vier andere Leute sind auf dem Bahnsteig, alle in sich versunken, in ihr Warten, seltsam unbewegliche Gestalten. Als er eingestiegen ist und aus dem Fenster guckt, sieht er an der Bahnhofswand den Steckbrief. Die großen schwarzen Buchstaben sind deutlich zu lesen: 6000 Mark Belohnung. Mord an einem Polizeibeamten. Foto und Namen kann er nicht erkennen, aber das muß er sein. Bis hierhin sind sie ihm also gefolgt. Sie rechnen damit, daß er hier sein könnte. Er hat plötzlich heftiges Herzklopfen und Magenschmerzen. Die Verfolger sind wieder an ihn herangekommen. Er ahnt ihre Zähigkeit. Nie werden sie aufgeben, niemals wird Schluß sein, solange sie ihn nicht haben. Unruhig und schlapp wandert er in München herum, ohne sich entschließen zu können, in ein Lokal zu gehen. Schließlich sitzt er im überfüllten Pschorrbräu und bestellt sein Essen. Um ihn herum ist die Unterhaltung verstummt. Die drei Männer an seinem Tisch betrachten ihn, und er senkt den Blick. Eine aufgeschlagene Zeitung wird ihm hingelegt. Darin ist sein Bild. Das könntest du sein. Bist du verrückt, sagt er, aber er wagt nicht aufzublikken und starrt auf das Bild. Die Schlagzeilen berichten von einem Einbruch, den er nicht begangen hat. Einer der Männer ist aufgestanden, die beiden anderen sitzen rechts und links neben ihm. Er wartet, trinkt aus dem

Bierglas und sieht den einen Mann an der Theke stehen und mit der Bedienung reden. Es ist zu weit bis zur Tür, und sie werden hinter ihm herlaufen und das ganze Lokal rebellisch machen. Aber er hat kaum noch Zeit, die Polizei wird schon unterwegs sein. Die beiden anderen Männer sitzen stumm am Tisch und rauchen beide. Er trinkt sein Bier aus und geht ruhig zur Toilette. Niemand folgt ihm. Hier kommt er nicht heraus, die Fenster sind nur Entlüftungsklappen, und dauernd sind Menschen da. Als er in das Lokal zurückkommt, ist der Tisch leer. Er geht schnell auf den Ausgang zu. Dort steht einer, starrt ihn an, aber rührt sich nicht. Etwas weiter sieht er einen, der auf einen Polizisten einredet. Er rennt los und springt auf eine Straßenbahn und drängt sich sofort zum Ausgang durch. An der nächsten Station steigt er in eine andere Bahn um. Er sitzt zwischen sonntäglich gekleideten Menschen, die gelangweilt vor sich hinblicken. Alle kommen ihm so vor, als nähmen sie zum Schein ihre Posen ein. Draußen die Stadt ist endlos und leer, durchbraust von Autos, die die Straßenbahn überholen oder an Kreuzungen neben ihr halten. Plötzlich erkennt er, daß mehrere Leute die Zeitung lesen, in der sein Bild ist. Nicht rühren, denkt er, während er aus dem Fenster sieht. Ein Krankenwagen kommt vorbei. Aha ein Krankenwagen, denkt er. Dann sieht er Leute aussteigen und den Schirm aufspannen. Es beruhigt ihn zu sehen, daß sie mit sich selbst beschäftigt sind. In einer Stunde ist er in seinem Waldversteck. Sobald es dunkel wird, bricht er auf und marschiert über einsame Waldwege nach Süden. Es ist finster, die Tasche, die er an einem Stock über der Schulter trägt, wird immer schwerer. Man kann auch im Schlaf gehen, wenn man die Richtung weiß. Einmal kommt er benommen an einer kleinen Gruppe von Häusern vorbei, in denen die Hunde zu bellen anfangen. Ich hab geredet, denkt er, und sie haben mich gehört. Er geht immer weiter und steigt am Morgen in einen Bus, der zur österreichischen Grenze fährt. Im Wald umgeht er den Grenzposten, aber er versteigt sich am Hang und braucht Stunden, bis er auf der anderen Seite ist. Er geht weiter bis Reutte, tauscht sein Geld in Schillinge um und bekommt noch einen Bus nach Innsbruck. Fast gleichzeitig mit dem Anfahren schläft er ein.

Sich nicht mehr vom Fleck rühren. Er hat die Tür hinter sich abgeschlossen und möchte hier bleiben. Das Zimmer enthält ein Bett, eine kleine Nachttischlampe, ein Waschbecken mit Spiegel und ein paar armselige Möbel mit stumpfer hellbrauner Politur. Aber das ist wohl keine Absteige, die die Polizei kontrolliert. Gefährlicher ist der Flur, die Treppe und die Gaststube, wo Personal und Gäste ihn beobachten können. Er ist ein Urlauber aus Deutschland, etwas still und menschenscheu. Um nicht aufzufallen, verläßt er scheinbar das Haus und kehrt ungesehen wieder in sein Zimmer zurück. Er liegt rauchend auf dem Bett, liest Romanhefte und blättert in den Zeitungen aus Deutschland, in denen nichts mehr über ihn steht. Er schläft viel, nur um Zeit zu verbrauchen, Zeit, die er gewinnt, die sich um ihn legt wie eine undurchdringliche, unsichtbar machende Schicht. Er hat die Fähigkeit, in jedem Augenblick in den Schlaf zu gleiten. Bis zu dem Absatz, denkt er, und wenn er dort angekommen ist und das Heft neben das Bett fallen läßt, ist er schon fast eingeschlafen. Im Aufwachen hört er manchmal den fremdartigen Dialekt der Hausbewohner und die Fremdheit bedeutet zugleich sein Vergessensein, sein Verschwinden. Oft wird es so stark, daß er sich ruckartig aufrichten muß, um da zu sein. Er kann nicht immer in dem Zimmer bleiben, er muß in die Stadt. Täglich wagt er sich jetzt weiter vor. Steckbriefe hängen nicht aus, und es folgen ihm keine Blicke. Er lernt wieder, ruhig durch Straßen zu gehen, jemanden anzusehen, ein Restaurant zu betreten und zu essen. Mit Ausflugsbussen und Bergbahnen fährt er in die Umgebung. Abends besucht er Kinos und Gaststätten oder schlendert durch die Straßen. Von irgendwo kommt Musik. Er folgt den Lautfetzen zusammen mit anderen Menschen. Auf einem erleuchteten Platz spielt eine Trachtenkapelle. Er ist in Österreich, in Innsbruck. Er hört auch deutsche Stimmen. Ist er in Sicherheit? Nicht unbedingt, aber vorläufig ist er hier in Sicherheit. Sie wird zu Ende sein, wenn sein Geld verbraucht ist, wenn er in eine Kontrolle gerät, wenn jemand in der Pension Verdacht schöpft, wenn er erkannt wird. Je normaler er sich benimmt, um so mehr nähern sie sich ihm. Der Wirt setzt sich an seinen Tisch, ein älteres Ehepaar aus Deutschland fängt eine Unterhaltung mit ihm an. Es gefällt ihm, daß sie freundlich sind, aber es macht ihm auch Angst. Mißtrauisch beobachtet er, wie sie lachen und sich gegenseitig ansehen. Der Wirt muß längst Verdacht geschöpft haben, weil er kaum Gepäck bei sich hat. Mit einer Aktentasche kann man nur zwei, drei Tage bleiben, und er ist schon über zwei Wochen hier. Das ältere Ehepaar lädt ihn zu einem Ausflug ein, und er hat Schwierigkeiten, sich herauszureden. Zwei Tage später verläßt er die Stadt. Er fährt durch das Zillertal, dann in die Berge am Gerlospaß. Teilweise kehrt er zu seiner früheren Lebensweise zurück. Er hält sich in einsamen Berggegenden, vor allem im Wald auf und schläft in Scheunen, Heuschobern und aufgebrochenen Schutzhütten. Österreich ist das Land der Heuschober. Überall findet er Unterschlupf. Es ist Frühling. Von Tag zu Tag verfolgt er, wie das Land grüner wird und die Verstecke dichter. Auf einsamen Klettertouren und Gratwanderungen blickt er immer wieder in einem stummen Triumph in die Täler hinunter. Dort unten sind sie, aber sie können ihm nichts tun. In ländlichen Geschäften besorgt er sich kleinkalibrige Munition und setzt seine Schießübungen fort. Er wird immer besser, immer selbstbewußter. Er ist in einer guten Verfassung. Zwischendurch taucht er in Ortschaften auf, um warm zu essen und Menschen zu sehen. Ein paar Tage bleibt er in Zell am See und in Bad Ischl. Getarnt mit Sonnenbrille und Schnurrbart, spaziert er im Park an den Blumenrabatten vorbei und sitzt am Nachmittag bei Kaffee und Kuchen im Kurhaus und hört sich das Konzert an. Wenn er einige Tage in einer Pension lebt, läßt er seine Sachen waschen und liest Zeitungen aus Deutschland. Er hat sich auch ein paar neue Schuhe und bessere Hemden gekauft. So ausgestattet fährt er über Linz nach Wien weiter. Er besichtigt die Stadt, er schließt sich einer Führung an. Stundenlang geht er im Prater spazieren, um Bekanntschaften zu machen. Er benutzt dazu Formeln wie: Haben Sie Lust zu meiner Gesellschaft? oder Wollen Sie mir Wien zeigen?, mit denen er Gelächter hervorruft. Ein Mädchen ist einverstanden, wenn ihr Bruder und ihre Schwägerin mitkommen. Ja, sie wollen ihm gemeinsam Wien zeigen. Sie wollen ihm einen schönen Abend machen. Sie duzen ihn und er hat ihnen seinen richtigen Vornamen genannt. Zu viert gehen sie essen. Er sitzt zwischen ihnen. Im Taxi fahren sie von Lokal zu Lokal, trinken Wein, lassen die Musik an den Tisch kommen, tanzen, hängen sich bei ihm ein und küssen ihn lachend von beiden Seiten. Er bezahlt alle Rechnungen, sieht auf den weißen Porzellantellern sein Geld verschwinden. Betrunken kehrt er am Morgen in seine Pension zurück. Auf seinem Gesicht ist ein starres unveränderliches Grinsen, wenn er in den Spiegel blickt. Er fühlt sich anders, ganz fremd und schwerfällig. Unter seiner nebelhaften Benommenheit hat er Angst. Er legt sich hin, aber er kann nicht schlafen. Am Abend wollen sie wiederkommen und weitermachen. Plötzlich hat er Herzklopfen und ist naß geschwitzt. Er steht auf und geht im Zimmer umher, ohne aus seiner Betrunkenheit hinauszufinden. Er zieht die Pistole aus dem Halfter und fuchtelt damit herum. He, was'n los hier?! Geduckt geht er auf die Tür zu. Was'n los hier?! Er starrt auf die Türklinke, ob sie sich bewegt hat und gleich wieder bewegen wird. Statt dessen wird sie undeutlich und scheint zu verschwinden. Dieser Trick da vor ihm ruft ein Krampfen in seinem Hals hervor. Die Türklinke ist da und verschwindet, ist da und verschwindet. Was'n los hier? Fast blind, mit einem kalten Würgen im Hals schwankt er zur Toilette. Das ganze Haus kann hören, wie er hustend und stöhnend in das Becken kotzt. Als er zurückkommt, steht die Zimmertür weit auf, und auf seinem Bett liegt sichtbar seine Waffe. Sofort packt er seine Sachen und verläßt die Pension. Er fährt nach Klagenfurt, geht nachts über die Grenze nach Jugoslawien. Erst da macht er sich klar, daß er sich nicht verständigen kann. In Maribor muß er beim Einkaufen seiner Lebensmittel auf alles zeigen und fühlt sich im Mittelpunkt aller Blicke. Er kehrt nach Österreich zurück und fährt wie früher auf gestohlenen Fahrrädern nach Norden. Die Bergwände machen ihm jetzt Angst. Man kann nirgendwo ausweichen, wenn eine Kontrolle kommt. Auch sein Geld ist fast zu Ende. Er wird wieder einbrechen müssen, aber er hat nicht mehr den richtigen Mut dazu. Durch Sparsamkeit will er den Zeitpunkt hinauszögern. Er lebt fast nur noch im Wald, geht allen Menschen aus dem Wege. Trotzdem ist er weniger aufmerksam und läuft herum, als würde er automatisch bewegt. Hier war ich doch schon mal, denkt er, als er wieder in dieselben Gegenden kommt. Gleichzeitig weiß er, daß er bewußt seine alte Route zurückfährt. Wohin will er? Er hat das Gefühl, daß er auf etwas zugeht, das er nicht erreichen will. In Gedanken sucht er Auswege, aber nur vage. Manchmal wundert er sich über die Stille im Wald, dann hört er wieder überall Geräusche. Er nimmt Haltungen ein, als habe ihm jemand gedroht und er drohe zurück. Das Gestammel, das er im Traum hört, stammt von einem Kind, das er nicht sehen kann. Wenn er aufschreckt, ist noch nichts passiert. Die Bergmassen stehen in der Dunkelheit als riesige Gewichte um ihn herum. Tagsüber geht er jetzt auf kleinen Nebenwegen zu Fuß weiter. In einem Wald bei Bad Ischl tritt er auf ein Wespennest. Der Schwarm kommt sofort wie eine brausende Fontäne aus dem Erdloch und setzt sich auf ihn. Er läßt seine Tasche fallen, schlägt um sich und läuft. Sie stechen ihn am Kopf und an den Händen, sitzen in seinen Haaren und in seinen Kleidern. Wenn er sie an sich zerdrückt, stechen sie noch, es ist ein heißer durchdringender Schmerz, und die Haut zieht sich sofort zu einer harten Schwellung zusammen. Eingehüllt von dunklen schwirrenden Punkten, mit brennendem Gesicht, um sich schlagend, den Kopf schüttelnd, läuft er zwischen den Baumstämmen weiter. Schließlich liegt er irgendwo auf dem Waldboden und versucht zu sich zu kommen. Sein Gesicht, die Hände, die Kopfhaut sind mit brennenden Quaddeln bedeckt. Er kämmt tote gelbschwarz geringelte Wespenleiber aus seinen Haaren und klopft die sterbenden Tiere aus seinen Kleidern. Er friert, wenn er sie sieht, er hat Kopfschmerzen. Als er zu seiner Tasche zurückkehrt, sitzen noch Wespen darauf. Er tritt mit dem Fuß dagegen, um sie aufzuscheuchen, und stößt einen Schrei aus, als sie alle hochfliegen. Das Kältegefühl kommt wieder, die Benommenheit nimmt zu. Er schleppt sich den Berg hoch und kriecht unter den Vorbau einer verlassenen Hütte. Tag und Nacht kämpft er mit Schüttelfrost, kurzen Ohnmachten und bohrenden Kopfschmerzen. Wenn er versucht aufzustehen, wird ihm schlecht, sein Herz pocht rasend, und alles verschwimmt vor seinen Augen. Er lebt von den Vorräten aus seiner Tasche. Als er nichts mehr zu essen hat, versucht er, sich ins Tal zu schleppen. Aber er kommt nicht weit und wankt in eine Tannenschonung. Es regnet, er zieht die Plane über sich und liegt da. Helle Flecken, die wie Wasser glänzen, ziehen sich vor seinen Augen zu Punkten zusammen und dehnen sich wieder aus. Es ist Nacht, es wird wieder Tag. Als verlöre er das Gedächtnis, wird es wieder dunkel. Dann ist es wieder Tag geworden, und Menschen kommen über einen Weg in der Nähe. Er liegt in Kälteschauern und Krämpfen, die seine Kinnbacken zusammenpressen. Irgendwo fällt ein Schuß. Das kann auch in der Vergangenheit gewesen sein.

Eine Woche später kehrt er immer noch krank, abgerissen und ohne Geld nach Deutschland zurück. Es ist Sommer. Zwei junge Bauern erwischen ihn in einer Scheune. Sie wollen ihn zur Polizei führen. Er reißt sich los und springt in die Ammer, watet durch den Fluß. Am anderen Ufer stehen schreiend Leute. Er läuft an ihnen vorbei in den Wald. Polizei hetzt ihn bei Lenggries. Eine Großfahndung umschließt ihn bei Bad Tölz. Er versteckt sich auf dem amerikanischen Truppenübungsplatz in einem Schützenloch. Nachts geht es weiter. Er macht Serieneinbrüche südlich von München. Die Zeitungen sind voll von ihm. Im Fernsehen erscheint sein Bild und wird seine Geschichte erzählt. Man bringt die

Bilder seiner Opfer, die Schauplätze seiner Taten und rekonstruiert ihren Ablauf. Eine große Illustrierte macht ihn zum Mittelpunkt einer Kritik an der bundesdeutschen Kriminalpolizei. Er wird Deutschlands meistgesuchter Verbrecher. Er deckt die Schwächen der Polizei auf. Einbrüche und vergebliche Großeinsätze der Polizei markieren seinen Weg. Hunderte von Polizisten umstellen ihn in einem Waldgebiet bei Augsburg. Er flieht vor den bellenden Suchhunden durch einen Bach. Als er keinen Ausweg mehr sieht, rennt er in ein Dorngebüsch, zwängt sich mit blutendem Gesicht und blutenden Händen weiter hinein. Über ihm ist ein Hubschrauber, doch er sitzt tief innen unter den Blättern und hält die wehenden Zweige über sich fest. Stimmen und Hundegebell sind um ihn herum. Wie so oft rettet ihn schließlich die Dunkelheit. Die tiefen Rißwunden beginnen zu eitern. Er reißt sein Unterhemd in Stücke, durchtränkt es mit Essig und verbindet sich damit. Ein Förster stöbert ihn in seinem Versteck auf, hat aber keine Waffe dabei, nur den Hund. Er tritt dem Hund in die Schnauze und geht ruhig weg. Ein Bauer kommt mit einer Schrotflinte in die Scheune geschlichen, in der er schläft. Er springt metertief aus der oberen Giebelluke und läuft weg. Seine Magenschmerzen werden wieder schlimmer. Aber in allen Apotheken hängt sein Steckbrief aus. Als er es doch in einer kleinen Stadt versucht, löst er einen Alarm aus. Die Polizei fährt mit Lautsprecherwagen in der Umgebung herum und fordert die Bevölkerung zur Fahndungshilfe auf. Eine Polizeistreife hält ihn nachts an und rügt, daß an seinem Fahrrad das Rücklicht nicht brennt. Er steigt ab, schiebt das Rad weiter und verschwindet in der Dunkelheit. Er wechselt seine Taktik, fährt zwei-, dreihundert Kilometer mit der Bahn, sobald er einen Einbruch gemacht hat oder glaubt, daß er von jemand erkannt worden ist. In Frankfurt und in Karlsruhe wagt er sich in die Fußballstadien und steht mitten in der Menge. Aber man sucht ihn überall. In Soest verwickeln ihn Bauarbeiter in ein Gespräch und wollen ihn festhalten. In Dortmund fühlt er sich dauernd von Polizisten und Straßenpassanten gemustert und verläßt die Stadt. Auf dem Land bei Neheim-Hüsten kommen zwei Jungen mit Fahrrädern hinter ihm her. In Göttingen erkennt man ihn in den Parkanlagen auf dem Stadtwall. In der Stehbierhalle des Frankfurter Hauptbahnhofs gerät er in eine Paßkontrolle. Kurz bevor er an die Reihe kommt, werden zwei Jugendliche verhaftet, und er kann entkommen. Sofort fährt er nach Hamburg. Nachts geht er über die Reeperbahn. Der Anwerber eines Striptease-Lokals packt ihn am Arm und will ihn in das Lokal zerren. Er wehrt sich. Die Leute werden aufmerksam. Er steht mitten in einem Kreis von Neugierigen, und der andere, ein junger Mann in einer Portiersuniform, hat seinen Arm in einem festen Griff. Das Auftauchen einer Polizeipatrouille befreit ihn. In einer dunklen Nebenstraße will er bei einem Straßenhändler eine Hose kaufen. Der tastet seine Waffe und verlangt den doppelten Preis. Gegen Morgen spricht er eine Prostituierte an, die auf dem Heimweg ist. Er zeigt ihr erbeutete Schmuckstücke und fragt, ob er bei ihr schlafen könne. Sie ist einverstanden. Aber er hat Angst, daß sie ihn verrät und wagt nicht einzuschlafen. Kaum fallen ihm die Augen zu, ist er schon wieder wach und sieht, ob die Frau auf der anderen Couch liegt. Es quält ihn, daß sie den halben Vormittag schläft und er seiner Müdigkeit nicht nachzugeben wagt. Dann ist er doch eingeschlafen, und sie weckt ihn. Er geht zum Bahnhof. In Celle hat der Zug Aufenthalt, und er kann vom Abteilfenster aus das Zuchthaus sehen, in dem er jahrelang gewesen ist. Als er in Frankfurt aussteigt, ist die ganze Innenstadt voller Polizei. Er rettet sich in ein Kino. Aus der Abendzeitung erfährt er, daß sie einen Sittlichkeitsverbrecher suchen. Wahrscheinlich ist also der Bahnhof bewacht. Trotzdem wagt er es in der Nacht, fährt nach Süden und geht wieder über die österreichische Grenze. Ohne daß er weiß, was passiert ist, wird er hinter Zell am Ziller plötzlich gejagt. In der Nacht entsteht starker Nebel, große Gefahr abzustürzen. Aber sie sind immer noch hinter ihm her. Mit Scheinwerfern kommen sie über die nebligen Almflächen. Er verbirgt sich in den Felsen eines Wildbachs nahe der Gerlosseilbahn. Ohne seine Sachen, die er beim Klettern verloren hat, kehrt er nach Deutschland zurück. Es wird Herbst, es wird Winter. Im Park Wilhelmshöhe bei Kassel versteckt er sich in einem Arbeiterwohnwagen und schließt von innen mit dem Dietrich ab. Zwei Polizisten erkennen seine Spuren im frisch gefallenen Schnee. Als sie um den Wagen herumgehen, stürzt er vorne heraus. Er läuft. Er wird von Rufen und Schüssen verfolgt. In Hannoversch-Münden sind sie auch schon, in Fulda stehen sie auch bereit. Er läuft, er wird verfolgt. Sie versuchen ihn einzukreisen. Großfahndungen in der Rhön, der Schwäbischen Alb, in Nordbayern, in der Eifel, im Taunus, im Spessart laufen alle nach demselben Schema ab. Manchmal ist er wirklich dort, manchmal ist er ganz woanders. Dann vielleicht kann er sich wieder unter Menschen wagen. Er wäscht sich in Wirtshaustoiletten, ißt eine heiße Wurst an einem Kiosk und verschwindet. Nachmittage- und abendelang sitzt er in Kinos, um im Warmen zu schlafen. Auch in Kirchen kann man ruhig in einer Bank sitzen. Andere Plätze sind Friedhöfe oder volle Kaufhäuser. Nachts schläft er in Scheunen, aufgebrochenen Wochenendhäusern, morgens um fünf Uhr zieht er sich wieder in den Wald zurück. Er macht Einbrüche, um sich warme Decken für sein Lager zu verschaffen. Das Thermometer sinkt auf 18 Grad unter Null. Er phantasiert von Südamerika. Will nach Hamburg, mit dem Schiff weg. In Südamerika wird er ein neues Leben anfangen. Aber vorher muß er erst die große Beute machen. Überall, wo er einbricht, findet er nur Kleingeld, Lebensmittel, Schmuckstücke, die er nicht versetzen kann. Er wird scheu und mutlos. Mutlos macht er immer weiter. Reibt seine Frostbeulen mit Salbe ein, wagt sich in ein städtisches Brausebad. Das Schlimmste sind die Zahnschmerzen, die ihn seit Wochen quälen. Vier Zähne hat er schon verloren, andere werden locker. Wenn sie zu sehr stören, muß er sie herausbrechen. Dauernd hat er Blut im Mund und spuckt es in den Schnee. Es wird dunkel, er zieht frierend in der Dunkelheit herum. Manche Nächte gehen nicht vorbei. Manche Tage sind nur eine öde wirre Stille.

Die dunkelgraue Vorstadtstraße, die sich sanft in die Stadt senkt, ist er schon oft gegangen. Eingehüllt in den Geruch seines feuchten Mantels kommt er an einem verwilderten Grundstück vorbei, auf dem ein Benzinfeuer brennt. Weiße Flammen, dunkle Flammenränder, wehende schwarze Flocken. Was ist? Weitergehen. Nicht oben im Wald zwischen den Stämmen im kalten Wind liegen. Er wird frühstücken.

Ist dann wieder unentschieden stehengeblieben, als er eine Telefonzelle und einen eilig hineingehenden Mann sah.

Ist dann doch weitergegangen.

Ist dann in die Imbißstube der Kaufhalle gegangen um zu frühstücken, und hat aufblickend die Augen einer älteren Frau gesehen, die auf ihn gerichtet waren.

Auf ihn gerichtet waren in einem stummen Staunen oder Schrecken, mit einer saugenden Aufmerksamkeit.

Zwischen den Dingen sind manchmal Entfernungen wie Löcher in der Welt. Man bewegt sich, ohne von der Stelle zu kommen. Hallo, hast du es gesehen? Will nur schnell frühstücken. Heißen Pfannkuchen, heißen Pfannkuchen mit Kaffee. Da steht sie wieder auf ihrem Posten, die Augen fest auf ihn gerichtet, dieses Geschenk am frühen Morgen, das jetzt schon ihr gehört, während eine alte Gewohnheit in ihm herunterleiert, was er tun muß: Aufstehen, durch den Seiteneingang laufen, verschwinden.

Er wird es gleich tun. Ist aber sitzengeblieben, um sie zu täuschen. Nur noch ein paar Happen essen.

Sanft und tröstlich schmeckt er die weichen, süßen Bis-

sen in seinem Mund, und am Rand seines Bewußtseins verschwimmt seine Bewacherin mit allen anderen, die da gewesen sind, nicht mehr da sind.
Er ist allein. Er hat keine Eile.
Warum weiß man nicht, was geschehen wird? Warum weiß man es?

10 Heimfahrt

Er saß, an beiden Händen gefesselt, auf einer Pritsche, als der wachhabende Beamte ihnen die Tür aufschloß. Wahrscheinlich hatte er sie durch den Gang kommen hören. Sein Gesicht zeigte keine Reaktion. Es war still, und seine Haltung war ein wenig erschlafft oder zusammengesunken unter dem eigenen Gewicht, dem nichts mehr entgegenwirkte als das Skelett und die Muskeln.

Als erster betrat Kriminalhauptmeister Scheuner die Zelle.

Wissen Sie, wer ich bin? fragte er.

Eine Bewegung in den Mundwinkeln veränderte das Gesicht. Es schien gegen den Willen der Person zu antworten, bevor Findeisen sagte: Ja, Sie sind der Herr Scheuner aus Osnabrück.

Darauf trat Bernhard ein, gefolgt von den beiden Kasseler Polizeiräten.

Sie standen um ihn herum und fragten, wie er gefaßt worden sei. Er sprach mit leiser Stimme und so, als sei es ein auswendig gelernter Text. Der wachhabende Beamte draußen im Gang konnte nichts hören. Nach zehn Minuten kamen die Herren heraus, und die Zelle wurde wieder zugeschlossen.

Es war Freitag, der 24. Februar 1967. Ich befand mich zusammen mit Kriminalhauptmeister Scheuner, dem Leiter meiner Fahndungsabteilung, beim Regierungspräsidenten in Kassel, um zusammen mit den Kollegen von der Kasseler Kripo, der Schutzpolizei, den Kommandeuren und Einsatzleitern der Bereitschaftspolizei und des Bundesgrenzschutzes und den Vertretern der staatlichen Forstverwaltung neue Fahndungsmaßnahmen gegen den immer noch flüchtigen Bruno Findeisen zu besprechen. Er war in den letzten Tagen mehrfach in und um Kassel gesehen worden, und man plante wieder eine der üblichen Großaktionen. Unsere »Aktion Jägermeister« galt immer noch als Vorbild. Deshalb hatte man uns sozusagen als Spezialisten in Sachen Bruno F. hinzugebeten. Ich bedankte mich beim Regierungspräsidenten, als er eintrat und wir ihm vorgestellt wurden. Er machte die üblichen Einleitungsworte über das Politikum Bruno Findeisen, die Herausforderung der Polizei, den Testfall für die Kooperation der Sicherheits- und Ordnungsorgane. Ich sah mir inzwischen die Versammlung an. Es war ein ziemlich großer Bahnhof für einen nicht anwesenden Mann. Aber daran war ich nun seit langem schon gewöhnt, soweit man sich daran gewöhnen konnte. Vielleicht war es meine Rolle als Berater, die mir Schwierigkeiten machte. Ich war nicht mehr so präsent wie früher, als Findeisen sich noch in meinem Gebiet befand. Er war immer noch mein Mann, aber nicht mehr ganz. Wahrscheinlich waren wir alle ein wenig müde.

Die Sitzung hatte gerade begonnen, als das Telefon klingelte. Ein jüngerer Beamter ging hin und nahm den Hörer ab. Ja, sagte er, ja, und ich sah, wie er seine Haltung änderte. Er richtete sich auf und hielt den Hörer von sich weg in den Raum. Für Sie, Herr Regierungspräsident, sagte er.

Wir waren alle aufmerksam geworden. Aber dann

schlug es doch wie ein Bombe ein, als der Regierungspräsident sagte: – Meine Herren, wir können Schluß machen. Bruno Findeisen ist soeben in einem Kasseler Kaufhaus verhaftet worden.
Ich kann meine Gefühle schlecht beschreiben. Scheuner und einige andere Kollegen waren spontan aufgestanden, ich war sitzengeblieben. Es war also vorbei. Und dieser Stimmenschwall um mich herum, das war das Gekräusel auf dem Wasser, wenn der Stein hineingeplumpst ist. Mitten in der allgemeinen Aufregung merkte ich plötzlich, daß der Regierungspräsident neben mir stand und mich ansprach.
Nun Herr Bernhard, was sagen Sie?
Es war sozusagen eine freundliche Art von Triumph. Ich äußerte den Wunsch, Findeisen sofort zu sehen.
Das war gegen 10.50 Uhr. Um 11.25 Uhr wußte ich, daß er es wirklich war. Er saß an beiden Händen gefesselt auf einer Pritsche in der Polizeihaftstation. Wir erkannten ihn sofort. Er uns ebenso. Wir fragten ihn, ob er wisse, was heute vor einem Jahr geschehen sei.
Ja, sagte er, das mit dem Polizeibeamten. Ich weiß nicht, wie das kommen konnte.
Danach berichtete er uns über seine Festnahme.
Gegen 13.30 haben Polizeihauptmeister Scheuner und ich Findeisen übernommen. Auf persönlichen Wunsch des Polizeipräsidenten von Kassel begleitete uns ein Beamter der Kasseler Kriminalpolizei. Findeisen wurde von Kassel nach Osnabrück in meinem Dienstfahrzeug dergestalt transportiert, daß er zwischen Kriminalhauptmeister Scheuner und dem Kasseler Beamten auf

dem Rücksitz saß, während ich vorne neben dem Fahrer Platz nahm. Findeisens rechte Hand war mittels Schließzeugs an die linke Hand von Kriminalhauptmeister Scheuner angeschlossen.

Wir begannen mit der Vernehmung. Es war nicht schwer, weil er sprechen wollte. Es kam alles von selbst aus ihm heraus.

Unter anderem sagte er auch: – Schade, daß ihr mich jetzt gekriegt habt. Jetzt wird es wieder wärmer.

Er äußerte dann, daß für ihn jetzt Schluß sei. Im Zuchthaus würde er noch höchstens zehn Jahre leben und dann an Magenkrebs eingehen. Während der zweieinhalb Stunden dauernden Fahrt wurden ihm vier Zigaretten angeboten, die er auch rauchte.